KLARTEXT

Steffen Hunder (Hg.)

MORDsJAHRE

Kurzkrimis aus dem Ruhrgebiet

Bibliografische Information der Deutschen Nationalbibliothek
Die Deutsche Nationalbibliothek verzeichnet diese Publikation
in der Deutschen Nationalbibliografie; detaillierte bibliografische
Daten sind im Internet über http://dnb.dnb.de abrufbar.

Impressum

1. Auflage März 2025
Lektorat: Sibylle Brakelmann
Satz und Gestaltung: Joachim Bartels
Umschlaggestaltung: Guido Klütsch, Köln
Druck und Bindung: Drukkerij Wilco B.V., Vanadiumweg 9,
NL–3812 PX Amersfoort
© Klartext Verlag, Essen 2025
Alle Rechte vorbehalten
ISBN 978-3-8375-2677-6
ISBN ePUB 978-3-8375-2726-1

KLARTEXT Jakob Funke Medien Beteiligungs GmbH & Co. KG
Jakob-Funke-Platz 1, 45127 Essen
info.klartext@funkemedien.de
www.klartext-verlag.de

Inhalt

Vorwort

„Witzig–Spritzig–Benefizig! Krimis für die Kreuzeskirche!" Mit diesem Motto haben Lars Schafft und ich im Juni 2005 die „Krimi-Couch" ins Leben gerufen, um die Erhaltung der sanierungsbedürftigen Kreuzeskirche zu unterstützen. Viele Jahre übernahmen Jazz-Professorin Dr. Ilse Storb und Jürgen Koch die musikalische Gestaltung; das Catering-Team Cornelia Bachmann und Ulrike Hock sorgte für das leibliche Wohl. Für dieses großartige Engagement danke ich beiden Teams sehr herzlich.

In den letzten zwei Jahrzehnten stellten mehr als sechzig Autorinnen und Autoren in diesem Rahmen ihre aktuellen Krimis vor. Von 2005 bis Anfang 2021 stand die Krimi-Couch in der Essener Altstadt-Gemeinde, seit September 2021 hat die Veranstaltung im Alten Bahnhof in Kettwig eine neue Heimat und erfreut sich dort großer Beliebtheit.

2025 feiern wir das 20-jährige Jubiläum der „Krimi-Couch" mit der Anthologie „MORDsJAHRE". Dafür haben Autorinnen und Autoren Kurzkrimis geschrieben. Als Impuls für ihre Krimis haben die Schreibenden jeweils eine Zeitungsschlagzeile über ein Verbrechen im Ruhrgebiet aus den letzten 20 Jahren ausgewählt. Da die Kurzkrimis im Ruhrgebiet spielen, ist auf diese Weise ein spannendes kriminalistisches Porträt der Region entstanden.

Allen Autorinnen und Autoren danke ich für ihre Bereitschaft, auf ihr Honorar zu verzichten, damit ein Benefiz-Anteil des Verkaufspreises dem „WEISSEN RING e. V." zugutekommt.

Den „Mörderischen Schwestern" Jutta Büsscher, Anja Puhane, Petra Treiber, Anke Völkel und Manuela Wirtz danke ich für ihre großartige Unterstützung bei der Entwicklung dieser Jubiläumsanthologie. Manuela Wirtz danke ich ganz besonders dafür, dass sie in bewährter Manier die Steuerung und Koordinierung unseres Jubiläumsprojektes übernommen hat. Zu guter Letzt danke ich Achim Nöllenheidt, dem Leiter des Klartext Verlags, für die offenen und konstruktiven Gespräche bei der Planung und Realisierung dieser Jubiläums-Krimianthologie sowie Sibylle Brakelmann für ihr umsichtiges Lektorat. Ich wünsche allen Leserinnen und Lesern viel Vergnügen bei der Lektüre unserer MORDsJAHRE.

Steffen Hunder

Norbert Horst

Willis letzte Reise

„Verdammt, was machen wir denn jetzt?"

Der Mann war vom Stuhl geglitten, aber das war schon eine Weile her. Er lag vor dem kleinen Tisch in der Küche auf dem Rücken und nichts an ihm bewegte sich mehr.

Beide hatten wiederholt ihr Ohr auf seine Brust gedrückt, zuletzt ein Streichholz vor Mund und Nase gehalten, aber das Wärme und Licht spendende Flämmchen war so ruhig geblieben wie eine LED-Kerzenimitation aus Plastik zu Weihnachten.

Grunwald zog den linken Arm am Stoff des Ärmels noch einmal nach oben und ließ los. Mit einem hellen kleinen Geräusch landete die Hand auf den Fliesen und blieb regungslos.

„Der lebt nicht mehr. Ich hab dir gleich gesagt, sei vorsichtiger mit dem Zeug."

Bolte nahm das Glas, in dem ein Rest Bier schwamm, und roch noch einmal daran, als ob er auf diese Weise eine Bestätigung seiner Einschätzung finden könnte.

„Zehn Tabletten sind zu viel."

Der Mann in der Horizontalen war ihr Vermieter Wilhelm Härtel, bei dem sie mit mehreren Monatsmieten in der Kreide standen. Schon von der Grundstimmung her kein Menschenfreund hatte er zuletzt immer giftiger damit gedroht, sie rauszuschmeißen. Der Plan war, ihn mit Schlaftabletten halbwegs zu betäuben, mit einer Prostituierten verfängliche Fotos zu produzieren und ihn mit der Drohung, das gehe viral, zu beruhigen, wie Grunwald das nannte.

Es klingelte. Die Dame für die Fotos war pünktlich, bestand aber auf dem abgemachten Preis, auch wenn sie keine Gegenleistung erbringen musste. Ihre Zeit sei knapp, Verdienstausfall, andere Kunden warteten etc.

„Und was machen wir jetzt?", fragte Bolte, als sie gegangen war. „Der Typ muss weg hier. Übermorgen kommt meine Mutter."

Grunwald steckte die Hände in die Hosentaschen und ging schweigend ans Fenster, das nach vorn raus ging. Auf der Bohnekampstraße, die im nieseligen Novemberregen lag, war kein Verkehr mehr, nur ein Hundemensch führte einen Terrier an der Leine. Dann fiel sein Blick auf die eingezäunte Ruine der Schlägel-und-Eisen-Siedlung auf der gegenüberliegenden Straßenseite.

„Wir bringen ihn rüber."

„Wie rüber?" Bolte kniete immer noch neben der Leiche und sah auf.

„In die Siedlung. Da finden sie ihn erst mal nicht. Und wer weiß, wann da wieder was passiert. Bis dahin besteht der nur noch aus Knochen."

Bolte stellte sich neben ihn und blickte ebenfalls auf die eingezäunten und zum Teil schon verfallenen Gebäude auf der anderen Straßenseite.

„Im großen Koffer zum Auto, der kleine Mirz passt da rein. Dann fahren wir in die Schlägelstraße, da ist tote Hose, und gehen von hinten ran. Da sieht uns kein Schwein."

Grunwald sah ihn an und wiegte den Kopf. Bolte wusste, dass das Zustimmung bedeutete.

Exxxplorer15 schwang sich über den metallenen Baustellenzaun, der das Gelände abgrenzen sollte, was für einen erfahrenen und vor allem fitten Urbexer kein Problem war. Er blickte auf die Uhr, 02:42 Uhr, eine gute Zeit.

Durch das feuchte Unkraut ging er an der Fassade entlang und fand ein Fenster, in dessen Verbarrikadierung sich ein paar Bretter gelöst hatten. Mit etwas Mühe stieg er durch den Spalt und erst jetzt schaltete er seine Stirnlampe ein. Der Lichtkreis tastete den Raum ab und beleuchtete die übliche Szene aus Verfallenem und Müll.

Die Siedlung hatte den Ruf, dass es hier spuken würde, weshalb sie als Lost Place fast verbrannt war, weil einfach zu viele Menschen hier auftauchten. Manchmal sogar Familien am Sonntagnachmittag. Aber es ging dennoch eine Faszination von den Gebäuden aus und er wollte selbst die Stimmung erkunden nach all den Jahren, die er an solchen Orten unterwegs war.

Einige der Möbel waren noch vorhanden, und weil viele der Fenster und das Dach noch weitgehend intakt waren, hatte die Feuchtigkeit bisher noch keine so große Chance gehabt, zumindest nicht in diesem Teil des Gebäudekomplexes. Er ging durch die Räume, die offensichtlich Wohnungen gewesen waren, inspizierte ein paar Schränke, aber es war nichts mit privaten Daten zu finden, was immer das Highlight in der Szene war. Briefe an Oma, Notizbücher, Krankenakten, solche Dinge. Hier gab es nur ein paar alte Töpfe, Teller und Haushaltsmüll.

Er stieg die Kellertreppe nach unten und in dem Moment, als er dachte, dass er an anderen Orten häufiger einen größeren Kick erlebt hatte, erschienen ein paar Schuhsohlen im Schein der Lampe, die nur deshalb senkrecht blieben, weil in den Schuhen noch Füße steckten, die zu einem Mann gehörten, der auf dem Rücken lag.

Kleine Wärmeexplosionen überall auf der Haut ließen ihn schaudern. Der Kick war nicht von schlechten Eltern, dachte Exxxplorer15, trat näher heran und sah auf den ersten Blick, dass der Mensch tot war. Zur Sicherheit stieß er ihn mit den Füßen an und spürte, dass die Leichenstarre schon ausgeprägt war.

Was war jetzt zu tun? Eine Leiche hatte er tatsächlich noch nie gefunden. Sein Haftbefehl wegen permanenten Schwarzfahrens existierte noch, das wusste er, darum musste er anonym bleiben, aber weil sein Handy auf eine Fake-Person registriert war, wählte er die 110 und gab der Polizei den genauen Fundort einer Leiche durch. Seinen Namen nannte er nicht.

Dann verschwand er, so schnell es ging.

„Anonyme Hinweise sollten wir gar nicht mehr annehmen, schon gar nicht bei so einem Scheißwetter", sagte Kriminaloberkommissar Mattiza von der Kriminalwache Recklinghausen, als er mit seinem Kollegen Manke vor der Schlägel-und-Eisen-Siedlung anhielt.

„Und hier kommt man doch nirgendwo rein, alles abgesperrt." Langsam ließ er den Wagen am Zaun entlangrollen.

„Fahr mal in die Schlägelstraße, vielleicht haben wir hinten mehr Glück."

Kurze Zeit später standen sie im Inneren der Umzäunung. Da nirgendwo ein Durchlass erkennbar gewesen war, hatte Mattiza mit dem Seitenschneider aus seinem Einsatzrucksack ein paar Kabelbinder, die die Zaunelemente verbanden, durchgeknipst.

Sie versuchten, den spärlichen Hinweisen, die die Leitstelle dem Anrufer aus der Nase gezogen hatte, nachzugehen, und standen nach zehn Minuten tatsächlich vor einer Leiche.

„So eine Scheiße, immer zum Feierabend. Dabei habe ich am späten Vormittag schon einen Termin", sagte Manke.

„Pass auf", sagte Mattiza, nachdem sie eine Weile stumm vor dem Toten gestanden hatten, „ich habe auch keinen Bock auf Überstunden, denn bis der Bestatter kommt und wir den Bericht geschrieben haben, ist es bald Mittag. Wir halten gegenüber der Leitstelle erst mal die Füße still, schauen uns den Burschen an, und wenn der kein Messer im Rücken hat, machen wir die Leichensache morgen Nacht. Wir haben doch noch einen Nachtdienst. Sollte der Anrufer sich noch mal melden, sagen wir einfach, wir hätten in diesem Riesending nichts gefunden. Und ob er hier einen Tag länger liegt oder in China platzt das textile Behältnis mit den körnigen Grundnahrungsmitteln ..."

Manke fand die Idee hervorragend. Nach zwanzig Minuten hatten sie den Mann aus- und wieder angezogen, hatten ihn professionell begutachtet, aber keinerlei Hinweise dafür gefunden, dass er gewaltsam in die ewigen Jagdgründe geritten war.

Anschließend deponierten sie die Leiche so, wie sie sie vorgefunden hatten, und ließen sie am Platz liegen, weil der ihnen im Keller ziemlich günstig erschien. Danach verschloss Mattiza den Zaun wieder mit einem Kabelbinder, der eigentlich als Handfessel vorgesehen war, und beide fuhren dem wohlverdienten Feierabend, der ein Morgen war, entgegen.

In ihrer Angst, dass sie doch entdeckt werden könnten, hatten Grunwald und Bolte hinter der Gardine ihrcs Fensters die An- und Abfahrt der beiden Polizisten beobachtet.

„Das sind Bullen gewesen, ich erkenne den Wagen auf zehn Kilometer, auch wenn er zivil ist. Außerdem: Zwei Kerle nachts in so einer Karre, wer soll das sonst sein?"

„Und was sollen die da gemacht haben? Meinst du, die waren wegen Härtel da?"

„Warum sonst? Was macht man mitten in der Nacht in der Schlägelstraße, wo der Hund verfroren ist?"

„Aber woher sollen die das wissen?"

„Da laufen doch tagsüber häufiger Leute rum, seit das mit dem Spuken in der Zeitung gestanden hat. Vielleicht hat einer angerufen."

„Aber warum fahren die Bullen dann wieder weg? Ohne was gemacht zu haben?"

„Ich habe keinen Schimmer. Vielleicht kommen die ja wieder."

„Meinst du, die holen jetzt Verstärkung?"

„Kann sein. Ich fände es jedenfalls besser, wenn wir ihn wieder zurückholen. Vielleicht haben sie ihn ja noch nicht gefunden, sonst wäre hier mehr los."

„Oder sie haben einfach einen anderen Einsatz bekommen und kommen gleich wieder."

„Auch möglich, auf jeden Fall ist es besser, wenn er erst mal wieder da weg ist." Grunwald sah auf seine Uhr. „Aber wir müssen uns beeilen, bevor gleich alle wach sind."

Keine dreißig Minuten später lag Wilhelm Härtel wieder an seinem alten Platz in der Küche und die beiden Mietgläubiger wechselten sich die nächsten Stunden beim Beobachtungsposten am Wohnzimmerfenster ab.

Aber nichts tat sich. Gegen Mittag fuhr einmal ein Streifenwagen die Bohnekampstraße entlang, allerdings ziemlich zügig. Ansonsten lag die verfallene und abgesperrte Siedlung in trüber Herbststimmung so friedlich und ruhig da wie ihr Vermieter auf den Küchenfliesen.

„Die haben ihn nicht gefunden", sagte Mattiza, als es schon zu dämmern begann. „Weiß der Teufel, was die gestern Nacht in der Schlägelstraße gemacht haben. Jedenfalls haben die nicht nach der Leiche gesehen. Wir sind schon ganz gaga, was wir uns alles ausmalen."

„Ja, könnte sein."

„Dann lass ihn uns wieder rüberbringen, sobald es geht. Denn hier kann er auch nicht bleiben, du weißt, meine Mutter kommt morgen früh."

Die Uhr im Fahrzeug zeigte 02:12, als Grunwald den Wagen am Ende der Schlägelstraße parkte. Es regnete immer noch, was ihnen entgegenkam, denn es waren kaum Menschen unterwegs.

Sie hoben Härtel ein zweites Mal aus dem Koffer, wuchteten die schmale Gestalt über den Zaun und trugen ihn jetzt zu einem anderen Fenster als in der Nacht zuvor. Als sie den Toten durchreichen wollten, entglitt Bolte der Körper und die Leiche schlug mit dem Hals auf den Rest einer Scheibe im Fensterrahmen. Dabei durchtrennte das Glas den Großteil des Halses, sodass der Kopf nur noch von einem dünnen seitlichen Muskel gehalten wurde.

„Verdammt, pass doch auf."

„Ist doch eh egal. War schon tot."

Sie schleiften den Körper weiter an seinen alten Platz, drapierten alles, so gut es ging, und verschwanden.

Georg Jastrzembowski hatte das alles beobachtet, und weil er sich an diesem Ort einen Schlafplatz in einer dunklen Nische gesucht hatte, konnte er im nicht unbeträchtlichen Licht, dass durch die Scheiben fiel, die groteske Szene beobachten, ohne selbst gesehen zu werden.

Als die beiden Gestalten gegangen waren, wartete er noch eine ganze Weile, aber das Motorengeräusch, das er gehört hatte, schien zum Auto der beiden zu gehören und war verebbt. Irgendwas hatten sie abgelegt.

Vorsichtig verließ er sein Versteck und erschrak, als er sah, dass dieses Etwas ein Toter war. Denn dass der Mann nicht mehr lebte, daran bestand bei der Verletzung am Hals kein Zweifel.

Er war tot, übel verletzt, aber nicht schlecht gekleidet. Zwar hatte die Lederjacke am Revers einige Blutspuren, aber das ließ sich beseitigen. Auch die Hose und die Schuhe waren mehr als brauchbar. Zudem schien der Mann in etwa seine Größe zu haben, ein Glücksfall.

Nach einer Anprobe bestätigte sich diese Annahme und wie nach einer Shoppingtour verließ Jastrzembowski den Ort mit zwei weiteren gefüllten Plastiktüten, die er in einem der Räume gefunden hatte. An Schlaf war in der Nähe eines Toten nicht mehr zu denken, also machte er sich durch den Regen auf die Suche nach einem neuen Platz.

„Hannibal! Komm zurück!"

Gregor Puksic hatte wegen des Wetters bei der letzten Gassirunde des Tages den Aufenthalt im Freien so kurz wie möglich halten wollen, aber jetzt war der Terrier durch den Bauzaun auf das Gelände der Siedlung gelaufen. Das Tier war leidlich erzogen und hörte in der Regel auf die Befehle von Herrchen, jetzt schien ihn jedoch etwas so sehr zu interessieren, dass alles Rufen vergebens war.

Schon vor längerer Zeit hatte Puksic auf einem der täglichen Gänge eine Stelle entdeckt, an der man sich ohne große Mühe an einem verbogenen Element des Zaunes vorbeizwängen konnte. Genau das tat er, womit aber wenig gewonnen war, denn bei der Ruine handelte es sich um eine Siedlung mit mehreren Gebäudekomplexen. Er schaltete seine Taschenlampe ein und betrat eines der Häuser, die alle auf verschiedene Weise miteinander verbunden waren. Dabei rief er beharrlich nach dem Hund. Nach etwa zehn Minuten, als er fast schon aufgeben wollte, nahm er Geräusche wahr, die er kannte. Er folgte ihnen eine Kellertreppe hinab und die Freude, im Schein der Lampe seinen geliebten Terrier zu sehen, wurde abrupt abgelöst von einem Schock, als er sah, woran sich das Tier mit Hingabe gütlich tat. Dort lag eine halbnackte Leiche, deren Kopf in grotesker Weise abgeknickt lag, was mit einer üblen Halsverletzung zu tun hatte. Außerdem fehlten ein Ohr, Teile der Nase und der Oberlippe und Puksic befürchtete, dass dafür der Hund verantwortlich war. Genug Zeit war vergangen, seit er ihn aus dem Blick verloren hatte.

„Hannibal, bist du denn verrückt geworden?"

Er klickte den Verschluss der Leine am Halsband ein und zog das Tier Richtung Treppe, was nur mit Mühe gelang. Als sie es fast schon wieder bis ins Freie geschafft hatten, blieb Puksic stehen und überlegte. Wenn das da unten so sehr den Geschmack des Hundes traf, konnte man das vielleicht nutzen. Seine Rente war keineswegs üppig und Hundefutter wurde immer teurer. Der Tote war nicht groß, aber gute sechzig Kilo brachte er schon noch auf die Waage. Das würde ein paar Monate reichen. Außerdem schien er noch einigermaßen frisch zu sein.

Er band das Tier an einen aus der Wand ragenden Haken, ging zurück und versuchte, den Mann die Treppe hochzuhieven. Erst dort fiel ihm auf, dass er den Toten keinesfalls über die Straße tragen konnte, auch wenn es sehr spät und das Wetter schlecht war. Leider hatte er weder ein Messer dabei noch irgendetwas, womit er die besten Brocken hätte transportieren können.

Er band Hannibal los und ging nach Hause, um noch in der Nacht mit dem Wagen zurückzukommen. Vielleicht sollte er noch zwei, drei Stunden warten.

Grunwald und Bolte hatten von ihrem Beobachtungsposten aus die Suchaktion nach dem Hund so weit mitbekommen, dass ihnen das Ganze verdächtig vorkam.

„Was hat der so lange in der Schlägelstraße gemacht? Sonst ist der immer ruckzuck fertig."

„Vor allem bei dem Sauwetter. Da stimmt was nicht."

„Du meinst, er hat Härtel gefunden. Hast du nicht auch einen Lichtschein gesehen?"

„Ja, ganz kurz. Aber ich kann mich natürlich auch täuschen."

Bolte sah auf die Uhr. „Schon verdammt spät. Komm, wir sehen mal nach."

Wenig später betraten sie das Gelände zum dritten Mal an ihrer üblichen Stelle und gingen zielstrebig zu Härtels Ablageort.

„Meine Güte, hat der sich verändert", sagte Grundwald, als er den Körper auf der Treppe vorfand.

„Ein Tier kann das nicht gewesen sein. Irgendwer hat den hierher geschleppt."

„Und jemand hat seine Klamotten geklaut."

„Das heißt, noch irgendwer weiß ganz sicher, dass hier einer liegt. Lass uns besser wieder abhauen."

Bolte nickte. „Aber so können wir ihn nicht liegen lassen. Auch wenn er ein Arsch war. Sieht ja furchtbar aus."

Sie schleppten ihn zurück an seinen alten Platz, ordneten Kopf und Glieder, so gut es ging, und waren gerade wieder rechtzeitig an ihrem Fenster, um mitzubekommen, wie ein Zivilwagen der Polizei in die Schlägelstraße einbog.

Weil die beiden Beamten den genauen Ort der Leiche kannten, durchtrennte Kriminaloberkommissar Mattiza an einer günstigeren Stelle als in der Nacht zuvor einen Kabelbinder und schob das Zaunelement zur Seite. Im Schein ihrer dienstlich gelieferten Taschenlampen fanden die beiden rasch den Weg, verlangsamten aber schon auf der Treppe ihre Schritte, als der Tote immer mehr in ihr Blickfeld rückte.

„Was ist denn mit dem passiert?"

Sie traten näher heran.

„Das im Gesicht und am Kopf ist Tierfraß, eindeutig, wahrscheinlich gibt es hier reichlich Ratten. Aber das am Hals ist was anderes."

„Außerdem hat er sich ausgezogen."

„Das sieht nicht gut aus."

Manke zog sich Latexhandschuhe an und bewegte den Kopf ein wenig, um die Wunde zu inspizieren. „Glatter Schnitt."

„Aber warum versucht einer, 'nen Toten zu enthaupten?"

„Keine Ahnung, vielleicht ein Trophäenjäger. Verrückte gibt es genug. Aber das heißt, außer dem Anrufer weiß mindestens noch einer von der Leiche."

Mattiza nickte. „Das riecht nach Ärger."

„Und nach Überstunden."

„Was sollen wir machen?"

Eine Weile schwiegen beide.

„Was hältst du davon, wenn wir uns der Sache völlig entledigen? Wir bringen ihn über die Behördengrenze zu den Essenern. Sollen die sich damit rumärgern."

Nach einer Weile nickte Manke zustimmend. „Aber wie kriegen wir ihn dahin?"

„Wir setzen ihn hinten rein. Als Festgenommenen. Und ich kenne da eine günstige Stelle in einem Wäldchen."

Nach wenigen Minuten hatten sie den Wagen durch das aufgeklappte Zaunelement etwas näher an die Häuser gefahren und setzten den Toten auf den Rücksitz, wo er angeschnallt sogar in der Senkrechten blieb. Lediglich der Kopf machte Probleme, weil er ständig zur Seite kippte.

„Ich habe 'ne Idee."

Manke verschwand wieder in einem der Häuser und kam nach kurzer Zeit mit einem alten Kochlöffel zurück. „Müsste klappen." Er führte den schlanken Stiel in eine der Öffnungen des Halses, bis nur noch die Laffe herausragte und steckte den Kopf darauf.

„Topp", sagte Mattiza mit Anerkennung. „Gibt doch einen veritablen Betrunkenen ab."

„Sieht nur etwas angefressen aus. Aber das sind wir ja alle mal."

Sie verschlossen den Zaun wieder und machten sich auf den Weg in den Zuständigkeitsbereich der Polizei in Essen.

Als Grunwald drei Tage später am Frühstückstisch die Zeitung aufschlug, hatte er ihre Beobachtung aus der Nacht fast schon vergessen. Letztendlich glaubten er und Bolte, sich getäuscht zu haben, dass der Zivilwagen mit einer Person auf dem Rücksitz die Schlägelstraße verlassen hatte. Sie waren darüber hinaus nach reiflicher Überlegung zu dem Schluss gekommen, nichts mehr in der Sache zu unternehmen und die Dinge auf sich zukommen zu lassen. Und es war auch alles ruhig geblieben.

Die Überschrift stach ihm sofort ins Auge.

Unbekannter Toter identifiziert

Der gestern von einem Pilzsammler in einem kleinen Waldstück im Essener Norden gefundene Tote ist identifiziert. Bei dem Mann handelt es sich um den 61-jährigen Gladbecker Wilhelm H.

Wegen des Zustandes der Leiche war anfangs ein Verbrechen nicht ausgeschlossen worden. Die Obduktion ergab jedoch, dass die zum Teil grausamen Verletzungen sämtlich postmortal entstanden sind und der Mann eindeutig an einem Herzinfarkt gestorben ist.

Allerdings ergaben sich aus dem Zustand des Leichnams verschiedene Fragen, so die Staatsanwaltschaft, die weiterhin Gegenstand von Ermittlungen sind. Zeugen, die zu der Person oder ihrem Verschwinden Hinweise geben können, wenden sich bitte an die Polizei in Essen.

Christiane Dieckerhoff

Dumm gelaufen –
ein Drama in drei Akten

Erster Akt: Der Plan

„Es ist nicht so, als hätte ich Fehler in der Planung gemacht, das kann ich auf jeden Fall ausschließen. Der Plan war gut. Mehr als gut. War ja schließlich nicht mein erster Überfall. Ich weiß, wie man solche Dinge plant. Und ich bin auch kein Laie, der sich aus der Fassung bringen lässt. Eigentlich. Es war alles perfekt, der Chef hätte nur mitspielen müssen. Ich wusste alles: wann er zurückkommt, wann seine Alte schlafen geht, wo der Safe ist. Ich kannte sogar die Marke."

–

„Woher ich das wusste? Ich hab ja für den Chef gearbeitet. Also, zuerst hab ich bei ihm gekellnert, aber dann wurde ich so etwas wie sein Laufbursche. Mario, mach dies. Mario, besorg das. Manchmal hab ich ihn auch gefahren, wenn er abends seine Runde gemacht hat, aber eher selten. Der Chef ist schon gerne selbst gefahren. Es war also alles ausbaldowert. Wir mussten uns einfach nur die Sturmmasken aufsetzen und im Gebüsch auf den Alten warten. Der würde uns dann aufschließen, wir würden ins Haus spazieren, so leise, dass nicht einmal die Frau des Alten das mitkriegen konnte. Und wenn doch, würden wir halt zwei Leute fesseln. Wir hatten auf jeden Fall genügend Kabelbinder dabei. Knebel brauchten wir nicht. Das Haus liegt so einsam, die beiden hätten brüllen können wie ein brunftiger Stier. Okay, der Vergleich ist jetzt vielleicht nicht so doll. Tut mir leid. Können Sie das streichen? Ich meine, aus dem Protokoll?"

–

„Nicht? Na, auch egal. Auf jeden Fall wussten wir, dass die beiden dort sitzen würden, bis die Haushälterin kommt. Aber dann wären wir schon längst wieder in unsere Leben abgetaucht. Das Dümmste, was man nämlich machen kann, ist zu verschwinden. Die beste Deckung ist: einfach weitermachen, als hätte man keine Kohle. Also, zumindest so lange, bis Gras über die Sache gewachsen ist. Die Polizei hätte uns nichts gekonnt, dachten wir. Aber Sie waren echt pfiffig, das muss ich Ihnen lassen. Auf jeden Fall pfiffiger als der Ortsbulle. Ich hab mir noch ausgemalt, wie der dem Alten eine Standpauke hält. So nach dem Motto: Ich hab dir ja gesagt, lauf nicht ständig mit diesem Bündel Hunderter in der Brusttasche herum. Ich war selbst einmal dabei, wie der Bulle versucht hat, den Alten davon zu überzeugen, dass sein Geld im Tresor besser aufgehoben wäre. Der hatte ja keine Ahnung, wie viel Kohle da drin war. Der kannte nur das Geldbündel. Aber das war schon beachtlich, da wäre selbst eine 12-Millimeter-Kugel nicht durchgekommen.

Wie dem auch sei, allein konnte man die Sache nicht durchziehen, also hab ich meinen alten Kumpel Volker angesprochen. Der wollte erst nicht. Der Chef hat wohl mal eine Geldstrafe für ihn bezahlt, damit er nicht in den Bau geht. Er hat gesagt, das geht ihm gegen die Ehre, seinen Wohltäter zu berauben. Was Quatsch war, denn der Chef wollte einfach nur nicht, dass der Volker wegen so einer Geldstrafe in der Schlachterei ausfällt. Das wäre ihn teurer gekommen. Man findet nicht so leicht jemanden, der fachgerecht die gerupften Hühner köpft und ihnen die Füße abschneidet. Das kann eben nicht jeder. Wie immer, wenn so etwas anstand, hat der Ortsbulle den Chef angerufen und ihm gesagt: ‚Der Volker muss in den Bau, der hat seine Tagessätze nicht bezahlt‘, und der Chef hat einfach nur gefragt: ‚Wie viel?‘ War das eigentlich rechtens?"

—

„Okay, verstehe. Ist jetzt wohl nicht so das Thema. Bleibt die Frage trotzdem im Protokoll?"

—

„Wie dem auch sei. Wenn so etwas war, ist der Chef direkt zum Polizeirevier nach Datteln gefahren und hat die Scheine auf den Tresen geblättert, hat die Quittung eingesteckt und fertig war die Chose für den Volker, oder für wen auch immer er die Geldstrafen bezahlt hat. Also, für mich nie. Ich hab solche Sachen nicht gemacht. Meine Devise war immer: Bleib unter dem Radar. Hat ja auch geklappt, wenn Sie nicht diese verfluchten …"

—

„Okay, ich verstehe. Ist jetzt auch nicht so das Thema. Können Sie gerne streichen. Also, zurück zum Chef. Klar hat er sich das Geld von den Leuten zurückgeholt, aber so, dass man damit leben konnte. Also, in kleinen Raten vom Lohn und so.

Also, ich hab den Chef ja mal gefragt, warum er das macht. Wir waren unterwegs nach Holland. Da hatte er ja auch einen Mastbetrieb und so weite Strecken ist er dann doch nicht mehr so gerne gefahren, war ja schon ziemlich alt. Ende siebzig muss er da gewesen sein, also, das war so ein oder zwei Jahre vor dem Überfall. Deshalb hätte ich ja nie gedacht, dass er so abgehen würde. Ich meine, der Mann war richtig alt. Aber egal. Der Chef war halt so der Typ, mit dem man reden konnte. Da können Sie jeden fragen. Der ist nämlich auch nicht mit 'nem silbernen Löffel im Mund auf die Welt gekommen. Ganz einfache Leute waren das. Hat er oft von erzählt. Seine Vorfahren kamen wohl aus Russland, aber lange vor dem Krieg. Der war schon ein richtiger Deutscher. Was immer das auch heißt …"

—

„Entschuldigung, aber irgendwie tut es gut zu reden. Ich meine, ich hab den Chef echt gemocht. Der war schon richtig. Leben und leben lassen war seine Devise, aber dabei hat er sich nicht die Butter vom Brot nehmen lassen. Trotzdem hat es eine ganze Weile gedauert, bis er sich seinen Spitznamen verdient hat. Heute hieße er wohl Chicken-Kalle – würde ihm gefallen. Der hat sich echt von ganz unten hochgearbeitet: hat für die Molkereigenossenschaft die Milchkannen bei den Bauern eingesammelt, sich dann von dem Lohn die ersten Hühner angeschafft, irgendwann dann den Großhandel und schließlich den Seehof. Der war echt sein Ding. Manche Leute behaupten ja, da sei auch nicht alles astrein gewesen, aber man hat ihm nie etwas anhängen können. Da waren wir uns ähnlich."

—

„Okay, zurück zum Thema. Als ich also dem Volker alles erklärt hatte, war er nicht mehr so etepetete. Außerdem hat ihn das Geld gereizt, der hatte eine Freundin, die gerne schick ausging. Und schließlich hatte ja auch keiner einen Schaden. Der Chef würde die Nacht überstehen und die Versicherung würde sowieso zahlen. Und wie gesagt: Mein Plan war perfekt.

Volker hat dann noch den Michael ins Spiel gebracht. Das war mir eigentlich nicht so recht. Aber man sollte bei so einer großen Sache nie an der falschen Stelle sparen. Außerdem waren da die Goldbarren. Kein Scheiß! Auch wenn der Chef Hunderter liebte, war er alt genug, um zu wissen, dass Geld ganz schnell seinen Wert verlieren kann. Hat er miterlebt, damals nach dem Krieg. Vierzig Mark auf die Hand und alles, was einer gespart hat, war so gut wie weg. Aber Land und Gold, das bleibt, hat er immer gesagt. Und der Michael kannte wohl jemanden, der jemanden kannte … Wie das halt so läuft."

—

„Die Tatwaffe? Also, die hat der Volker besorgt, die Munition auch. Woher er die hatte, weiß ich nicht. Das müssen Sie ihn schon selbst fragen. Er war erst skeptisch, weil eine Waffe nicht zu meinem ursprünglichen Plan gehörte. Zumindest hat er das gedacht. Nur: Es ist immer gut, seine Pappenheimer zu kennen, wie man so schön sagt. Wenn ich Volker sofort mit einer Waffe gekommen wäre, hätte er abgewunken. Aber wie gesagt: Der Chef gehörte nicht zu den Typen, die sich die Butter vom Brot nehmen lassen. Da hilft so eine Smith & Wesson. Wir konnten ja nicht ahnen, was dann passierte."

Zweiter Akt: Die Tat

„Zuerst lief alles gut. Selbst das Wetter hat mitgespielt. Die ganze Woche vorher hatte es geschifft, aber die Nacht war perfekt: trocken und trotzdem genug Wolken, um immer mal wieder den Halbmond zu verbergen. Wir sind also gut aufs Gelände draufgekommen. Den Fluchtwagen hatten wir nicht weit vom Tor geparkt. Der Plan war, dass Volker erst dazukommen würde, wenn es ums Einpacken ging, und so lange beim Wagen blieb. Er hatte Schiss, dass der Chef ihn erkennen könnte."

—

„Ob ich Schiss hatte, dass der Alte mich erkennt? – Nein. Ich kann mich gut verstellen. Außerdem bin ich so ein Allerweltstyp. Nicht dick, nicht dünn. Nicht groß, nicht klein. Und das Gesicht war ja hinter der Sturmmaske versteckt. Und meine Stimme hab ich verstellt. Da war ich schon immer gut drin. Wenn ich will, hab ich so eine richtig fiese Jesse-James-Stimme. Ich klinge dann sogar wie ein Ami. Also, wie gesagt, ich hab mir keine Sorgen gemacht, dass der Alte mich erkennt. – Moment mal: Wollen Sie mir etwa anhängen, dass ich ihn absichtlich …?"

–

„Nein? Dann ist ja gut. Also, wie gesagt, ich bin mit dem Michael über die Mauer, der hatte damit echt Probleme, der ist ja so ein kleiner Stämmiger. Aber er hat es geschafft. Ehrlich gesagt hab ich mir um den mehr ’nen Kopp gemacht als um den Chef. Weil ich den Michael ja nicht kannte und ich arbeite nicht gerne mit Leuten zusammen, die ich nicht einschätzen kann. Lieber hätte ich den Volker dabeigehabt, aber der wollte ja nicht."

–

„Ob der Bewegungsmelder angesprungen ist? Natürlich nicht, ich wusste schon, wie man dem ausweicht. Wie gesagt, zuerst lief ja auch alles nach Plan. Aber selbst wenn er angesprungen wäre, kein Thema. Vor dem Haus vom Chef haben sich ja Fuchs und Hase gute Nacht gesagt und natürlich sämtliche Katzen der umliegenden Bauernhöfe. Der Bewegungsmelder ist also ständig angesprungen, da hat niemand mehr drauf geachtet. Außerdem wusste ich, dass die Frau vom Chef immer früh schlafen geht, und die Schlafzimmer liegen auf der Rückseite des Hauses.

Wir also in die Büsche und ich den Michael noch einmal eingestielt: ihm gesagt, er soll einfach nur ein breites Kreuz machen, dem Chef vielleicht eine langen, wenn er nicht spurt, das hätte ich echt nicht gekonnt. Wie gesagt: Ich mochte den Alten. Ansonsten sollte er mir das Reden überlassen. Also, der Michael, nicht der Chef."

–

„Klar hatte ich die Waffe. Dem Michael hätte ich die nie gegeben. Ich wusste ja nicht, wie der reagiert. Ich weiß ja auch nicht, wie es dann passiert ist. Auf jeden Fall stimmte mein Zeitplan. Der Chef rollt also mit seinem Mercedes-Coupé in den Hof, parkt ihn vor dem Haus, alles wie erwartet, dann steht er vor der Haustür und kramt nach dem Schlüssel. Er hat ihn eigentlich immer in der Hosentasche gehabt, trotzdem hat er immer zuerst die Jackentaschen abgesucht. Keine Ahnung, warum der das gemacht hat. War wohl so ein Tick von ihm. Wir also raus aus dem Busch, der Michael hat sich vor dem Chef aufgebaut, ich stand hinter ihm – also, nicht hinter dem Michael, sondern hinter dem Chef – und hab mit meiner besten Jesse-James-Stimme irgendwas von Überfall gesagt und ihm auch gleich sicherheitshalber den Pistolenlauf in den Rücken gedrückt. Ich meine, damit er Bescheid wusste. Aber meinen Sie, das hat den interessiert? Dreht der sich doch zu mir um und versucht, mir die Maske vom Gesicht zu reißen. ,Ich mach dich fertig', hat der geschrien. Das müssen Sie sich mal vorstellen, der Mann war achtzig, aber flink wie nur was. Vor Schreck bin ich zurückgestolpert, Michael hat mich dann gerettet und den Chef festgehalten. Aber der hat sich gewehrt wie nur was und sich aus der Umklammerung gewunden. Ich bin dann hin, um Michael zu helfen: also, mehr gestolpert als gelaufen. An die Smith & Wesson hab ich schon gar nicht mehr gedacht. Das war ein Fehler, denn plötzlich hat es mir den Arm hochgerissen und geknallt – mein Gott, war das laut – und der Alte ist umgefallen. Und da war sofort die Blutlache und der hat sich auch nicht mehr gerührt. Ich wusste sofort, dass der tot ist. In der Zeitung stand dann was von Kopfschuss und Hinrichtung. Das war einerseits gut, weil jeder an die Russenmafia gedacht hat, andererseits: Ich wollte ihn nicht töten. Ich hab die Waffe in Hüfthöhe gehalten. Das müssen Sie mir glauben. Ich hab überhaupt nicht gezielt und auch nicht den blassesten Schimmer, wie sich der Schuss überhaupt gelöst hat. Das muss irgendwie aus dem Stolpern heraus passiert sein. Ich meine: Diese verdammte Smith & Wesson sollte dem Alten doch nur Dampf machen."

–

„Warum die dann geladen war? Na ja, damit man zur Not in die Decke ballern kann, falls der Alte sich ziert. So ein Loch in der Decke wirkt Wunder, hab ich gedacht. Aber doch nicht im Schädel vom Chef. Ich konnte überhaupt nicht mehr denken. Ich hab den nur so verrenkt da liegen sehen und überall Blut. Das war kein schöner Anblick und dann ist im Haus das Licht angegangen. Klar hat die Frau vom Chef den Schuss gehört. Und was hätte ich machen sollen? Die auch wegballern? Das konnte ich nicht. Ich bin doch kein Mörder. Also hab ich gedacht: ,Scheiß auf die Kohle und die Goldbarren', und hab Fersengeld gegeben. Ja, und der Michael ist hinterher. Der war ja genauso erschrocken wie ich."

–

„Was mit der Smith & Wesson ist? Die hab ich im Kanal versenkt. Keine Ahnung, wo. Der Volker hat einfach irgendwo an einer Brücke gehalten, aber welche das war, kann ich nicht mehr sagen. Wir sind mehr oder weniger ziellos durch die Gegend gefahren. Die Masken hat der Volker unterwegs aus dem Fenster geworfen. Das mit den Hunden und diesem ganzen DNA-Scheiß konnte ja keiner ahnen."

Dritter Akt: Das Netz zieht sich zusammen

"Irgendwann sind wir dann doch nach Hause. Wo sollten wir auch hin? Ich meine, wenn wir jetzt verschwunden wären, hätten die Bullen, äh, die Polizei – also ihr – uns ja sofort am Wickel gehabt. Also war erst einmal Stillhalten die Devise. Volker hat wieder Hühner geköpft, ich gekellnert, und was der Michael gemacht hat, weiß ich nicht. Auf jeden Fall war ‚nicht auffallen' angesagt: also, keine krummen Geschäfte, keine Drogen, kein gar nichts. Damit war erst mal Essig, nur nicht auffallen und Zeitung lesen. Die überschlugen sich ja. Ich meine: Wann passiert denn schon mal ein Mord in Datteln? Und dann die Umstände. Da ist sogar die Bild-Zeitung drauf angesprungen. Von der Russenmafia war die Rede. Von einer Hinrichtung. Und davon, dass die Polizei keine Ahnung hat. So etwas liest man natürlich gerne, trotzdem zuckst du bei jedem Klingeln an der Haustür zusammen. Das war echt kein Leben mehr. Ich meine, der Tod vom Chef hat zumindest Volker und mir sämtliche Nebeneinnahmen versaut. Das war bitter, aber nicht zu ändern. Einmal bin ich dem Ortsbullen begegnet und hab versucht, ihn so ein bisschen auszuhorchen. Mir war ja schon klar, dass ihr nicht alles rauslasst, aber so gerne der sonst erzählt hat, so zugeknöpft war der.

An einem Sonntag im Juni kamen dann ja die Hunde ins Spiel. Da ist mir schon etwas mulmig geworden, als ich gehört hab, dass ihr mit denen auf die Autobahn seid und an jeder Abfahrt angehalten, die Autobahn gesperrt und die Hunde habt herumschnüffeln lassen. Aber noch lief ja alles gut. Es war immer noch von der Russenmafia die Rede und von undurchsichtigen Geschäften. Ja, und dann war im August eure Pressekonferenz, wo ihr meine Sturmmaske gezeigt habt. Damals hat mich das mit den DNA-Spuren nicht so gestört. Ich bin ja immer unterhalb eures Radars geblieben. Aber als dann die Familie vom Chef die Belohnung ausgesetzt hat, ist mir schon der Arsch auf Grundeis gegangen. Ich hab gedacht, der Volker hat ja nur im Wagen gesessen, vielleicht macht der ja jetzt 'nen Deal und ist fein raus. Ich hab echt gedacht, ihr steht hier gleich vor meiner Tür. Aber ihr kamt ja nicht. Irgendwann war das Thema dann durch und ich hab mich wieder einigermaßen sicher gefühlt. Bis mir die Trude erzählt hat, als sie mal wieder zum Essen in dem Restaurant war, in dem ich gekellnert hab, dass die Polizei bei ihr in Bochum gewesen ist, weil einer der Hunde die Polizei zu ihrem Haus geführt hat. Ich meine, das muss man sich mal vorstellen. Das mit der Trude ist Jahre her! Und ich konnte ja nicht ahnen, dass der ihr Schmuck nicht versichert war. So reiche Leute sparen echt am falschen Ende."

–

„Woher ich die Trude kannte? Ach, ich hab damals auch schon mal in diesem Restaurant in Bochum gekellnert und die waren da Stammkunden, also, die und ihr Mann. Wir waren richtig befreundet, deshalb hat sie mich ja auch nie mit dem Überfall in Verbindung gebracht. Und wie gesagt, ich kann das gut mit dem Jesse-James-Akzent. Das war schon ein mulmiges Gefühl. Andererseits war ich ja nicht im System drin. Das hab ich auch dem Volker gesagt, aber der hat sich völlig sicher gefühlt, hat gedacht, seine DNA hättet ihr nicht. Weil er seine Sturmmaske eben nicht aus dem Fenster geschmissen hat. Die hat er wohl im Ofen verbrannt. Aber Michaels Spur habt ihr sogar bis in den Knast verfolgt."

–

„Woher ich das weiß? Hat mir meine Anwältin erzählt. Das muss man sich mal vorstellen. Da läuft so ein Hund schnurstracks auf die JVA zu. Das muss ja wohl auch für euch eine Überraschung gewesen sein, oder?"

–

„Nicht? Okay. Wie dem auch sei. Wir haben uns also immer noch sicher gefühlt und das waren wir auch. Aber irgendwer hat uns verpfiffen, das weiß ich auch von meiner Anwältin. Und wer immer uns verpfiffen hat, hatte sogar die Nerven, den Preis hochzupokern. Ich tippe ja auf die Perle vom Volker."

–

„Da können Sie nichts zu sagen? Müssen Sie auch nicht. Ich weiß, was ich weiß. Es war bestimmt Volkers Perle. Wenn bei dem der Schwanz ins Spiel kommt, schaltet das Gehirn ab. Wie auch immer. So ab Januar hab ich angefangen, überall Bullen zu sehen. Und da hab ich gedacht:

Jetzt wird es Zeit. Aber auch eine Flucht muss geplant werden. Außerdem hatten wir ja keine Kohle. Also mussten wir uns was ausdenken. Das war echt stressig. – Warum habt ihr uns eigentlich nicht schon im Januar hochgenommen?"

–

„Können Sie nichts zu sagen? Auch egal. Gekriegt habt ihr uns ja. Aber es war echt knapp, das muss ich sagen. Wir hätten es fast geschafft, was echt scheiße ist. Weil: Wir waren so nah dran. Einen Tag später wären wir weg gewesen und ihr hättet in die Röhre geguckt. Die ganze Arbeit umsonst. Hätte Volkers Perle eigentlich trotzdem die Kohle gekriegt? Lassen Sie mich raten: Da können Sie nichts zu sagen.

Wie auch immer: Das Ganze tut mir unendlich leid. Ich wollte den Chef wirklich nicht erschießen, das mit dem Geld hätte ihm nicht wehgetan und wie gesagt: Der Plan war gut."

Thomas Salzmann

Bruchlandung

„Kopf auf die Knie!"

Claus Leineweber konnte so schnell nichts aus der Ruhe bringen. Doch als das Brückengeländer vor ihnen auftauchte, das rechte Rad an dem Kleinflugzeug abgerissen wurde und die Lichter eines Lkw zum Greifen nah kamen, sah er seine letzten Sekunden geschlagen. Kopf auf den Knien hin oder her.

Die Welt versank in splitterndem Glas, berstendem Blech und einem ohrenbetäubenden Lärm.

Wie er danach aus der Piper kam, blieb ihm ein Rätsel. Er hörte das Glas unter seinen Schuhen knirschen, atmete den Geruch von geschmolzenem Plastik und Benzin, schmeckte das Blut, das ihm übers Gesicht lief. Doch das alles schien hinter einem Vorhang stattzufinden. Als würde er schlafwandeln, entfernte er sich von dem Flugzeug, den Trümmern, der Gefahr. Mit hängenden Schultern und suchendem Blick stand er auf der Fahrbahn.

Etwas drang durch den Schleier. Schreie. Seine Mitarbeiterinnen! Wo waren seine Mitarbeiterinnen? Er drehte sich um. Sie saßen auf den Rücksitzen des Kleinflugzeugs. Weinten. Clara winkte hektisch und rief etwas.

Er stieg über die Trümmer der abgerissenen Nase des Fliegers. Setzte einen Fuß auf die Motorhaube des Autos, das darunter begraben stand. Zog sich zur Kabine hoch und erreichte die Frauen. „Ich bin bei euch. Gleich kommt Hilfe. Es wird gut." Er fand einen Halt und kniete sich vor sie, jetzt wieder Herr der Lage.

„Meine Füße. Ich kann die Füße nicht bewegen." Clara liefen die Tränen über die Wangen. Neben ihr kauerte Martina. Schmerzen ließen sie leise stöhnen.

„Gleich kommt der Notarzt. Die Sanitäter helfen euch." In diesem Augenblick hörte er ein Martinshorn. Hoffentlich von einem Rettungswagen.

„Ich bleibe bei euch. Es wird alles gut." Er wollte selbst daran glauben. Behutsam strich er Clara über den Kopf.

„Wir übernehmen." Ein Sanitäter kam zu ihm und schob ihn zur Seite.

„Danke."

Leineweber atmete auf. „Ich kümmere mich um euch. Versprochen", sagte er im Gehen und kletterte auf die Fahrbahn hinunter.

Jetzt erst sah er das Ausmaß ihres Crashs auf der A52. Die quer stehenden Autos, den fast im Graben stehenden Lkw, Warnblinklichter überall und das Blaulicht. Er war fassungslos.

Julian, sein Pilot, trat zu ihm und legte den Arm um seine Schulter. Von seiner Stirn tropfte Blut auf sein Hemd. Alle Farbe war aus seinem Gesicht verschwunden. Er schüttelte ununterbrochen den Kopf. „Ich verstehe es nicht. Es hätte reichen müssen."

Ihre Blicke trafen sich. „Wir hatten echt Schwein. Sehr viel Schwein." Sie gingen zum Fahrbahnrand. Julian hinkte. Sie setzten sich ins Gras. „Kein Wort gleich. Nichts. Hast du verstanden?"

Julian nickte.

Leineweber hatte geahnt, dass etwas kommen würde. Doch dass er sein Glück so strapazieren musste, hatte er nicht erwartet.

Die Uhr tickte. Der nächste Schritt im Plan stand an. Wo war sein Telefon? Er klopfte alle Taschen ab, Jackett, Hose, Hemd. Es musste herausgefallen sein. „Kannst du mir dein Telefon geben?" Er hielt Julian die Hand hin.

Auch der klopfte alle Taschen ab, bis er sein Smartphone gefunden hatte. Leineweber nahm es und rief sofort seine Frau an.

„Ursula, Liebes, es ist alles gut. Aber es wird doch etwas später. Mach dich fertig und bereite alles vor. Wie besprochen. Wenn ich da bin, müssen wir sofort los. Ist Stephanie bei dir? Gut. Bis gleich." Leineweber gab das Gerät zurück.

Endlich kamen die ersten Polizeifahrzeuge. Dann konnte er auch das hinter sich bringen.

Er stand auf. Seine Mitarbeiterinnen wurden auf Tragen zum Rettungswagen gefahren. *Hoffentlich ist es nicht zu schlimm.* Wenn er die zerstörte Maschine sah, kam es ihm sowieso wie ein Wunder vor, dass sie aus diesem Wrack lebend herausgekommen waren.

Auf der A52 am Freitagnachmittag mit einer zweimotorigen Piper zu landen, ohne dass es Leben kostete – er hatte zumindest nicht den Eindruck, dass es Tote gab –, bedurfte schon eines besonderen Schutzengels. Wie sein Motto eben lautete: „Das Leben ist etwas Sein, etwas Schein und sehr viel Schwein." Heute hatte er eine Extraportion davon gehabt.

Zwei Polizisten traten zu ihm. „Sie saßen auch im Flugzeug?" Er konnte seine Aussage machen.

Und dann seine Familie in Sicherheit bringen.

Khan faltete seine FAZ vom Samstag zusammen und legte sie neben sein Croissant und den Kaffee auf den Tisch. Beinahe zärtlich strich er darüber. Obenauf prangte die Schlagzeile: „Kleinflugzeug stürzt auf stark befahrene Autobahn". Er atmete mehrmals tief ein und aus. Seine Frau beobachtete ihn, stand auf und verließ das Zimmer.

Er nahm sein Telefon und wählte. „Was bist du für ein Anfänger?", brüllte er. „Hast du eine Idee, was das heißt? Kannst du dir auch nur im Geringsten vorstellen, was jetzt los ist?"

„Ich ..."

„Halt dein verdammtes Maul."

Khan beendete das Gespräch. Er hatte gehofft, Zeki, sein ältester Sohn, wäre ein würdiger Nachfolger. Jetzt stellte sich heraus, dass er ein armseliger Versager war. Seine Idee, Leinewebers Piper mit weniger Treibstoff betanken zu lassen, war gut. Zeki kannte die zuständigen Leute am Flughafen in Berlin und mit ausreichend Bakschisch wäre das kein Problem gewesen, meinte er. Doch er hatte es so vermasselt, dass es jetzt in allen Zeitungen stand. Ihm blieb nichts übrig, als das Problem selbst zu lösen.

Khan nahm die Autoschlüssel. Kurz überlegte er, ob er jemanden mitnehmen sollte, nur zur Sicherheit. Er entschied sich dagegen. Mit Leineweber wurde er allein fertig.

Draußen nieselte es aus einem eisgrauen Himmel. Ein Blatt wirbelte auf und verfing sich in seinem Bart. Khan stellte den Kragen seines Mantels hoch und schüttelte sich.

Sein Maserati MC20 Cielo Grigio Mistero stand quer auf dem Platz vor seinem Anwesen, gut sichtbar für alle, die vorbeigingen. Er drückte auf den Schlüssel und die Türen schwangen nach oben auf. Er glitt in den weißen Schalensitz. Ein Druck auf den blauen Knopf am Lenkrad und der Sechszylindermotor röhrte los. Er trat dreimal das Gaspedal durch, bevor er losfuhr.

Khan wählte noch einmal Zekis Nummer. „Erklär es mir", sagte er ohne Umschweife.

„Der Tankwart hatte Angst, der Pilot merkt etwas, und hat deshalb doch zu viel Treibstoff eingefüllt. Über dem Sauerland sollten sie runterkommen. Ich kläre das. Der macht keinen Fehler mehr."

„Dafür ist es jetzt zu spät. Anfänger! Was soll ich jetzt mit dir machen? Weißt du, wie ich dastehe? Als ein Clanboss, der noch nicht einmal in der Lage ist, einen Autohausbesitzer aus dem Weg zu räumen. Kapierst du, was das bedeutet?"

Khan gab seinem Sohn nicht mehr die Gelegenheit zu antworten. Jetzt regelte er die Angelegenheit selbst, bevor jemand auf die Idee kam, seine Autorität infrage zu stellen.

Claus Leineweber stand unter der Dusche. Dampf stieg auf. Das Wasser lief über seinen Körper und wusch den ganzen Dreck der vergangenen Tage ab. Im Abfluss verschwanden die Bilder von der Autobahn, die üblen Gerüche, die belastenden Gedanken.

Er trocknete sich ab, zog eine Leinenhose und ein Poloshirt an. Nur zwei Sachen musste er heute noch erledigen.

Ursula wartete mit dem Frühstuck auf der Terrasse auf ihn. Er gab ihr einen Kuss. „Guten Morgen, Liebes." Dann erst setzte er sich und fuhr sofort seinen Laptop hoch.

„Nur eine Sache." Er lächelte entschuldigend und klickte kurz darauf auf „Senden".

Khan parkte vor Leinewebers Haus. Auffallend viele Autos standen hier. Er klingelte trotzdem. Die Tür schwang auf und ein ihm unbekannter Mann öffnete.

„Guten Morgen. Herr Leineweber hat angedeutet, dass heute Morgen ein Besucher kommen könnte." Der Mann lächelte freundlich und trat zur Seite. Mit einer ausladenden Geste bat er Khan herein.

„Wer sind Sie? Was wollen Sie von mir?" Khan hatte keinen Bock auf diese Anmache.

„Kriminalhauptkommissar Schrader, Landeskriminalamt Düsseldorf. Kommen Sie doch herein, dann können wir in Ruhe reden." Neben diesem Schrader tauchten zwei weitere Männer auf, die die Hände an ihre Hüfte schoben.

„Wo ist Leineweber?" Khan ließ sich nicht auf die Einladung ein. Einschüchtern ließ er sich schon zweimal nicht, auch wenn die Jungs Knarren trugen.

„Ich hatte gehofft, Sie könnten uns weiterhelfen."

„Seh ich aus wie ein Samariter?" Als würde er mit den Bullen kooperieren. „Wenn er nicht da ist, komm ich später wieder. Sagen Sie ihm, dass ich ihn sprechen muss." Khan drehte sich um und ging davon.

„Und wer will ihn sprechen? Das wird Herr Leineweber sicher fragen."

Khan streckte den Mittelfinger in die Luft und stieg ins Auto. Was soll das denn jetzt?, fragte er sich. Was will das LKA hier? Woher wissen die –? Er wollte nicht glauben, dass Leineweber die Polizei eingeschaltet hatte. So blöd war er nicht. Leineweber wusste, was ihm blühte, wenn er mit der Polizei sprach. Ihm und seiner Familie.

Langsam fuhr Khan die Straße hinunter, den Blick im Rückspiegel. Kaum hatte er einen schwarzen Golf passiert, setzte der den Blinker und folgte ihm.

„So eine Scheiße." Kahn schlug aufs Lenkrad. Das hatte ihm gerade noch gefehlt. Mit Polizeischutz durchs Ruhrgebiet zu fahren. Zum ersten Mal hielt er sich an die Verkehrsregeln, den Blick immer nach hinten gerichtet.

Khans Wut auf Leineweber stieg mit jedem Meter, den er von diesem Golf verfolgt wurde. Was erlaubte sich dieser Autohändler? Glaubte er wirklich, ihn, Khan, fertigmachen zu können?

Er wird leiden. Er und seine Familie.

Khan streichelte übers Lenkrad. Mit dem Maserati hatte es angefangen. Damals hat Leineweber wahrscheinlich noch gedacht, dass er ihn mit einem „Geschenk" abspeisen könnte und aus der Übernahmenummer raus wäre. Aber wenn Khan die Autohäuser kaufen wollte, dann kaufte er die Autohäuser. Geschenk hin oder her. Damit hatte Leineweber nur gezeigt, dass er erpressbar war.

Anfänger.

Khan fuhr auf die Autobahn, den schwarzen Golf im Schlepptau. Er rammte den rechten Fuß aufs Gaspedal und genoss es, in den Sitz gedrückt zu werden. Der Golf verschwand im Rückspiegel.

„Seid ihr dran?" Schrader stand vor Leinewebers Haus. Er wischte einen Regentropfen von seiner Brille. „Was ist?" Er musste das Telefon vor dem Wind schützen, damit er seinen Kollegen verstand.

„Der Kerl zieht ganz schön los. Durch Essen ging's. Aber jetzt auf der Autobahn …"

„Ihr seid auf der A40?"

„Er ist ungefähr zweihundert Meter vor uns. Der Abstand wird aber größer."

„Ihr wisst ja, wo es hingeht. Bleibt so gut es geht dran. Er soll wissen, dass er überwacht wird."

„Ich melde mich, wenn es etwas gibt."

Schrader ging zurück ins Haus. Franziska von der Spurensicherung kam mit einem Stapel Papiere aus dem Zimmer gleich links. „Ich habe die Unterlagen aus seinem Büro gesammelt. Er hat alles ordentlich hingelegt. Wie er es beschrieben hat."

Schrader sah sich den Stapel an. „Hast du sie schon überflogen?"

„Nur kurz. Aber er hat alles protokolliert, was zwischen ihm und den Libanesen abgelaufen ist. Er hat auch Tonaufzeichnungen auf einem Stick dazugelegt. Die müssen wir uns gleich anhören. Gerade kam noch eine E-Mail mit einem Anhang. Ein Video. Ich checke das sofort."

„Haben wir etwas, um diesen Khan festzunehmen? Gibt es etwas Konkretes?"

„Im Moment noch nichts Verwertbares. Ich suche weiter."

„Wo ist Leineweber überhaupt?"

„Er hat nichts hinterlassen. Aber wir finden ihn. Er wäre der Erste, der sich in Luft auflöst."

„Meinst du wirklich, wir sind hier sicher?" Ursula Leineweber nippte an ihrem Kaffee. Sie schob ihre Sonnenbrille hoch und sah ihren Mann an.

„Fürs Erste, ja. Mach dir keine Sorgen." Claus Leineweber schob den letzten Bissen des Brötchens in den Mund und spülte es mit Earl Grey hinunter. Er wischte sich über den Mund. „Schläft Stephanie noch?"

„Sie war schon früh unterwegs. Wollte am Strand eine Runde joggen. Es fällt ihr schwer, alles hinter sich zu lassen. Zu wissen, dass es kein Zurück gibt und dass sie ihre Freunde nicht mehr sehen wird, macht ihr zu schaffen."

Claus Leinewebers Brust hob und senkte sich. „Es tut mir auch leid. Aber im Moment gibt es keine Alternative. Wir mussten weg. Dieser Khan und sein Clan verstehen keinen Spaß und scheuen vor nichts zurück. Er hat es sehr deutlich gezeigt. Ich musste handeln, bevor euch etwas passiert."

Ursula legte ihrem Mann die Hand auf den Arm. Er schaute sie zärtlich an.

„Khan hat mich wütend gemacht. Er hat euch, meine Familie, bedroht, und mich. Er will mir nehmen, was mein Vater mir übergeben hat. Was wir daraus gemacht haben. Er will meine Autohäuser nur kaufen, weil er sie für seine Geldwäsche braucht. Mit mir macht er das nicht."

„Und was willst du jetzt tun?"

„Ich habe Informatik studiert und kann noch immer gut programmieren, kenne mich mit der Software aus. Nicht nur von Autos. Ich bin sicher, ich finde einen Job. Leute wie mich sucht die Industrie. Oder ich mache mich selbstständig. Als Softwareberater. Glaub mir, wir kommen zurecht."

„Bestimmt." Ursula stand auf und lehnte sich ans Geländer. Ihr Blick wanderte über den Strand und das in der Sonne glitzernde Meer. „Glaubst du, wir sind diesen Khan jetzt los?"

„Gleich." Leineweber trank einen Schluck Tee. „Wenn Schrader ihn mit all den Daten und Informationen von mir nicht festnehmen kann, weiß ich es auch nicht. Vorhin habe ich ihm noch die Aufnahmen von Khans Sohn geschickt, wie er dem Tankwart Geld gegeben hat, weil er ‚sparsam' mit dem Treibstoff war. Das müsste der Sargnagel für die zwei sein." Ursula musste nicht wissen, dass der Tankwart sie informiert hatte, wofür er von ihnen üppig entlohnt worden war.

„Ich frage mich immer noch, ob dieses Risiko notwendig war. Ob du dafür dein Leben riskieren musstest."

„Es war perfekt geplant. Als ich Khan gesagt habe, dass ich in Berlin einen anderen Interessenten für die Autohäuser treffe, hätte er mit seinem Blick eine ganze Armee töten können. ‚Ich oder keiner', war seine Antwort darauf. Trotzdem bin ich geflogen. Weil ich sicher war, dass er reagieren würde. Das war der Plan. Deshalb haben wir auch alles überwacht und dokumentiert. Mein Pilot, Julian, hat vor dem Start zwar gesehen, dass weniger Treibstoff im Tank war, meinte aber, dass wir es trotzdem nach Mülheim schaffen. Clara hatte eine Einladung und ich habe gedrängt. Wir hatten zu starken Gegenwind, was uns mehr Sprit gekostet hat als angenommen." Er seufzte. „Ich bin froh, dass alles im Grunde gut gegangen ist." Auch seine Frau seufzte.

Claus Leineweber wandte sich wieder seinem Laptop zu. Mit zwei Klicks war er im Programm.

Khan beschleunigte auf zweihundert. Der Golf verschwand im Rückspiegel. Dilettanten. Auf die Pferde unter seiner Haube konnte er sich verlassen.

Der Lieferwagen vor ihm kam sehr schnell näher. Khan trat auf die Bremse. Der Maserati wurde nicht langsamer. Er gab Lichthupe. Der Lieferwagen ging im letzten Moment auf die rechte Spur.

„Was war das denn?", fragte sich Khan laut.

Er nahm den Fuß vom Gaspedal, doch sein Wagen hielt die Geschwindigkeit. Er tippte auf die Bremse. Nichts. Er trat fester zu. Immer noch nichts. Er nutzte seine hundertundzwanzig Kilo, um das Bremspedal durchzudrücken.

Verflucht.

Sein Puls schoss hoch und seine Hände krallten sich um das Lenkrad. Er hupte den Wagen vor ihm zur Seite. Der Fahrer zeigte ihm mit Scheibenwischer und Stinkefinger, was er von der Aktion hielt. Wieder trat er auf die Bremse. Nichts. Khan musste das Auto irgendwie zum Stehen kriegen. Doch mit zweihundert in die Leitplanke zu fahren, wäre Selbstmord. Zum Glück war noch nicht zu viel Verkehr.

Aber er hatte die Kontrolle verloren.

„Der Kerl fährt wie bescheuert. Ich hab ihn kaum noch im Blick."

Schrader hörte aufmerksam hin. „Versuch trotzdem dranzubleiben. Wahrscheinlich befürchtet er, dass wir bei Leineweber etwas gegen ihn gefunden haben, und versucht jetzt zu entkommen."

„Auf der A40?"

„Ich informiere die Kollegen von der Autobahnpolizei, dass sie Verstärkung schicken. Wir holen ihn uns."

Khan schaffte es nur mit Mühe, die Autos vor sich wegzuscheuchen. Er hatte keine Idee, wie er seinen Maserati stoppen könnte. Außer links in die Leitplanke oder rechts in den Graben zu rasen. Mit zweihundert Sachen! Sein Hemd klebte ihm am Rücken. Schweiß lief ihm über die Wangen. Er erinnerte sich, dass Leineweber einmal erwähnt hatte, dass er Informatiker sei. Sollte er etwas manipuliert haben? Hatte er ihm deshalb so bereitwillig das „Geschenk" gemacht? Hatte Leineweber schon damals etwas geplant?

Entsetzt starrte Khan aufs Lenkrad. Ganz langsam drehte es sich wie von Geisterhand nach links. Er riss es nach rechts, zog mit aller Gewalt. Doch es bewegte sich einfach weiter nach links. „Nein!" Der Brückenpfeiler vor ihm war keine hundert Meter entfernt.

„Schrader, wir brauchen das volle Programm. Er ist gegen die Brücke gerast. Hol alles, Hubschrauber, Feuerwehr, Rettung. Das ist ein einziges Schlachtfeld."

„Claus, leg doch den Laptop weg und versuche auch, etwas abzuschalten. So wichtig kann das doch nicht sein."

„Ach." Er lächelte zufrieden und klappte den Laptop zu. „Ich habe jetzt sowieso keine Verbindung mehr."

„Hast du etwas Lustiges gelesen?"

„So ähnlich. Du kennst doch mein Motto: Das Leben ist etwas Sein, ..."

„Ja, das sagst du mindestens dreimal am Tag, dass du auch Schwein gehabt hast."

„Heute will ich es noch erweitern: Und manchmal muss man auch ein Schwein *sein*."

Klaus Heimann

Ökobilanz

Ich sitze mit einer Tasse Kaffee am Frühstückstisch und nehme die Tageszeitung zur Hand. „Millionär in Villa erschossen" lautet die Topschlagzeile auf dem Titelblatt. Ich erschrecke, als ich das Bild des Opfers sehe. Mich schaut ein Mann an, den ich kenne. Vor über zehn Jahren sind wir uns begegnet. Kurz darauf wurde er ermordet, steht in der Zeitung.

Ich habe diesen Mann allzu gerne vergessen, den Verführer, den Scharlatan. Sein Tod ist damals irgendwie an mir vorbeigegangen, vermutlich, weil ich zu diesem Zeitpunkt auf Montage in Südamerika war. Seit Freitag sind zwei Verdächtige vor dem Landgericht in Hagen wegen Mordes angeklagt. Neue Methoden zur Auswertung von DNA-Spuren haben die Polizei auf ihre Spur gebracht.

Am Tag des Verbrechens hatten sich die Täter vor der Villa auf die Lauer gelegt. Aber nicht Hund – so der Name ihres Ziels –, sondern seine Lebensgefährtin lief ihnen vor dem Haus über den Weg. Sie bedrohten die Frau mit einer Pistole, schlugen sie und drängten sie hinein. Dort suchten die Männer nach Beute. Hund trafen sie in der Sauna an und streckten ihn ohne Vorwarnung mit zwei Schüssen nieder. Eingeschüchtert und weiter mit Schlägen traktiert öffnete seine Lebensgefährtin den Tresor im Schlafzimmer. Die Täter entwendeten wertvolle Uhren und Schmuck.

Fassungslos blicke ich von der Zeitung auf. Ein vages Bild von den Gesichtern der Angeklagten entsteht in meinem Kopf. Ich bin mir ziemlich sicher, dass es diese beiden waren, die Hund niedergeschossen haben, seine glühendsten Verehrer.

Meine Gedanken schweifen zurück zu den Ereignissen jenes Sommers. Immer deutlicher treten sie aus dem Nebel der Vergangenheit vor mein Auge.

Bis heute weiß ich nicht, welcher Wahn mich befallen hat, ausgerechnet bei diesem Wetter mein neues Umfeld zu erkunden. Es wird daran gelegen haben, dass ich erst vor gut einer Woche hergezogen war, in eine geräumige Dreizimmerwohnung. Nach Jahren in einem Mini-Appartement war ich gezwungen, mich kleinzusetzen, wegen Unterhaltspflichten aus meiner Scheidung. Der Nachwuchs stand mittlerweile auf eigenen Beinen. Endlich Bewegungsfreiheit in den eigenen vier Wänden. Ich genoss es.

An einem Tag Mitte Juli startete ich meine Expedition. Die Sonne stand kurz davor, am unbewölkten Himmel den Scheitelpunkt ihrer Bahn zu erreichen. Kaum ein Windhauch. Die leichte Sommerkleidung klebte mir schon nach wenigen Schritten auf der Haut, der Schweiß pappte mir die Haare an den Kopf. Körperlich erfahrbarer Klimawandel. Doch ich blieb tapfer. Wenn ich mich zu etwas entschlossen habe, bin ich manchmal ganz schön konsequent. Ich entdeckte einen Supermarkt, eine Lottobude, einen Bäcker. Ganz in der Nähe meiner neuen Adresse. Praktisch.

Einmal unterwegs entschloss ich mich, den Kreis noch weiter zu ziehen. Die eingeschlagene Richtung führte mich aus der Kleinstadt heraus. Ich erreichte die Bundesstraße, die sie tangiert, überquerte sie, entdeckte einen Feldweg, der in ein Wäldchen führte. Er versprach ein wenig Schatten. Angenehm.

Zwischen alten Buchen und Eichen dahinschlendernd zuckten meine Gedanken hierhin und dorthin. Ich folgte Abzweigen, erreichte einen Abschnitt mit Nadelwald, ließ mich vom federnden Pfad zwischen dichten Tannen leiten, kam irgendwann am Waldrand aus. Ein geteertes Sträßchen, in Spurbreite eines Lastwagens, führte im Bogen einen Hang hinauf. Von dort hatte man bestimmt einen guten Ausblick auf die Gegend. Den würde ich mir noch gönnen, ehe es heimwärts ging. Keine gute Entscheidung. Wenige Hundert Meter weiter kündigte eine Hinweistafel eine Mülldeponie an.

Ich verspürte wenig Lust, auf dem Teersträßchen umzukehren, und hoffte, vor Erreichen der Anlage einen Weg zurück in den Wald zu finden. Doch schon bald stand ich vor dem massiven Eingangstor der Deponie. Der Müllberg war nur zu erahnen. Lediglich seine Spitze lugte über den Wall hinaus, auf dem ein Zaun errichtet worden war. Die Hitze, die von ihm aufstieg, malte Schlieren in die Luft. Sie schwappte zu mir herüber, trug in Wellen einen Hauch mit sich, der mich mit olfaktorischen Eindrücken der unangenehmsten Art peinigte.

Wohin sollte ich mich wenden?

Ein ausgefahrener Feldweg führte am Zaun entlang. Ich folgte ihm mit den Augen und entdeckte einen Trampelpfad, der zurück in den Wald zu führen schien. Also beschloss ich, den Gestank eine Weile zu ertragen. Eiligen Schrittes, den Blick gesenkt, flach wie irgend möglich atmend, stampfte ich los.

Er fiel mir erst spät auf, der Mann, der direkt unterhalb des Walls der Mülldeponie saß und ins Tal schaute. Man könnte beinahe sagen, ich stolperte über ihn. Hinter dem Mann lag eine Holztonne im Gras, auf der Seite. Ihr Deckel stand offen, war mit Scharnieren befestigt. An ihm lehnte der merkwürdige Zeitgenosse. Um die Hüfte hatte er sich ein Stück groben Stoff geschlungen, war ansonsten unbekleidet. Ein mäßiger Bauchansatz stülpte sich über den Rand des Lendentuchs. Er hatte üppige Locken, die ihm bis auf die Schultern fielen, sein Gesicht versteckte ein Vollbart, der ihm bis auf die Brust reichte. Obwohl sein Haar schneeweiß war, selbst seine Augenbrauen, schätzte ich ihn auf etwa fünfzig Jahre.

Ich war derart verdutzt über diese unerwartete Begegnung, dass ich anhielt und die Erscheinung entgeistert anstarrte. Der Mann bemerkte mich und sah zu mir auf. Nie werde ich seine Augen vergessen. Nussbraun. Verständig, weise. Sie entkleideten mich, legten mein Innerstes bloß, verstanden mich in dieser Sekunde bis hin zu jeder Regung meiner Gefühle, saugten meine Persönlichkeit ein.

„Setz dich, mein Sohn", hörte ich eine tiefe, weiche, angenehme Stimme. Sie formulierte trotz des freundlichen Tonfalls keine Bitte. Es lag etwas Forderndes darin, dem ich nicht gewachsen war. Tatsächlich nahm ich direkt neben dem Mann Platz, lehnte mich ebenfalls an den Tonnendeckel, betrachtete ihn, der wieder hinunter zum Wald schaute, von der Seite.

„Was führt dich her, mein Sohn?", fragte er.

Ich stotterte etwas von Umzug, neue Gegend, verlaufen.

„Du hast mich also nicht gesucht?"

„Ich komme zufällig vorbei."

„Nun. Du hast mich zwar nicht gesucht. Aber du hast mich gefunden."

Er ließ den Satz einfach stehen. Wir schwiegen eine Weile, bis ich es nicht mehr aushielt.

„Was machen Sie hier? Es gibt wahrlich bessere Orte bei diesem Wetter. Und dann der Gestank!"

Wieder traf mich der entblößende Blick. „Ich lebe hier."

Wie konnte man an diesem Ort leben? Ich sprach die Frage nicht aus. Die alles erfassenden Augen verstanden sie auch so. „Ich sehe deine Zweifel an meinem Verstand, mein Sohn. Sei versichert: Er ist ungetrübt. Möchtest du, dass ich mich dir erkläre?"

Natürlich war ich neugierig auf das, was den Mann an diesen Ort geführt hatte. Ich nickte.

Der Geheimnisvolle fächerte seine Geschichte vor mir auf. „Man nennt mich Skylos. Ich lebe hier, um mich zu prüfen …"

Skylos, wie ich ihn ab jetzt ebenfalls ansprach, war ein blendender Erzähler. Er berichtete, dass er bis vor fünf Jahren unter gewöhnlichen Umständen gelebt hatte, in einem eigenen Haus mit Garten. Er war täglich zur Arbeit gegangen, war regelmäßig in Urlaub gefahren, hatte Dinge um sich angehäuft, die ihm Freude versprachen. Bis ihn eines Nachts ein Traum heimsuchte, der sein Weltbild zum Einsturz brachte. Skylos versicherte mir, er erinnere sich nicht mehr daran, worum es in diesem Traum wirklich gegangen sei. Er wisse nur noch, dass am Ende sein Haus über ihm zusammengestürzt war. Im nächsten Moment habe er sich in einem ausgedienten Weinfass wiedergefunden. Geblieben war ihm nur das nackte Leben. Und ein überbordendes Glücksgefühl, das er – noch im Schlaf – so tief empfunden hatte, dass es bis heute in ihm nachwirkte.

Der Traum setzte sich in Skylos fest wie eine Prophezeiung, der zu entrinnen unmöglich war. Von diesem Tag an zweifelte er das Fundament seines bisherigen Daseins in allen Belangen an. Bei jedem Gegenstand, den er in die Hand nahm, fragte er sich, ob er zu einem Glückserleben führte. Schnell stellte er fest, dass viel zu viel um ihn herum aus reinem Tand bestand. Einen Unterschlupf, Kleidung, Nahrung: Mehr benötigte niemand zu einem erfüllten Leben. Alle Materie, die ein Mensch um sich anhäufte, lenkte nur ab, verstellte den Blick auf sein Selbst. Bedürfnislosigkeit führte ins Glück, nicht die hohlen Versprechungen des Wohlstands.

Nach einer mehrmonatigen Phase voller Erkenntnisgewinn beschloss Skylos, sich konsequent von allem Überflüssigen zu trennen und seine Zufriedenheit nur noch aus seinem Inneren zu schöpfen. Ihm fiel das

Weinfass aus seinem Traum ein und er besorgte sich die neben uns liegende Holztonne, um sie zu seinem neuen Zuhause zu machen. Er kündigte seinen Bürojob und lebte seitdem in einfachsten Verhältnissen.

„Je länger ich dieses Leben der Entsagung führe, desto mehr finde ich mich bestätigt in meinem Weg. Warum haben die Menschen den Müßiggang verlernt? Ich habe ihn für mich wiederentdeckt. Warum glauben wir, in ständig neuen Anschaffungen liege der Weg zur Zufriedenheit? Ich behaupte, jedes Teil mehr belastet uns nur. Hinter uns, hinter diesem Zaun, siehst du, was unser Konsum zurücklässt. Lauter Zeug, das wertlos geworden ist. Es türmt sich auf zu einem gigantischen Müllberg. Unser auf Dinge gerichtetes Leben zerstört nicht nur uns, sondern auch die Erde. Wirf deine überflüssigen Bedürfnisse über Bord und du wirst frei sein, innerlich frei. Du wirst das echte Glück deiner Existenz spüren, dich selbst spüren." So endete Skylos.

Nach dieser Ansprache herrschte zunächst Stille zwischen uns. Ich wusste nicht recht, was ich mit dieser völlig unvorbereitet angehörten Philosophie anfangen sollte.

Eines wollte ich dann aber doch wissen. „Warum setzen Sie sich diesem Gestank aus?", quetschte ich gerade in dem Moment hervor, als ein intensiver Hauch von der Deponie zu uns getragen wurde, der mir Übelkeit verursachte.

„Ich erwähnte bereits: Ich will mich prüfen. Ich will herausfinden, ob reine Luft notwendig ist zum inneren Glück. Indem ich mir stets aufs Neue etwas versage, was mir dazu unabdingbar erscheint, werde ich durch den Verzicht darauf reicher. Und lass dir sagen, mein Sohn: Wir brauchen keine frische Luft! Jedenfalls nicht, wenn du meine Stufe der Entsagung erreicht hast."

Seine nussbraunen Augen, auf mich gerichtet, während er dies behauptete, verursachten mir einen Schauer, der meinen ganzen Körper durchflutete.

Ich hielt die Ausdünstungen des Mülls und die stechende Sonne nicht länger aus. Verwirrt von seiner Erscheinung und seinen Worten verabschiedete ich mich von Skylos und wünschte ihm alles Gute.

Hatte ich geglaubt, den lebenden Diogenes als Spinner abtun und schnell vergessen zu können, so hatte ich mich geirrt. Das Vernommene hallte stärker in mir nach, als ich mir zunächst eingestehen wollte. In meine Wohnung zurückgekehrt ließ ich mich mit einer Cola in den Sessel plumpsen. Gerade setzte ich das Glas an die Lippen, als mich die Frage durchzuckte, ob die Eiswürfel darin nicht der pure Luxus waren. Gegenüber meinem Sitzplatz bedeckte das neue Regal mit meinen heiß geliebten Büchern die ganze Wand. Endlich hatte ich sie wieder um mich. Während der Zeit in meinem Mini-Appartement waren sie bei Bekannten ausgelagert gewesen.

Die Freude über ihren Anblick war mir plötzlich verleidet. Wie viele Bäume hatten für das Papier sterben müssen! Noch einmal lesen würde ich die wenigsten von ihnen.

Seitlich vom Regal stand meine Musikanlage. In Vorfreude auf die neue Wohnung hatte ich mir wieder einen Plattenspieler angeschafft. Ich liebe meine alten Scheiben, die ich schon in meinem Jugendzimmer gehört habe. Das Hochgefühl, sie aus der Hülle zu ziehen, sie mit Bedacht auf den Plattenteller zu legen, den Tonarm über die Rille zu führen, ihn abzusenken und mich von der Musik davontragen zu lassen – es erschien mir mit einem Mal hohl. Waren die Stücke, die ich gerne hörte, nicht längst auf meinem Computer gespeichert? Befeuerte eine im Grunde umständliche Zeremonie wirklich die Freude an der Musik?

Von diesem Tag an erwischte ich mich häufig bei solchen Gedanken. Skylos hatte mir seine Philosophie injiziert, mir einen Spiegel vorgehalten. Plötzlich kam mir die Vergrößerung meines Wohnraums überflüssig vor. Ich war schließlich Single. Drei Umzugskisten blieben gepackt in der Ecke stehen.

Am nächsten Wochenende verspürte ich das Bedürfnis, noch einmal mit diesem seltsamen Mann zu reden. Ich machte mich am frühen Nachmittag auf den Weg zur Mülldeponie. Überraschenderweise traf ich Skylos nicht allein an. Drei weitere Männer hatten zu ihm gefunden, saßen mit ihm vor seiner Tonne auf dem Boden und diskutierten angeregt. Ich wurde freundlich empfangen und eingeladen, mich hinzuzugesellen. Bald war ich lebhaft in die Diskussion einbezogen. Die Runde reflektierte gerade die Auswirkungen des Konsums auf Natur und Klima. Dabei überlegte sie, ob in der Lebensweise von Skylos nicht die Lösung für die Klimaprobleme der Welt lag. Ihre Ökobilanz fiel überzeugend günstig aus.

Regelmäßig besuchte ich ab jetzt den Weisen in der Tonne. Ich brachte ihm Geschenke mit, etwas zu essen, eine Flasche Wein. Dankbar nahm er die Gaben an. Nie mehr war ich allein mit ihm. Bald hatte er eine feste Gruppe um sich versammelt, die er mit seinen Vorträgen, die immer mehr Predigten glichen, in den Bann zog. Seltsamerweise traf ich nie Frauen bei ihm. Seine eifrigsten Anhänger waren Alexander und sein Freund, dessen Name mir entfallen ist. Sie glühten förmlich vor Begeisterung – so sehr überwältigte sie die Philosophie ihres Idols.

Der Juli verstrich, der August ebenfalls. Eines Sonntagmorgens machte ich mich wieder auf zu einer Pilgerreise, wie ich solche Ausflüge mittlerweile selbstironisch nannte. Ich staunte nicht schlecht, als ich am Platz, wo Skylos bis jetzt gehaust hatte, einen Pritschenwagen vorfand. Der Fahrer war gerade dabei, die hölzerne Tonne darauf festzuzurren. Ich grüßte ihn und fragte nach unserem Lehrmeister.

Ein trockenes Lachen war die Antwort. „Den werdet ihr hier nicht wiedersehen!"

„Ist ihm etwas passiert? Wo ist er jetzt?"

„Er ist zurück in seiner Hagener Villa. Schwimmt wahrscheinlich im Pool. Eine Woche lang habe ich den vorheizen müssen. Er liebt es karibisch warm. Und das ist kein Planschbecken! Nicht so breit und tief wie im Schwimmbad, aber eine Bahn misst fünfundzwanzig Meter."

Verständnislos sah ich den Mann an. „In seiner was?"

„Er ist am Ende seiner Mission angelangt. Ist sehr zufrieden heimgekehrt."

„Das müssen Sie mir jetzt erklären!"

Es stellte sich heraus, dass ich mit dem Gärtner von Skylos sprach. Sein Chef war, kurz gesagt, ein Scharlatan. Regelmäßig schlug er sein spartanisches Quartier an markanten Plätzen auf und versuchte, Männer um sich zu versammeln, um sie zu manipulieren.

„Warum tut er das?"

Skylos war von Beruf selbstständiger Vermögensberater. Äußerst erfolgreich, wenn ich seinem Gärtner glauben durfte. Die von ihm favorisierten Finanzprodukte versprachen seinen Kunden höchstmögliche Renditen bei überschaubarem Risiko. Der letzte Umweltfonds war erst kürzlich aus seinem Portfolio herausgefallen. Das und sein großspuriger Lebenswandel belasteten immerhin sein Gewissen. In seiner Villa, die er nur mit seiner Lebensgefährtin bewohnte, hätte sich eine sechsköpfige Familie leicht aus dem Weg gehen können, in irgendeinem Mittelmeerhafen lag seine Motorjacht vor Anker. Skylos' Ökobilanz, bezogen auf eine einzelne Person, wies eine enorme Schieflage auf.

„Deshalb hat sich mein Chef in den Kopf gesetzt, ein Dutzend Männer zu finden, die seine eigene Verschwendung sozusagen kompensieren. Zu diesem Zweck lockt er sie in ein einfaches, spartanisches Leben. Er hat sich ausgerechnet, dass er und auf der anderen Seite die Gesamtheit seiner Schüler jeweils einen halben ökologischen Fußabdruck hinterlassen, gemessen am westeuropäischen Bevölkerungsdurchschnitt. Um die Männer bei der Stange zu halten, schreibt er ihnen regelmäßig. Sie schreiben zurück, postlagernd. So hat er sie allesamt unter Kontrolle und kann sie gezielt beeinflussen, falls ihnen Zweifel kommen. Gestern haben sich zwei junge Kerle nach Griechenland verabschiedet. Das Dutzend ist voll. Herr Hund ist am Ziel."

„Herr Hund?"

„So heißt mein Chef. Griechisch Skylos."

Mein Verstand wollte es nicht begreifen. „Wieso hat er sein Fass ausgerechnet hier aufgestellt? Es stinkt zum Gotterbarmen!"

Wieder lachte der Gärtner trocken auf. „Passt das nicht ausgezeichnet zu seiner Geschichte? Er leidet an Anosmie, einem Verlust des Geruchsinns. Hat er von einer Infektion zurückbehalten. Ihm macht das also nichts aus."

Während der Transporter samt Holztonne längst den Feldweg entlangrumpelte, blieb ich verwirrt an Ort und Stelle stehen. Bitter erkannte ich, zum Narren gehalten worden zu sein. Das süße Gift von Skylos' Worten und Gebaren hatte meinen Geist verkleistert. Ob ich den letzten Schritt gegangen wäre, wie Alexander und sein Freund, weiß ich bis heute nicht sicher.

An diesem Abend hörte ich Pink Floyd. Das Album *The Wall*. Laut und mit Genuss. Glücklich in Erinnerungen schwelgend, bis weit nach Mitternacht.

Aus meinen Erinnerungen in die Gegenwart zurückfallend lese ich den Rest des Zeitungsartikels. Die Täter waren kurz vor ihrem Raubmord mit einer Maschine aus Griechenland auf dem Dortmunder Flughafen gelandet, wo sie sich einen Leihwagen mieteten und unmittelbar zu Hunds Villa aufbrachen. Dort hatten die Ereignisse ihren Lauf genommen. Ihre Festnahme erfolgte in Hamburg. Sie sollen sich von ihrer Beute manchen Luxus erlaubt, ansonsten aber ein eher unauffälliges Leben geführt haben. In einer gemeinsamen Wohnung, beide in fester Anstellung. Die Staatsanwaltschaft wirft den Angeklagten Mord aus Habgier vor. Die Männer schweigen sich bislang zur Tat aus.

Ich nippe am Kaffee und stelle angewidert fest, dass er kalt geworden ist. Mein Kopf spinnt die Hintergründe der Tat, die nun elf Jahre zurückliegt, zu Ende.

In meiner Fantasie vegetieren die späteren Raubmörder in bescheidenen Behausungen oder gar unter freiem Himmel dahin. Aus eigener Anschauung weiß ich, dass griechische Nächte kalt sein können. Regen kennt man dort auch. Wenn die beiden Glück haben, stecken ihnen mitleidige Menschen Almosen zu. Sie halten durch und rekapitulieren unablässig die Gründe, warum sie zu diesem einfachen Leben gefunden haben. Sie preisen den Philosophen Skylos für seine Weisheit und dafür, dass er ihnen die Augen geöffnet hat.

Irgendein Zufall offenbart Alexander und seinem Freund Hunds wahre Identität. Vielleicht haben sie ihn auf einem Foto wiedererkannt. Schockiert begreifen sie, dass sie betrogen worden sind. Ihre spontane Wut auf den Manipulator kennt keine Grenzen. Gehungert und gefroren haben sie bis dahin oft genug. Am eigenen Leib haben sie erfahren, was Entsagung bedeutet, und wenn sie ehrlich zu sich selbst sind, darunter mehr gelitten als Glück und Erfüllung empfunden.

Wutentbrannt stacheln sie sich gegenseitig auf. Sie stehlen von leichten Opfern Geld, um die Heimreise anzutreten. Auf dem Weg von Dortmund nach Hagen besorgen sie sich aus dunklen Kanälen eine Waffe, recherchieren in einem Internetcafé die Wohnadresse Hunds.

Dem Mistkerl werden sie es zeigen!

In Hagen eskaliert die Situation. Die Täter sehen die Villa, erahnen die Verhältnisse, in denen ihr Verführer wirklich lebt. Hassgefühle überfluten sie. Alexander und sein Freund rasten aus, haben sich nicht mehr im

Griff, agieren wie fremdgesteuert. Die einstigen Weltverbesserer werden zu Räubern und Mördern.

Habe ich Verständnis dafür?

Immerhin geht es um ein Gewaltdelikt. Außerdem hatte Hunds Lebensgefährtin nichts mit der Sache zu tun. Dieser Aspekt ist es, der mich nicht gnädig über die Angeklagten urteilen lässt, auch wenn ich die Vorgeschichte in Betracht ziehe.

Gehe ich zur Polizei und gebe zu Protokoll, was ich weiß?

Warum? Würde man mir diese verrückte Geschichte überhaupt glauben? Pfusche ich den Anwälten der Angeklagten möglicherweise in ihre Verteidigungsstrategie, wenn ich die Ereignisse rund um Skylos ans Tageslicht befördere?

Ich beschließe, mich herauszuhalten. Unwahrscheinlich, dass ich als Zeuge hineingezogen werde. Sollen die Täter ihren Kopf selbst aus der Schlinge ziehen.

Ich bin aber noch nicht fertig mit dem Zeitungsartikel. Mich treibt die Frage um, wie ich selbst anstelle der Männer gehandelt hätte, wäre ich Hunds Manipulationsversuch aufgesessen, um seine Ökobilanz zu schönen …

Ich will ehrlich sein: Mordgelüste hätte ich schon verspürt!

Anke Völkel

Leben in der Hölle

Sandra öffnete die Tür. Sie hatte noch nicht realisiert, wer davor stand, als seine Faust auf sie zuflog.

„Das machst du nicht noch einmal mit mir, du Schlampe!" Schorsch machte einen Schritt auf sie zu, stieß sie dabei unsanft zurück in die Wohnung. Mit dem Fuß kickte er die Tür zu. Sandra zog die Nase hoch, schmeckte Blut. Sie spürte, wie es über die Lippen lief und am Kinn herabtropfte. Sie senkte den Kopf und war erstaunt, wie schnell sich der rote Fleck auf ihrem Shirt ausbreitete. Verwundert, keinen Schmerz zu spüren, hob sie die Hand und wischte sich durch das Gesicht. Mit weit aufgerissenen Augen sah sie erst auf ihre beschmierte Hand, dann auf ihn.

„Was fällt dir ein, einfach aufzulegen, wenn ich dich anrufe?" Schorsch war mit seinem Gesicht nur Zentimeter von ihrem entfernt. Sandra roch seinen Atem, ein Gemisch aus Bier und Zwiebeln, und schmeckte ihr Blut. Jetzt kam der Schmerz. Sie taumelte. Grob packte er sie im Nacken, schob sie Richtung Badezimmer.

„Wasch das ab und dann komm, Baby machen." Sandra stakste zum Waschbecken. Ihre Nase war schief, ihre Oberlippe geschwollen. Sie machte einen Waschlappen nass und tupfte vorsichtig das Blut ab. Vor Schmerz hielt sie die Luft an.

„Du bist ja immer noch nicht sauber, siehst richtig widerlich aus!" Schorsch kam zu ihr ins Badezimmer, stellte den Wasserhahn an und drückte ihren Kopf darunter. Das kalte Wasser brannte wie Feuer in ihrem Gesicht. Sandra japste, bekam Wasser in die Nase und prustete einen Schwall Blut aus. Sie versuchte, aus seinem Griff zu entkommen. Als ihr das nicht gelang, schlug sie mit dem Waschlappen in seine Richtung. Darüber lachte Schorsch nur und drückte sich von hinten an sie. Sandra spürte seinen harten Schwanz durch die Jeans.

„Wir können auch gleich hier ein Baby machen, gell." Mit einer Hand drückte der schmächtige Mann immer noch ihren Oberkörper auf das

Waschbecken, mit der anderen nestelte er ihr die Jeans runter. Sandras einziger Gedanke war, den Kopf so zu drehen, dass der Wasserhahn nicht gegen ihre Nase drückte.

Als er das Badezimmer verließ, hob Sandra mechanisch den Waschlappen auf, tupfte auf ihre Nase. Scharf sog sie die Luft ein, Tränen liefen ihre Wangen hinunter. Sie betrachtete sich im Spiegel, war sich sicher, dass der Knick in ihrer Nase größer geworden war. „Ich werde in keinem einzigen Moment mehr im Leben in einen Spiegel schauen, ohne diesen Arsch vor Augen zu haben", dachte sie.

Vor ein paar Tagen schien die Welt wieder in Ordnung zu kommen. Sie erinnerte diesen siebten Dezember genau. Bei strahlendem Sonnenschein hatte sie das Gerichtsgebäude betreten. Schorsch war als Stalker zu zwanzig Monaten Haft auf Bewährung und zu absolutem Kontaktverbot verurteilt worden. Nach dem Urteil lächelte sie seit Langem wieder. Er hatte dem Gericht versichert: „Kommt nie wieder vor." Die Erleichterung darüber ließ sie freier atmen. Es war, als ob die Sonne nur für sie schien, ihr sagen wollte: „Siehst du, das Leben geht weiter." Zu Hause hatte sie laute Musik angestellt, mit ihren Töchtern durch die Wohnung getanzt. Dann hatten sie zur Feier des Tages Pizza bestellt. Zwei Tage später stellte sich heraus, Schorsch hatte eiskalt gelogen. Sandra summte beim Fensterputzen ein Lied aus dem Radio mit, als ihr Handy klingelte.

„Glaub nicht, dass ich mir das gefallen lasse, du Schlampe!" Sandras Magen zog sich zusammen. Das durfte nicht sein. Sie nahm allen Mut zusammen. „Lass mich in Ruhe, du darfst mich nicht anrufen." Mit zitternden Fingern beendete sie den Kontakt. Kurze Zeit später ploppte eine SMS auf: „Rede mit mir, sonst werde ich deine Brüder wegen Mordes anzeigen." Sandra lehnte sich an die Wand, rutschte langsam daran herunter, bis sie auf dem Fußboden saß. Das Mobiltelefon fiel ihr aus der zitternden Hand. Sie versuchte, sich auf ihre Atmung zu konzentrieren, wurde etwas ruhiger. Als das Handy erneut klingelte, hob sie es auf, schrie hinein: „Du bist krank, Schorsch, du hast Kontaktverbot, das kannst du nicht tun. Meine Brüder haben dir nichts getan."

„Nenn mich nicht krank, sonst werde ich grantlig." Seine Stimme war gefährlich leise. „Ich bin höchstens krank vor Liebe zu dir. Und auf das

Kontaktverbot scheiß ich. Das spielt keine Rolle. Ich kann es so aussehen lassen, als ob deine Brüder einen Mord begangen haben und schuldig sind. Du weißt, ich meine es ernst." Damit legte er auf.

Mit einem Schlag wurde Sandras Mund trocken. Sie begann am ganzen Körper zu zittern. Das Blut rauschte ihr in den Ohren. Durch das Rauschen hörte sie das Festnetz klingeln. Sie zog die Knie an die Brust, umschlang ihre Beine und flüsterte immer wieder: „Das darf er nicht, das darf er nicht." Als der Schwindel allmählich nachließ, hob sie den Kopf und drückte sich mit zitternden Beinen langsam nach oben. Mechanisch nahm sie den Eimer von der Fensterbank, schloss das Fenster, stakste in die Küche. Aus dem Wohnzimmer klingelte immer noch das Telefon. Mit dem Putzeimer in der Hand stand sie in der Küche, unfähig sich zu bewegen.

„Mama?" Sandra schrie auf, ließ den Putzeimer fallen, drehte sich um. Ihr Herz klopfte hart gegen ihre Brust.

„Äh, Mama, was ist los? Du siehst aus, als hättest du ein Gespenst gesehen." Bewegungsunfähig sah Sandra ihre fünfzehnjährige Tochter Shania an. Rebellisch wie immer stand ihre Tochter in der Tür, pfefferte ihren Schulrucksack in die Ecke neben dem Kühlschrank.

„Poh! Warum gehst du nicht ans Telefon? Das nervt schon die ganze Zeit." Shania schüttelte den Kopf, drehte sich um, stolzierte ins Wohnzimmer und nahm das Telefon aus der Station. Genervt ging sie mit dem Telefon zu ihrer Mutter zurück. „Für dich."

„Habe ich dir nicht gesagt, du sollst mit mir reden? Was denkst du, wofür ein Telefon da ist, du oide Brunzkachl!"

Sandras Unterlippe bebte. „Ich habe es nicht gehört. Shania ist nach Hause gekommen."

„Deine Zamperl nerven. Weißt du, was ich mache: Ich werde im Namen deiner Töchter Amokläufe an ihren Schulen ankündigen."

Eine heiße Welle durchströmte Sandra und ballte sich zu einer Faust in ihrem Magen zusammen. „Bitte, lass meine Kinder aus dem Spiel. Ich… ich mache, was du willst."

„Endlich hast du kapiert, wie sehr ich dich liebe, gell." Schorsch beendete lachend die Verbindung.

Sandra ließ das Telefon einfach fallen, stand kraftlos in der Küche.

„Ey, Mama. Mach das nicht kaputt. Ich brauche das noch. Oder kriege ich ein Handy? Tammy kommt auch gleich nach Hause." Shania sah zum Herd. „Ey, die Spaghetti sind auch noch nicht fertig! Du hast uns doch Spaghetti versprochen." Und dann noch einmal lauter, vorwurfsvoll: „Mama!"

Sandra erwachte aus ihrer Erstarrung, bückte sich, hielt ihrer Tochter das Telefon hin, schmiss ein Handtuch auf die Wasserlache, hob den Eimer auf und holte ihr Handy.

„Bitte nur über Handy, die Kinder haben das Telefon", schrieb sie an Schorsch und las, was er geschrieben hatte.

So ging es den ganzen Tag weiter. Es verging keine Stunde, in der nicht ein Anruf oder eine SMS von Schorsch kam. Bei jedem lauteren Geräusch vor dem Haus zuckte sie zusammen. Nachts beobachtete sie den Lichtschein der vorbeifahrenden Autos an ihrer Schlafzimmerwand, hielt den Atem an, wenn ein Auto langsamer wurde. Am nächsten Morgen war sie kaum in der Lage, ihren Töchtern die Schulbrote zu richten. Kurz vor Mittag saß Sandra am Küchentisch und las seine letzte SMS: „Wir gehören zusammen, ich will ein Kind mit dir. Triff dich mit mir, dann vergessen wir den Ärger und machen es uns schön."

„Ich kann dich nicht treffen, die Mädels kommen gleich", wich Sandra aus. Noch während sie schrieb, klingelte das Festnetz. Erschrocken sprang sie auf, lief ins Wohnzimmer. Aber das Mobilteil war nicht in der Basisstation. Sandra horchte, rannte ins Kinderzimmer. Atemlos meldete sie sich.

„Warum hat das so lange gedauert, du Schlofkop?"

„Das Telefon war im Kinderzimmer," flüsterte sie. Rote Flecken breiteten sich in ihrem Gesicht und auf dem Hals aus, als ihr der Piepton, der darauf hinwies, dass das Gerät dringend in die Ladestation musste, bewusst wurde.

„Du tust, was ich sage, und ignorierst mich nicht mehr. Denk an deine Zukunft. Gell, du willst auch, dass das mit uns läuft." Sandra nickte, konnte nicht antworten.

„Du wirst schon sehen, wie sehr ich dich liebe. Dich und das Kind, das wir haben werden."

„Können wir mit …" Tüt, tüt, tüt, „dem Handy telefonieren?"

Panisch rannte Sandra in das Wohnzimmer, stellte das Mobilteil in die Ladestation. Nahm ihr Handy, schrieb ihm. Ihr Herz schlug bis zum Hals, das Blut rauschte in ihren Ohren.

Und jetzt war er hier. In ihrer Wohnung. Hätte sie nur die Tür nicht geöffnet. Aber sie hatte angenommen, die siebenjährige Tammy stünde davor. Sandra wusch den Waschlappen aus, drückte das kalte Tuch gegen die Schwellung in ihrem Gesicht und schlurfte in die Küche.

„Jetzt hast du kapiert, wie wichtig du mir bist. Wir sind füreinander bestimmt." Mit dem lausbübischen Lächeln, das ihr so gefallen hatte, als sie sich kennenlernten, schaute er Sandra an. „Gell, wir trinken einen Kaffee miteinander." Wie selbstverständlich gab er Pulver in den Filter, schüttete Wasser in den Behälter und stellte die Kaffeemaschine an.

„Das ist keine Liebe, das ist Wahnsinn", nuschelte Sandra. „Bitte geh weg." Blitzschnell drehte er sich zu ihr um, nahm ihr Kinn in die Hand, drehte mit einem harten Ruck ihren Kopf zu sich.

„Du wirst schon noch sehen, dass es das Beste für dich ist. Und jetzt hol Tassen und hock dich zu mir. Ich will endlich einen Kaffee trinken." Er schob sie von sich, ließ sie so abrupt los, dass sie gegen den Tisch taumelte. Gehorsam ging Sandra zum Schrank, stellte Tassen, Zucker und Milch auf den Tisch und setzte sich zu ihm.

Mit lautem Getöse wurde die Wohnungstür aufgeschlossen. In der Küche konnte man hören, wie Schultaschen und Schuhe flogen und Tammy sich lautstark gegen die Frotzeleien ihrer großen Schwester wehrte.

„Ruhe!", brüllte Schorsch. Erstaunt kamen die Mädchen in die Küche, sahen ihre Mutter in scheinbar trauter Zweisamkeit mit einem Mann am Tisch sitzen.

„Ich bin der Schorsch. Eure Mama und ich sind zusammen, wie Mama und Papa. Quasi bin ich jetzt hier der Boss."

Tammy kicherte. Shania tippte sich an die Stirn.

„Ey, Alter, ich habe einen Papa. Nur weil du mit meiner Mutter ins Bett gehst, hast du mir lange noch nichts zu sagen."

Mit einem Sprung war Schorsch um den Tisch herum, schlug Shanias Hand herunter und drehte ihr den Arm auf den Rücken. „Pass auf, du Gschropp, dir bring ich noch Manieren bei." Mit der anderen Hand packte er Tammy im Nacken. Beide Mädchen schrien unter dem harten Griff auf. „Schaut euch eure Mutter an. Möchtet ihr auch so aussehen oder meint ihr, dass ihr eine Ruh geben könnt?"

Wie in einem Déjà-vu bat Sandra leise: „Bitte Schorsch, ich mache, was du willst. Aber lass die Kinder da raus."

„Ich habe dir doch gesagt, du wirst mich noch brauchen. Unser Kind wird von Anfang anders erzogen als die Zamperl hier." Er wandte sich wieder an die Mädchen. „Ihr zwei geht jetzt, öffnet und schließt die Tür leise, stellt eure Schuhe, ohne dass ich etwas höre, ins Regal und kommt dann hier zur Küchentür, wo ihr wartet, bis ihr zum Eintreten aufgefordert werdet. Und wagt es nicht, die Wohnung zu verlassen." Er ruckte noch einmal an Shanias Arm, ließ die Mädchen abrupt los, stellte sich breitbeinig neben Sandras Stuhl, griff ihr um den Hals. „Abmarsch!"

Sandra bekam kaum Luft, als er sie hochzog und den Arm um sie legte. Sie fühlte sich wie in einem Schraubstock. Schorsch war schlank, nicht größer als sie. Aber sein Arm war mit solcher Kraft um sie geschlungen, dass sie das Gefühl hatte, ihre Rippen brechen.

„Siehst du, wie gut ich für euch bin? Die Madels können recht brav sein", kommentierte er die mittlerweile still vor der Tür stehenden Mädchen. „Ihr macht euch eine Brotzeit und verhaltet euch still. Und ich mach jetzt mit eurer Mama ein neues Baby." Er zog die widerstandslose Sandra hinter sich her ins Schlafzimmer.

Sandra hastete durch den Discounter. Sie musste sich beeilen, durfte nur einkaufen, wenn die Mädchen zu Hause waren. Schorsch hatte gesagt, sie wisse, was ihnen blühe, wenn sie nicht schnell zurückkäme. Mit einer Dose Erbsensuppe in der Hand dachte sie an ihre Tochter Shania, die nur noch mit Mütze in die Schule ging. Vor ein paar Tagen hatte Schorsch ihrer Tochter die langen Haare mit der Küchenschere abgeschnitten, weil sie ihr beim Essen ins Gesicht hingen. Verwundert starrte Sandra auf die Suppendose. Ach ja, an dem Tag hatte es Erbsensuppe gegeben. Irgendwann in den Weihnachtsferien hatte Schorsch Shania in die Abstellkammer gesperrt und erst am nächsten Morgen wieder herausgelassen. Als Shania die Kammer verlassen durfte, musste sie ins Wohnzimmer gehen, den Stecker am Telefon herausziehen und ihm den Apparat übergeben.

Bloß weil sie mit ihrer Freundin telefoniert hatte. Sandra musste daran denken, dass Shania einen Eimer benutzt hatte und legte das Toilettenpapier in den Einkaufswagen. An der Gondel mit den wöchentlichen Angeboten blieb Sandra stehen, starrte auf die Barbiepuppen. Tammy war mit ihrer Puppe in der Hand aus dem Kinderzimmer gekommen, hatte gesehen, wie er sie mit dem Messer in der Hand vergewaltigte. Wie so oft in letzter Zeit stiegen Sandra die Tränen in die Augen. Ihr wurde schwindelig, sie musste würgen, krampfte ihre Finger um den Griff des Einkaufswagens, bis ihre Knöchel schmerzten.

„Das machen Papas nur mit Mamas, die nicht artig sind", hatte er dem Kind ihre Schreie erklärt. Seitdem sprach Tammy kaum noch, fragte ihn nur immer wieder: „Ich bin brav, ja, Papi?"

Sandra schrak auf. Eilig schob sie die Einkäufe zur Kasse, sah sich gehetzt um, während sie den Discounter verließ. Nicht auszudenken, wenn sie eine Freundin treffen würde. Es war schon schwer genug gewesen, Heike abzuwimmeln, die vor ein paar Wochen einfach so vorbeigekommen war. Sandra hatte Staub gesaugt, war automatisch zur Tür gegangen, nachdem es klingelte.

„Du lässt keinen rein, damit das klar ist!", zischte er. Mit dem Messer in der Hand hatte Schorsch sich ihr in den Weg gestellt. Er fuhr sich mit dem Finger über die Kehle, wies mit dem Kinn zur Tür und schlich in die Küche.

„Wer war das?" Seine Finger gruben sich in ihre Oberarme, drehten sie zu sich um, als sie weitersaugen wollte.

„Meine Freundin Heike wollte nur mal vorbeischauen." Sandra versuchte sich ihm zu entwinden.

„Nur mal vorbeischauen gibt es nicht mehr." Abrupt ließ er sie los, griff einen Stuhl und ging damit in den Flur. Als er zurückkam, warf er die Aufputzdose der Türklingel vor sie auf den Boden. „Hier klingelt keiner mehr an." Er packte ihre Hand, schob sie in seine Hose. „Dafür sind die Weiber gemacht. Nicht zum Schwatzen."

Sandra stand vor der Spüle und putzte das Gemüse. Wie so oft in letzter Zeit trug sie anstelle der Jeans einen Rock. Ohne Höschen. Schorsch wollte es so. Er stand auch jetzt hinter ihr und griff ihr zwischen die Beine.

Am liebsten würde ich ihm die Kehle durchschneiden, sinnierte sie und sah auf das Gemüsemesser in ihrer Hand.

„Du liebst nur mich." Sein Griff wurde härter. Sandra versuchte, sich an das Gefühl zu erinnern, als ihre Schamlippen nicht wund gerieben waren, ihr Gesicht verzog sich vor Schmerz. „Ich kann nicht mehr", dachte sie. Duschen ging sie schon lange nicht mehr allein. Selbst beim Pinkeln sah er ihr immer wieder zu, holte sich einen runter. „Das ist Liebe", hatte er gestöhnt. Sie hatte nackt auf der Erde gekniet und geputzt, hatte unter Würgen Nudelsoße von seinem Körper geleckt und war für ihr Würgen verprügelt worden. Sandra sträubte sich nicht mehr, wusste, wenn sie nicht gehorchte, ließ er seine Wut auch an den Kindern aus.

„Beeil dich, ich will endlich Baby machen!" Sandra nickte, warf einen Blick auf das Messer in ihrer Hand, legte es beiseite.

„Morgen koch ich", entschied Schorsch. „Ihr seid die ganze Woche brav gewesen, das wird belohnt. Was magst du denn gerne?" Sie überlegte kurz, was auch die Kinder ohne Murren essen würden.

„Lasagne." Sie lächelte ihn an. „Lasagne ist mein Lieblingsessen."

„Ja mei, das mag ich auch gerne." Schorsch schlug ihr vor Begeisterung auf den Po.

Schorsch schob die Lasagne in den Ofen.

„Gell, du hast kapiert, wie sehr ich dich lieb'. Wenn wir erst ein Baby gemacht haben, merkst du, wir sind füreinander bestimmt."

Sandra hielt den Blick auf den Tisch gesenkt, richtete das Besteck neben den Tellern aus, sah, wie Schorsch eine Flasche Bier aus dem Kühlschrank nahm, einen kräftigen Schluck trank. Er zog sie an sich, rülpste, lachte, küsste sie und nahm die Lasagne aus dem Ofen.

„Schmeckt dir mein Essen nicht?" Schorsch nahm mit vollem Mund einen Schluck Bier aus der Flasche, fixierte sie.

„Doch, es ist nur ein bisschen hart." Sandra kaute und kaute, sah auf ihren Teller hinunter. Sie spürte seinen Griff im Nacken, drehte den Kopf zu ihm. Schorsch nahm einen Löffel, ließ das durchgekaute Essen aus seinem Mund darauf laufen, hielt ihr den Löffel an den Mund.

„Iss!" Sandra sah seinen lauernden Blick, öffnete den Mund. Ihr Körper krampfte sich zusammen, sie bemühte sich, nicht zu würgen, zitterte.

Kurz ging ihr Blick zu den Mädchen. Mit gesenktem Blick schoben sie sich kleine Happen in den Mund, kauten, schluckten. Gehorsam öffnete Sandra den Mund, nahm den nächsten Löffel von Schorsch entgegen. Und den nächsten.

„Schaut mal, jetzt braucht mich die Mama schon zum Essen. Wie gut, dass ich für ihre Zukunft sorg."

Christiane Bogenstahl

Schraube locker

Mei

Wie viel Reisschnaps hatten ihre Eltern gebraucht, um sie ausgerechnet Mei zu nennen? Wie so häufig, wenn die junge Frau in einen Spiegel blickte, stellte sie sich diese Frage und schüttelte den Kopf. Schon als Säugling hatte ihr Gesicht ausgesehen wie ein Pfannkuchen, in den man eilig zwei Rosinen geworfen hatte. Wie konnte man so einem Kind einen Namen verpassen, der übersetzt *Schönheit* bedeutete? Das war ja quasi eine Einladung zum Mobbing.

Die junge Frau stand vor einem der blank polierten Waschbecken des Duisburger Casinos und wusch sich die Hände, während sie sich betrachtete. Vielleicht sollte sie das Haar wachsen lassen. Der kurze Pagenschnitt war zwar praktisch, betonte aber das runde Gesicht mit der zu blassen Haut, ganz zu schweigen von der platten Nase und dem kleinen Doppelkinn, das sich dort angesiedelt hatte. Dabei wog sie gerade mal siebenundvierzig Kilogramm.

Trotzig legte sie den Kopf schief und grinste ihrem Spiegelbild zu. Eigentlich – so befand sie heute – waren Pfannkuchen doch ganz süß. Irgendwann würde das sicher auch jemand anderes bemerken.

Mei sah im Spiegel ihre turmalinschwarzen Augen funkeln. Die hatte sie von Nainai, ihrer Großmutter. Die alte Dame erinnerte sie stets daran, was im Leben zählte. Zum Beispiel, was ihr Nachname bedeutete. Jin – Gold. Und der war ein Volltreffer. Ihr Schicksalsname, wie die Alte oft betonte.

Dann mal raus aus dem Waschraum und rein ins Glück. Im großen Saal herrschte der übliche Geräuschpegel: Ein permanentes Wummern und Stimmengemurmel untermalte den Spielbetrieb. Dazu kamen die Geräusche der rund dreihundertundfünfzig Automaten. Es klingelte und klackerte, rasselte und jaulte. Eine Kakophonie – komponiert von Menschen und Maschinen.

Doch für Mei klang dieser Sound nach einer Verheißung. Das Kribbeln in ihrem Bauch hatte sie schon einmal gespürt. Genau hier, vor exakt sechs Jahren, hatte sie beim Automaten-Bingo in nur einer Stunde ihr Startkapital von fünfzig in 3.001 Euro verwandelt. Damals war sie neunzehn und dank ihrer schnellen Auffassungsgabe und ihres Fleißes im letzten Jahr ihres Informatikstudiums gewesen. Ihr war sofort aufgefallen, dass der Gewinnbetrag eine Primzahl war. Zufall? Zumindest Nainai hätte den Kopf geschüttelt. Zufälle gab es in ihrer Welt nicht.

Was Mei glaubte, spielte keine Rolle. Für sie zählten nur Ergebnisse. Sie war einem Impuls gefolgt und hatte das gesamte Geld in Bitcoin investiert – zu einer Zeit, in der die meisten Leute noch nie davon gehört hatten.

Diese Coins waren nun einhundertachtzigtausend Euro wert. Es war unfassbar. Egal, was sie probierte: Die Rechnung ging auf. Nach wenigen Jahren Trading an der klassischen und an der Kryptobörse belief sich ihr Vermögen auf fast eine Million Euro. Es fehlten – Stand 20:17 Uhr – noch 11.273 Euro, um die sechste Stelle vollzumachen. Was lag da näher, als zur Feier des Tages die „historischen" 3.001 Euro erneut zu riskieren?

Mei hatte die Mitte des Saales erreicht und ließ den Blick wandern. Viele Automaten waren besetzt, doch die meisten Leute wirkten so angespannt, als föchten sie Kämpfe aus: für die Miete, die nächste Rate fürs Auto, oder um Schulden zu begleichen. Nicht alle hatten so viel Glück wie sie.

Das Mobiltelefon unterbrach ihre Gedanken. Mama. Der allnächtliche Anruf vorm Schlafengehen. Wegdrücken lohnte nicht – ihre Mutter war ausdauernder als ein tropfender Wasserhahn. Aber zum Telefonieren musste sie raus aus dem Casino. Mama war nämlich nicht nur eine Glucke, sondern hatte auch verteufelt gute Ohren. Das Gedudel im Hintergrund hätte Fragen aufgeworfen, die sie heute nicht beantworten wollte.

Sie eilte zu dem Seitenausgang des Casinos. Schnell war sie raus aus dem Lärm und stand in einem öden Hof mit hohen Fassaden und Blick auf die Citypassage.

„Ja, Mama?"

„Xiao, du hast mir noch nicht gesagt, ob du morgen zu Nainais Geburtstag …"

„Natürlich komme ich.“

Mondlicht spiegelte sich in den Fenstern des Bürohochhauses auf der linken Seite, der Rest lag im Schatten. Ein paar Meter weiter, vor dem Künstlereingang der Mercatorhalle, luden zwei Handwerker ihr Werkzeug in einen Lieferwagen.

„Nicht, dass du …“

Mei rollte mit den Augen. „Mama, ich bin noch nie zu spät gekommen und ein Geschenk habe ich natürlich auch.“

Die Türen klappten zu, der Transporter rauschte ab – und da, wo er gestanden hatte, blinkte etwas auf dem Asphalt.

„Du, ich muss Schluss machen. Wir sehen uns morgen.“ Bevor sie auflegte, sagte sie: „Wo ai ni, Mama.“ – Ich liebe dich.

Sie steckte das Handy ein und näherte sich dem Objekt. Nein, kein Gold. Stahl. Ein Schraubendreher, wie neu. Fast zwanzig Zentimeter lang, mit schwarzrotem Griff und flacher scharfer Spitze. Sie bückte sich danach und wog ihn in der Hand. Eigentlich zu schade zum Wegwerfen. Vielleicht konnte Papa ihn ja gebrauchen. Kurzerhand steckte sie ihn ins offene Hauptfach ihrer hellen Hobo-Tasche.

Mei lächelte beim Gedanken an den morgigen Tag und die große Überraschung, die sie geplant hatte. Die würde alle umhauen.

In bester Laune ließ sie ihre Tageskarte scannen und enterte erneut die Automatenhalle. Als sie nach links in den ersten verglasten Spielbereich bog, erinnerte sie sich. Ja, genau hier hatte sie damals gespielt. An einem Gerät der Marke Novosupervision, Nummer 79, um genau zu sein. Das Kribbeln in ihrem Bauch verstärkte sich. Denn just in diesem Moment wechselte der junge Mann, der dort gesessen hatte, zum nächsten Automaten.

Mei registrierte, dass er einen Hoodie mit der Aufschrift 4TUNE trug. ‚Die 4 steht für den Tod‘, würde ihre Nainai raunen. Mit Fortune, also Glück, hatte das nicht viel zu tun! In China verzichteten selbst Hotels auf eine vierte Etage oder Zimmernummern, die so endeten. Sie schüttelte den Kopf. Alles Aberglaube. Zeit zum Zocken! Sie griff in ihre Tasche nach dem Portemonnaie und berührte dabei den Schraubendreher. Irgendwie empfand sie das als gutes Omen. Jetzt fehlte nur noch ein Glas Sekt. Als hätte das Universum ihren Wunsch vernommen, kam ein attraktiver Kellner mit einem Tablett vorbei. Der Abend gehört mir, dachte sie.

Erol

So schlimm wie heute war es noch nie für ihn gelaufen. „So eine Scheiße!", fluchte er. Neunhundert Euro hatte er in diesem Drecksladen bereits verballert. Dabei brauchte er das Geld! Allein achthundert Euro schuldete er seinem Baba. Aber schwerer wog, dass er Emre nicht den versprochenen Verlobungsring kaufen konnte. Nicht jetzt und nicht in sechs Monaten. Warum war er bloß ins Casino gegangen und warum hatte er vorher den Mund so weit aufgerissen?

Als Emre das silberfarbene Schmuckstück sehnsuchtsvoll im Schaufenster betrachtet hatte, war es einfach aus ihm herausgeplatzt. „Ich kaufe ihn dir als Verlobungsring, Güzelim!" Allzu teuer konnte der Silberring nicht sein, hatte er gedacht. Als frisch ausgebildeter Busfahrer verdiente er bei den Essener Verkehrsbetrieben zwar nicht schlecht, aber große Sprünge waren trotzdem nicht drin. Er war gerade erst von zu Hause ausgezogen und hatte sein Konto mächtig überzogen. Sein Geld verdampfte wie das Wasser einer Shisha-Pfeife.

Das wusste seine Süße nicht. Die war ihm glücklich um den Hals gefallen. Denn sein Versprechen hatte großes Gewicht. Genau genommen achtzehn Karat. Weißgold mit Solitärbrillant. Bok! Wie hätte er das wissen können? Diese Arschlöcher vom Juwelierladen hatten das Schildchen so unter den Ring gelegt, dass man den Preis nicht lesen konnte. 1.999 Euro!!!

Erol war kreidebleich geworden, aber zu stolz, um zuzugeben, dass er das Geld nicht hatte. Dabei hatte sie ihm sogar noch eine Brücke gebaut. „Ist der nicht viel zu teuer für einen Verlobungsring?" Doch es war zu spät. Er hatte das Funkeln in ihren Augen gesehen. Es musste genau dieser Ring sein. „Er gehört dir. Du bist mehr wert als tausend Diamanten."

Beim Gedanken an dieses Gespräch schüttelte Erol den Kopf. Warum hatte er nicht einfach ein paar Monate gespart? Oder versucht, einen Kredit aufzunehmen? Stattdessen hatte er den Ring angezahlt und versprochen, ihn bald abzuholen.

Ihm war nichts Besseres eingefallen, als das neue Monatsgehalt hierher zu bringen und aufs Glück zu hoffen. Wenn das alles rauskam … Sein Vater würde ihm in den Arsch treten, seine Mutter würde enttäuscht gucken und Emre ... Das war die schlimmste Katastrophe. Ihre Eltern planten schon fleißig die Verlobungsfeier.

Die Tritte waren ihm egal, aber Emre nicht. Und wenn es noch so cheesy klang: Sie war die Liebe seines Lebens. Er würde alles für sie tun. WIRKLICH ALLES! Doch so weit konnte Erol rechnen: ohne Ring keine Verlobung und ohne Verlobung keine Emre. Irgendwie musste er die fehlende Kohle gewinnen. Aber an diesem Automaten lief wohl gar nichts mehr.

Erol checkte das Gerät nebenan. Der letzte Spieler hatte an diesem Kasten *Book of Ra* gezockt. Im Display leuchtete verheißungsvoll ein Pharao mit seinen Schätzen. Kurz schloss er die Augen, dann rutschte er nach rechts und fummelte den letzten grünen Schein aus seinem Portemonnaie. Der Automat fraß den Hunni so gierig wie ein Reißwolf eine Akte.

Ein Seitenblick zeigte ihm, dass sich eine kleine, plattgesichtige Chinesin neben ihn an den Automaten setzte, den er gerade verlassen hatte. Der Stuhl war vermutlich noch warm von seinem Hintern. Sie wählte Bingo als Spiel aus. Für tausend Euro? Echt jetzt? Viel Glück, du Pekingente, dachte er! Bei dem Kackspiel hatte er noch nie mehr als seinen Einsatz zurückgewonnen.

Zurück zum eigenen Automaten. Dieser hier musste was werfen!

Die folgenden zwei Stunden waren ein Wechselbad der Gefühle. Gewinn und Verlust hielten sich einigermaßen in Waage. Einmal kam es sogar zur Ausspielung, als drei Bücher auf den Walzen stoppten. Vierundvierzig Euro brachte ihm das ein. Doch Erol ärgerte sich schwarz. Warum hatte er Idiot nicht mit höherem Einsatz gespielt? Dann wäre er jetzt schon wieder im Plus! Der Kasten lief. Ab jetzt Hopp oder Top, dachte er.

Aber es lief nicht. Drücken, Surren, Klackern, nichts. In immer schnellerer Folge drückte Erol den quadratischen Spielknopf und ließ die virtuellen Walzen tanzen. Nur fünf Minuten später hatte er nur noch vier Euro Guthaben. „Bok!", herrschte er den Kasten an, als wieder nicht die ersehnte Beute kam. Frustriert hämmerte er mit der Faust auf den Knopf.

Im gleichen Moment schrie neben Erol jemand kurz auf. „SHI! SHI!" Er zuckte zusammen. What the fuck ...? Es war die China-Tussi. Ihr Apparat schien vor Freude zu explodieren. Auf dem großen Display flogen riesige Bingokugeln wie bei einem Feuerwerk umher und die Fanfaren, die aus dem Lautsprecher ertönten, ließen zahlreiche Spieler die Köpfe drehen. Jackpot!

Erols Augen flatterten, als er realisierte, was passiert war. Acht von acht. Bei einem wahnwitzigen Einsatz von zwanzig Euro pro Spiel. Ihm wurde heiß und kalt. Er war lost und leer. Zwanzigtausend Euro. Das war der Maximalgewinn! Und das an dem Kasten, den er aufgegeben hatte!

Wie in Trance drückte er auf seine Starttaste, Trüdeldüt. Kein Gewinn. Aber nebenan klimperten die Euros virtuell ins Guthabenfeld. In seinem linken Ohr fiepste ein grässlicher Tinnitus. Er schüttelte benommen den Kopf. Es war sein letztes Spiel. Die Walzensymbole stoppten. Und die Ziffern, die ihm rot entgegenleuchteten, zeigten 0,00 €. Seine Hoffnungen wurden zerfetzt wie eine Gurke im Mixer.

Die Chinesin stand abrupt auf, als der Kasten den Wertbon für ihren Gewinn ausdruckte, und blickte ihn an. Was für krasse Augen, dachte er. Ihm war, als stürzte er in ihre schwarzen Abgründe. Die Kleine strich sich das schwarze Haar aus der Stirn. Dann lächelte sie ihn zaghaft an, bevor sie sich umdrehte und in Richtung Kasse ging.

Erols Magen krampfte, als wäre er seekrank. Aber in seinem Gehirn zuckte plötzlich ein Gedanke, der rasend schnell Gestalt annahm. Diese Ausländerin hatte an seinem Automaten gespielt. Er war es, der ihn stundenlang gefüttert hatte. Und jetzt würde sie all das Geld bekommen? Mit zitternden Knien rutschte er vom Spielsessel und hielt sich einen Moment an der Lehne fest. Das war nicht fair!

Ohne weiter nachzudenken, folgte er der Frau.

Mei

Im ersten Moment wäre sie am liebsten aufgesprungen und jubelnd zum Kassenschalter gelaufen, den Gewinnschein wie einen Wimpel in der Luft wedelnd. Aber dann hatte sie der hübsche Junge im Unglückspulli angeguckt. Wie unendlich verloren er wirkte. Nainai hatte diesen Ausdruck im Gesicht, wenn sie sich Fotos von dem viel zu früh verstorbenen Großvater anschaute. Aber auch Mei wusste, wie sich Einsamkeit, Verlust und Schmerz anfühlten.

Kurz hatte sie darüber nachgedacht, ihm einen Schein in die Hand zu drücken. Mit dem, was sie gewonnen hatte, war sie weit über ihr Ziel hinausgeschossen. Aber hätte er so traurig ausgesehen, wenn es nur um Geld ging? Und käme das nicht wie ein Almosen rüber? Nein, besser sie verletzte seinen Stolz nicht.

All das ging ihr durch den Kopf, als sie ihn mitfühlend anlächelte. Aber das Gesicht des Jungen mit der schön gebräunten Haut blieb leer.

Auf dem Weg zur Kasse war sie gedanklich schon wieder beim morgigen Tag. Sie konnte es kaum abwarten. Sie würde der Familie endlich von ihrem Reichtum erzählen. Und die große Überraschung zu Nainais Geburtstag: ein kleines Haus im Wattenscheider Süden. Hohe Wände, hell. Alles seniorengerecht ausgebaut und in der Nähe des kleinen Ladenlokals ihres Vaters. Nach hinten ins Grüne hinaus gab es einen Garten, in dem die Mutter Gemüse und Kräuter ziehen konnte. Mei konnte es kaum abwarten, die glücklichen und fassungslosen Gesichter zu sehen.

Erol

Hatte das Pikachu vorhin wirklich einen grünen Schein in den Trinkgeldschlitz am Kassenschalter geworfen?

Noch immer ohne jeden Plan war er ihr nach draußen in die dunkle City gefolgt. Immer wieder kniff er die Augen zusammen. Aber nicht, um besser sehen zu können, sondern um die aufsteigenden Tränen wegzudrücken. Jetzt noch rumheulen. Das fehlte noch. Aber es war so verdammt ungerecht.

Es war halb zwei. Er war blank bis auf den letzten Cent. Und all seine Hoffnungen waren im Arsch – also da, wo er sich auch den Ring für Emre hinstecken könnte. So durfte es nicht enden!

Er betrachtete die kleine Gestalt von hinten. In der schmalen Jeans und der weiten, hellen Kapuzenjacke wirkte sie wie ein Kind. Bestimmt kam sie aus einer Familie mit Geld wie Heu.

Dabei ging es Erol gar nicht wirklich um die Kohle. All die Checker, die meinten, sie müssten Mercedes fahren oder einen auf Tupac oder Eminem machen, um ein paar Weiber klarzumachen … Die hatten echt keine Ahnung. Er schon. Seitdem er Emre kannte, wusste er, was wichtig war.

Aber was zur Hölle machte er dann hier?

Das China-Girl spazierte in Richtung Bahnhof. Er schlug die Kapuze über den Kopf und schlich hinter ihr her. Sein Herz schlug Alarm. „Tu's nicht", warnte ihn sein Gewissen. Aber hatte er eine andere Wahl? Wenn er sich nicht zu blöd anstellte, würde die Sache schnell und schmerzlos über die Bühne gehen. Niemandem sollte was passieren. Er war ja kein verfickter Räuber oder Killer.

Die Bonsai-Chinesin stand nun vor einem Schaufenster und betrachtete die Auslage. Meine Fresse, war die arglos. Und er?

Er wusste plötzlich, dass alles gut werden würde. Das Einzige, was er tun musste, war, den perfekten Moment abzuwarten. Ein Gefühl von Stärke durchströmte ihn. Er war der Panther, der durch den Großstadtdschungel strich, der Fuchs, der lautlos pirschte. Nein, mehr noch: Er war der Schatten in der Nacht. Sie würde ihn erst bemerken, wenn es zu spät war.

Mei

Danke, dass du mich immer wieder zum Training gescheucht hast, Mama, dachte sie. „Ein Mädchen muss auf sich aufpassen können", hatten sie und Nainai unisono gepredigt. Und so hatten zwölf Jahre Krav-Maga-Kampfsporterfahrung Meis Sinne geschärft.

Aber auch ohne Training konnte man schnell feststellen, dass es nichts Gutes verhieß, wenn jemand sich die Kapuze ins Gesicht zog und so angestrengt auf den Boden guckte, als wären dort Goldmünzen zu finden. Und dann diese scheinbaren Stopps, um etwas in einem Baum oder einer Fassade zu betrachten. Grundgütiger, der Typ verhielt sich auffälliger als ein Panda im Tutu beim Spitzentanz durch die verbotene Stadt.

Bereits beim Verlassen des Casinos hatte sie festgestellt, dass der Junge ihr folgte. Auf dem Weg zum Bahnhof war sie sich dann sicher. Trotzdem hatte Mei zur Probe vor einem Schaufenster für Damenmode ab Größe zweiundvierzig Halt gemacht und scheinbar die Auslagen bewundert. Spätestens da hätte ihm auffallen können, dass sie Lunte gerochen hatte. Aber nein. Besonders helle schien der Junge nicht zu sein.

Irgendwie tat er ihr trotzdem leid. Sie seufzte … Ob er ahnte, mit wem er sich hier anlegte?

Erol

Das Mädel ahnte nichts. Das stand fest. Er saß im hinteren Ende des Abteils der S-Bahn und vermied es, zu ihr hinüberzusehen.

Das schlechte Gewissen nagte wieder eifriger. Sie kam ihm vor wie ein Lamm, das friedlich graste, während der böse Wolf im Wald lauerte. Ich werde ihr ja nichts tun, beruhigte er sich. Sie würde keinen Widerstand leisten. Immerhin war er fast zwei Köpfe größer als sie und deutlich muskulöser. Er würde sich die Tasche schnappen und nur so viel Geld rausnehmen, wie er brauchte.

Doch als der Zug in Bochum-Wattenscheid hielt und die Chinesin ausstieg, schoss unerwartet viel Adrenalin durch seine Adern und blockierte weitere rationale Überlegungen. Sein Tinnitus meldete sich lauter. In Dauerschleife fiepte er jetzt SOS. Leider hatte niemand Erol das Morsealphabet erklärt. Darum zog er nur die Kapuze fester um die Ohren und folgte der Frau.

Die S-Bahn-Station Wattenscheid-Höntrop lag sicher nicht im besten Viertel des Vororts. Leere Tetra Paks und Zigarettenkippen auf dem Bahnsteig, Unkraut zwischen den Schienen und Ritzen der Pflastersteine, Mülleimer mit Krakeleien beschmiert. Kameraüberwachung? Fehlanzeige. Das Modernste, das die Station zu bieten hatte, waren ein Lautsprecher und eine defekte elektronische Anzeige.

Hier war weniger los als in der MSV-Arena bei einem Geisterspiel. Der Arsch der Welt, dachte er mit hämmerndem Herzen. Gleich würde es ernst. Die Chinesin peilte zum Glück nix.

Kurz bevor sie das Ende des Bahnsteigs erreichte, begann er einen Sprint.

Mei

Mit aufgestellten Ohren näherte sie sich den steinernen Stufen, die hinunter zu ihrem Fahrrad führten.

Prävention, also das Vermeiden von Konfrontationen, war ein Grundprinzip von Krav Maga. Weglaufen wäre theoretisch eine Möglichkeit. Aber mit diesen kurzen Beinen? Schlechte Idee. Nie würde sie ihr Fahrrad schnell genug aufschließen können. Am Ende würde sie noch stolpern. Bloß nicht!

Und so entschied sich Mei, ihrem Verfolger gleich respektvoll, aber bestimmt gegenüberzutreten. Doch als sie die erste Stufe betrat, hörte sie, dass der Junge nicht mehr ging, sondern rannte.

Nun war schnelles Handeln gefragt! Aber nicht mit der Treppe im Rücken. Mit wenigen Sprüngen gelangte sie zum ersten Treppenabsatz, einer drei Quadratmeter großen Fläche, auf der sie federnd landete.

Hinter sich hörte sie ein Keuchen. Kampfbereit fuhr sie um die eigene Achse. Dabei rutschte die Umhängetasche von ihrer Schulter aufs Geländer und von dort auf den Boden. Klappernd fiel der Schraubendreher auf die Steine. Mist. Blick nach oben. Der Junge hatte die Treppe erreicht. Mei schnappte sich den ledernen Taschenriemen und nahm die restlichen Stufen wie im Flug.

Unten angekommen warf sie die Tasche mit dem vielen Geld hinter sich in den überdachten Bereich für die Fahrräder. Der war leicht erhöht und mit großen runden Ständern aus Stahl. Idealer Kampfplatz für sie, denn ihr Gegner hätte es dort schwer, sich zu bewegen. Mei brachte sich in Kampfstellung: Beine schulterbreit versetzt und leicht gebeugt, die Hände in Kopfhöhe mit den Flächen nach vorn. Sie war bereit.

Erol

Fuck! Wie hatte die Chinesin so fix reagieren können? Und wo kam der Schraubenzieher her? Ohne lange nachzudenken, griff er sich das Werkzeug. Sie durfte nicht entwischen. Er brauchte das Geld. Sein adrenalindurchseuchter Kreislauf blockierte jeden komplexeren Gedanken.

Er hätte sich zum Beispiel fragen können, warum die kleine Glückskatze stehen blieb und die Tatzen hob. Er hätte sich auch wundern können, wieso er den Schraubenzieher so fest umklammerte, dass die Knöchel weiß hervortraten.

Stattdessen agierte sein Körper wie losgelöst vom Gehirn. Er machte einen Satz nach vorn. Direkt in Richtung der Tasche, die hell im Schein der Nachtbeleuchtung reflektierte. Dann prallte sein Fuß schmerzhaft gegen ein massives Hindernis.

Mei

Es war die Bordsteinkante der Plattform, auf dem die Räder standen. Der Junge rannte direkt davor. Dann flog er. So schien es zumindest im ersten Augenblick. Mei wich geschickt nach rechts aus, ohne den Angreifer aus den Augen zu lassen. Sie staunte. Denn im Tiefflug versuchte er eine Kurskorrektur. Dafür hatte sie Verständnis. Dort, wo er gerade hinsteuerte, stand einer der massiven Fahrradständer.

Wie ein Pilot im Sturzflug umklammerte er seinen Steuerknüppel. Nur dass dieser Steuerknüppel keiner war. Die flache Spitze des Schraubendrehers funkelte im Laternenlicht.

Erol

Bok! Im Sturz sah er das runde Gestell wie ein leeres Auge auf sich zurasen. Kopf zur Seite! Im letzten Moment gelang es ihm. Doch leider hielt seine Hand an dem Einzigen fest, das Halt versprach. Sein Kopf verfehlte den Ständer knapp. Aber er prallte mit angewinkeltem Unterarm direkt daneben auf.

Erleichterung. Für einen Moment. Bis die Kopfschmerzen kamen. Der Tinnitus verstummte.

Mei

Heilige Mutter aller Schrauben! So etwas hatte sie noch nie gesehen. Nicht einmal im Zirkus oder bei *Emergency Room*. Das, da war sie sicher, würde ihm den *Darwin Award* einbringen.

Mei ließ die Hände sinken und näherte sich dem am Boden Liegenden. Die Kapuze war ihm vom Kopf gerutscht und sie konnte das junge Gesicht studieren. Es blickte mit einer Mischung aus Erstaunen und Erleichterung in Richtung der aufgereihten Fahrradständer. Der Junge blinzelte ein paar Mal, als ob er sein Glück nicht fassen könnte.

Aber er hatte kein Glück, denn aus seinem Schädel ragte ein Griff: rechts, einen Fingerbreit über der Augenbraue. Blut schwappte aus der Wunde wie Schokolade aus einem Schokobrunnen. Erstaunlicher als der bis zum Schaft in seinem Kopf steckende Schraubendreher war jedoch die Tatsache, dass der Junge ignorierte, dass er tot sein müsste. Gerade rappelte er sich auf.

Mei schnappte nach Luft und trat zwei Schritte zurück. Der Verletzte stand wieder auf beiden Beinen und blickte sie verwirrt an: „Wer biss'n du?", lallte er, als wäre er betrunken. Doch dann weiteten sich seine Augen, als hätte er sie erkannt.

Erol

Melek – ein Engel. Ein wahrhaftiger Engel stand vor ihm. Schöner und runder als der Mond leuchtete sein Gesicht. Unergründlich die schwarzdiamantenen Augen. Erol streckte eine Hand aus, aber der Engel wich zurück.

„Melek", stotterte er. „Du bist so schön."

Das weiße Gesicht legte sich schief und ein unbeschreibliches Lächeln breitete sich aus. Ihm wurde warm. Ja, es war eine göttliche Begegnung. Wenn nur die schlimmen Kopfschmerzen nicht wären.

Der Engel fragte ihn etwas. Erol war nicht sicher, aber er glaubte zu verstehen. Melek würde ihm eine Bitte gewähren …

Mei

Die Überraschung zu Nainais Geburtstag war ein voller Erfolg. Es waren Tränen des Glücks geflossen und sie hatten gelacht und gefeiert. Dabei hätte die Casinonacht durchaus anders ausgehen können. Zum Glück hatte der Junge stillgehalten, als sie vorsichtig ihre Fingerabdrücke vom Schraubendrehergriff abgewischt hatte.

Am darauffolgenden Montag, als sie ihren Morgentee schlürfte, fand sie einen Artikel im Lokalteil der WAZ. Dort wurde Folgendes berichtet:

Brutaler Überfall in Wattenscheid

In der Nacht zum Samstag wurde der Duisburger Erol M. (22) Opfer einer brutalen Attacke, deren Hintergründe noch im Dunkeln liegen.

Der Täter rammte dem Duisburger einen Schraubenzieher in den Kopf und ließ ihn hilflos am Tatort zurück.

Die Polizei rätselt über einige Aspekte des Falls. Eine anonyme Frau informierte den Rettungsdienst. Die Polizei hält es für unwahrscheinlich, dass diese Person die Täterin war.

M., der bei seinem Auffinden zwar verwirrt, aber ansprechbar war, bestärkte diese Annahme. „Der schöne Melek (Anm. der Redaktion: türkisch für Engel) hat mich gerettet."

Die Polizei vermutet einen Raubüberfall, da auf der Tatwaffe keine Fingerabdrücke gefunden wurden und weil das Portemonnaie des Opfers leer war. Der Täter übersah allerdings, dass der Mann 3.001 € in der Hosentasche mit sich führte.

M. erinnert sich nicht mehr an den Hergang der Tat oder an die Ereignisse davor.

Nach erster Einschätzung des behandelnden Arztes, Dr. A. Pouriman vom Knappschaftskrankenhaus Bochum, ist die OP gut verlaufen und es werden wohl keine bleibenden Schäden erwartet.

Er spricht aber von einem kleinen medizinischen Wunder. „Bei solchen penetrierenden Hirnverletzungen sterben die meisten Patienten noch vor der Ankunft im Krankenhaus."

Glücklich schätzt sich auch die Verlobte des Patienten. Noch in diesem Jahr soll die Hochzeit stattfinden.

Mei lächelte und faltete die Zeitung zusammen. Erol hieß er also. Und er hatte sie schön genannt …

Herbert Knorr

Die Autobumser von Gelsenkirchen-Buer-Beckhausen

Hallo, hallo, ja, hallo, ist da die Polente, also, äh, ja, Tschuldigung, ist da mein Freund und Helfer? Ich brauche nämlich Hilfe. Mein Name, ach ja … aber wieso? Mich kennt doch hier jeder. Ach, Sie nicht … Da werden Sie mich gleich aber kennenlernen. Also, hier ist die Wilhelma … nein, nicht Wilhelm, Wilhelma! Sag ich doch, Will-helm-maaaaa, die Frau vom Willi. Aber für Sie Wilma, alle nennen mich hier nur Wilma, die Wilma vonne Ecke. Also, kommen Sie jetzt mal zur Sache, ich rufe nämlich an, weil ich sehe dort unten zwischen den Bäumen mal wieder diese, diese … Bumser … Nein, nicht Buuumer, wie kommen Sie denn da drauf? Nein, Bumser, BUMSER … genauer gesagt: Autobumser. Dieser Lärm, dieser Krach, dieser Radau … da kann mein Willi keinen Mittagschlaf bei machen. Und den braucht der Willi, wegen Staublunge und schlaffen Herz. Da müssen Sie dringlichst was tun wegen diese Bumser.

Mein Name … habe ich doch schon … Wil-hel-ma … vonne Ecke … Nein, ich bin nicht adelig, nein, wie kommen Sie denn da drauf? Genauer gesagt, nennt man mich hier Wilma vonne Ecke am Fenster anne Allee. Nein, vonne Ecke am Fenster anne Allee ist auch nicht mein Nachname. Wie doof wäre das denn? Ich heiße so, weil ich immer an der Ecke, also, wo unser Haus steht, nämlich anne Ecke vonne Allee, verstehen Sie, in der vierten Etage aufen Sofakissen im Fenster lehne und mich ständig betrachtend kundig mache, was in der Welt so alles passiert. Die meisten Mitmenschen glotzen ja heutzutage nur noch auf diese wandelnden Fernsprech-Video-Bimmers und Strimmers. Aber ich sag Ihnen was, die kriegen vom wahren Leben nix mit. Lehnen Sie sich mal zehn Stunden am Tag aus diesem Guckloch heraus aussem Fenster und stieren Sie auf das Weltgeschehen vor sich herunter auf der Straße, da werden Sie aber mehr als wundernehmen, was Sie da alles zu erspähen bekommen, also zum Exempel diese Bumser da unten. Genau, da müssen Sie ein Exempel statuieren, die müssen Sie festnehmen, einsperren, verurteilen, vierteilen … mein Willi kann bei diesem Lärm von dem Bumsen nicht … ja, ja, das hatte ich schon gesagt … Aber wichtig ist ja, dass das auch bei Ihnen ankommt …

Ob das Klimaxschreie sind? Hä, was hat denn Autobumsen mit Klimakterium zu tun? Also, ich habe während meiner Wechseljahre jedenfalls nicht mit Autos gebumst. Mein Willi sagt ja immer, wo das Klima nicht stimmt, ist Krieg angesagt. Recht hat er, in unsere Verwandtschaft, da geht es klimatechnisch echt heiß her … Jedes Mal auf die Geburtstage, wenn unsere Brut zusammenkommt, kriegen die sich inne Köppe … Das ist, als ob Orkane, Zyklone und Tornados zugleich explodieren … also, dass da noch kein Blut geflossen ist. Aber ganz ehrlich, mit Klimakterium kann das da unten schon deshalb nicht zu tun haben, weil da unten drei Männer am Werke sind. Nein, ich bin kein Schwulenhasser, wie kommen Sie denn da drauf?

Ach, kommen Sie mir jetzt nicht wieder mit meinem Nachnamen, Namen sind Schall und Rauch, Hauptsache ist doch, dass Sie endlich eine grüne Minna schicken und diesem Rabatz da unten Einhalt gebieten. Nein, meinen Nachnamen verrate ich nicht, nein, niemals, niemals tue ich das, schon gar nicht am Telefon, wenn diese Terrorbetrügerschurken aus aller Welt anrufen … Ist wegen Datenschutz, da wird man ja immer gewarnt vor vonne Polente, äh, also von Ihren netten Kollegen, da soll man ganz vorsichtig genug sein immer, keine Namen und Adressen herausgeben … Wissen Sie, heutzutage lauert die Gefahr ja an jeder Ecke, ist nur eine Frage der Zeit … Aber wir sind bereit … wir sind vorbereitet, Willi und ich haben Hammer, Meißel, Beil, Messer, Pfefferspray stets griffbereit in Flur, Küche, Wohn- und Schlafzimmer herumliegen und zur Not sogar eine Handgranate, die Willis Papa aus dem letzten Krieg … und einen Sprengsatz aus dem Internet haben wir uns letztens auch zusammengebaut … Wissen Sie … wir wissen uns zu wehren … Bei dem Zustand der Welt heutzutage muss das ja wohl erlaubt sein. Oh, jetzt sehe ich was, der Jüngere von den dreien zieht sich aus … legt sein Jackett ab, Autobumsen ist ja auch anstrengend … und das bei der Hitze heute. Nein, die da unten sind nicht nackt, wie kommen Sie denn da drauf? Man kann auch angezogen bumsen. Denen ist nur warm geworden.

Ja, genau, das geht schon seit Monaten so, alle paar Wochen bumsen die da unten wieder. Herrgott, wie oft soll ich das noch sagen … Wie, Sie heißen nicht Gott? Herrgott, das ist eine Redewendung, Herrgott … Ja, von mir aus auch Herrgöttin … Ich bin ja auch eine. Meine Göttin, sagt mein Willi immer, wenn ich ihm sein Essen platziere. Früher hat er das auch gesagt, wenn wir gekuschelt haben, was sag ich, geröchelt hat der das die ganze Zeit, so hab ich den rangenommen, aber die Zeiten sind vorbei, dass ich den genommen habe, aber röcheln tut der trotzdem. Mit staubiger Lunge und Herz-in-suf-fi-zi-enz, wie der Doktor Schmidt immer sagt, ist eben nicht zu spaßen. Aber mein Willi ist ein Hartgesottener, der smokt sofort wieder eine vor der Tür, wenn er beim Doktor Schmidt raus ist …

Wie, ich soll runtergehen und die dort unten bitten, ruhiger zu sein? Wie sollen die das denn machen, bumsen ist eben laut. Dann sollen die die Scheiben vom Auto hochmachen. Hm, was soll das denn bringen? Nein, mein Fenster verlass ich nicht, mein Fenster ist mein Ein und Alles, das ist mein Lebenshafen, da kriegen Sie mich nicht weg, außerdem bin ich noch angezogen, ist ja so warm heute, da reicht fürs Fenster BH und Unterrock … Ey, ihr da unten, die Polente will, dass ihr etwas leiser bumst. Leiser, leiser, ja leiser, Mensch habt ihr Eier in den Ohren … Kriegt ihr das hin?

Hallo, sind Sie noch dran, die da unten haben mir einen Vogel gezeigt. Allein deshalb müssen die ins Zuchthaus, nicht? Jetzt schicken Sie mal endlich das Überfallkommando, schließlich sind die zu dritt da unten am Werke. Nein, die machen keinen flotten Dreier, Sie scheinen mir tatsächlich eine ziemlich dreckige Fantasie zu haben! Hallo, hallo … sind Sie noch da. Hm, Verbindung unterbrochen …

Verdammt, jetzt ist mir der Willi wach geworden … Nee, Willi, ist nichts, schlaf ruhig weiter … Und wenn das nicht geht, rauch dir eine …

***

Hallo, hallo, hier ist nochmal die Wilma, die Frau vom Willi anne Ecke im Fenster anne Allee. Nachname und Adresse? Die hab ich schon Ihrer Kollegin verweigert. Hören Sie … da unten, da ist Notstand und Sie wollen meinen Namen haben, die treiben es gerade noch heftiger, die haben sogar ein drittes Auto dazugeholt … diese Autobumser, die hab ich schon vor Monaten beobachtet, aber da dachte ich noch, die Bumserei wäre ein zufälliger Zusammenstoß, wobei der eine Partner von der Bumserei einfach das Recht genommen hat, was sage ich, genötigt hat … Nein, ich will keine Vergewaltigung melden, wie kommen Sie denn da drauf?

Ach, Moment, ich ruf gleich wieder an, da unten geht es zur Sache jetzt, das muss ich filmen. Nein, ich bin keine Voyeurin, nein, ich will mich nicht selbst anzeigen, wie kommen Sie denn da drauf? Und ja, Pornos guckt bei uns mein Willi, heimlich, wenn er meint, ich krieg nix mit, aber ich gönn dem das … Hat ja immer nur kräftig zu husten, da ist so ein Stöhnen mal eine Abwechslung … Aber jetzt muss ich dringend Beweise sammeln … Wissen Sie, ich hab da eine Super-8-Kamera, die hat der Willi vor fünfundsechzig Jahren zur Konfirmation gekriegt. Was da für eine Musik im Hintergrund läuft? Genau, *Highway to hell* … Ich bin nämlich total wütend auf die Bumser da unten. Passt doch, meinen Sie nicht auch, ist nämlich von diesem mobilen Autoclub, von AD/AC oder so ähnlich … Ja, offensichtlich machen die jetzt auch Rockmusik. Heutzutage macht ja jeder jedes. Aber jetzt muss ich, ich ruf gleich wieder an …

***

Hallo, hallo, ja, also, ich habe jetzt alle Bums-Beweise im Kasten. Wer ich bin? Aber wir haben gerade doch telefoniert. Ach, Sie sind schon wieder eine andere. Also, ich bin die Wilma vom Willi anne Ecke im Fenster anne Allee und gucke diesen Autobumsern zu. Nein, ich heiße nicht anne Ecke im Fenster vonne Allee, und nein, ich bin auch nicht adelig. Nennen Sie mich einfach Wilma, Wilma reicht nicht, oh mannmannmann, also … wie bitte? Ach, Sie sind eine Frau, also gut, fraufraufrau! Mensch, jetzt bin ich es aber leid … ich heiße Wilhelm … ja, genau, Wilhelm, und nein, ich habe keine spontane Geschlechtsumwandlung gemacht, ich heiße Wilhelma mit Vor- und Wilhelm mit Nachnamen, ist das so schwer zu verstehen, Wilhelm, nach meinem Mann Willi Wilhelm. Nochmal, damit auch Blitzbirnen wie Sie es begreifen, ich heiße Wilhelma Wilhelm, geborene Willamowski. Toll nicht, ist das nicht toll, wissen Sie, Willi und ich haben damals eigentlich nur geheiratet, weil unsere Namen so schön zueinander gepasst haben. Ist aber trotzdem aus uns was geworden … Heutzutage ist es ja genau andersrum, da glauben die jungen Leute, sie lieben sich total und noch totaler als total, also supergeilmegamegatotalgeil, wie man heute so sagt. Ach so, von mir aus, auch wie frau heute so sagt … Jedenfalls, spätestens drei Jahre nach dem ersten Kind sind die beim Anwalt … falls sogar nicht eher, da haben Sie auch wieder recht … Der Willi und ich, wir haben noch auf ewig bis in den Tod geschworen und halten uns auch dran.

Was das alles mit den Autobumsern auf der Straße zu tun hat? Keine Ahnung, aber irgendwie, habe ich mal gelesen, gehört in dieser Welt ja angeblich alles mit allem zusammen. Zum Beispiel, wenn an dieser Mauerstriet in New York irgendeiner einen Furz lässt, wird in Deutschland jemand arbeitslos. Meine Großeltern kamen übrigens aus Ostpreußen, habe ich das schon erwähnt, weil die Arbeit suchten? Nur mal so nebenbei … wegen dem Krieg und so. Mein Urgroßvater ist da unter Tage zu Tode gekommen, er wurde erschlagen. Mord? Wie kommen Sie denn da drauf? Sein Streb ist zusammengebrochen, wo er auf Knien rumgekrochen war, und die Steine fielen tonnenschwer auf ihn. Ach, Totschlag, meinen Sie, könnte es gewesen sein, hm, weil der Streb nicht fachgerecht gesichert war, mannmannmann, also, fraufraufrau, das ist über hundert Jahre her, so einen olden Käse kriegen Sie selbst mit die modernste Gähn-Tech-no-lo-gie nicht mehr aufgeklärt. Wobei ich schon lange immer mal überlege, wie man durchs Gähnen eigentlich Morde aufklären kann. Können Sie mir das mal erklären? Nein, nicht *cold case*, old käs hab ich gesagt, können Sie etwa kein Englisch? Wieso interessiert Sie das eigentlich, kümmern Sie sich mal lieber um einen ganz heißen Fall, diese Bumserei da unten. Und jetzt holt der eine Bumser auch noch einen Hammer aus seiner Hose … Was, da liege unter Umständen sexuelle Gewalt vor, verstehe ich nicht, wie kommen Sie denn da drauf? Also, ich war immer froh, wenn der Willi seinen Hammer hervorholte, heute ist das ja nur noch ein Hämmerleinchen … Lange her … lange her … Was, ich soll aus der Leitung gehen, ich soll mit meinen seltsamen Geschichten die Arbeit der Polizei nicht behindern? Wie kommen Sie mir denn da … Das lasse ich nicht auf mir sitzen … Ah, Moment, ich melde mich später wieder, da

können Sie einen drauf lassen, aber jetzt will mein Willi was von mir …
Aaaaah, die Kartoffeln riechen angebrannt … Da krieg ich Ärger mitten
Willi … Willi, ich komm ja schon …

***

Hallo, hallo, Sie da, hier ist die Wilma, erkennen Sie mich oder sind
Sie schon wieder ein anderer? Heutzutage ist ja von heute auf morgen
jemand eine Frau oder ein Mann oder so … und ihre Namen können sie
auch wandeln … Egal, den Willi habe ich mittlerweile abgespeist, der ist
pappsatt … Aber diese Bumser sind immer noch am Werk, die bumsen
wie am Fließband, da ist jetzt sogar noch eine Frau und ein viertes Auto
dazugekommen. Nein, mein Willi hat mit den Bumsern nichts zu tun.
Wie kommen Sie denn da drauf? Der Willi ist immer schnell zufrieden,
Hauptsache Kartoffeln mit Schweinsbraten und viel Soße. Und nun liegt
der wie immer nach dem Essen auf der faulen Haut, also auf dem Sofa,
und knackt vor sich hin. Bis Kaffee gibt, dann wieder ratzen, bis Abendbrot gibt. Ich gönn ihm das ja, hat ja Jahrzehnte auf Zeche malocht und
alles gegeben für die Gesellschaft. Und was hat er davon, nix hat er davon,
nix, Zechen dicht, Windräder bauen sie heute, Windräder, wo die armen
Vögel drin verenden … Ist das nicht traurig … Kreuz und Knie hat mein
Willi übrigens auch, nein, Blase zum Glück nicht … noch nicht, die hab
ich, deshalb muss ich mal eben kurz verabschieden auf Klo … Die da
unten machen gerade auch eine Pause und rauchen sich eine. Melde mich
gleich wieder.

***

Ah, hören Sie mich, jetzt bumsen sie wieder. Der eine drückt sogar gegen das Auto von hinten. Was meinen Sie, klarer Fall von Objektphilie,
ach so … sogar Pa-ra-phi-lie? Was ist das denn? Also, ich sag ja immer,
wenn's einem gefällt, da mische ich mich nicht ein. Nur der Krach, der
ist unerträglich … Mein Willi macht Mittagschlaf, und wenn Sie nicht
bald mit einer Hundertschaft ausrücken, muss ich mich wohl selbst kümmern. Was, Selbstjustiz gibt es in unserem Land nicht? Wissen Sie, Zeiten

ändern sich, da kennen Sie mich aber schlecht … Sie stellen mich zur Sitte durch. Wieso das denn?

***

Hallo, ja, hallo, ist da die Sitte, hier ist Wilma Wilhelm, geborene Willamowski, geboren in der Wilhelmstraße, lebend in der Willi-Allee und ja, ich beobachte seit längerer Zeit eine Autobumserei. Ob ich die Personen beschreiben kann? Ja, die sind noch dabei, aber nee, ich kann nicht näher dran gehen, ich bin gehbehindert, vier Stockwerke Treppen ohne Aufzug, das kann ich nicht mal so. Nein, meine Straße ist auch kein Strich, unsere Allee hat zwar Kurven, die ist auch so sehr schön, aber die Allee wird nicht gebumst, das haben Sie falsch verstanden, nein, hier stehen auch keine Wohnwagen. Warum ich dann anrufe, ja, wegen der Bumser natürlich. Also doch unsittliches Verhalten in der Öffentlichkeit? Nein, nein, nein … Herrje, schicken Sie endlich jemand, dann sehen Sie selbst, was hier abgeht. Wofür zahlt mein Willi eigentlich seine Steuern von seine schmale Rente? Gut, dass der nichts mitbekommt von dem Skandal hier, da würde sein Herz sofort stehenbliehben … Da haue ich doch mal vor Wut den Hörer auf die Gabel …

***

Hallo, hallo, ja, ich wieder, und jetzt hören Sie mal genau hin, wenn Sie nicht gleich mit einem Spezialeinsatzkommando erscheinen, komm ich zu Ihnen. Nein, das ist keine Drohung, das ist die nackte Wahrheit! Nein, ich laufe nicht nackt herum, wie kommen Sie denn da drauf? Sowas von Dienstauffassung habe ich ja noch nie erlebt. Da sind Proffis am Werk, das ist eine kriminelle Handlung, da müssen Sie was tun. Also, was ist jetzt, ich kann sehr wütend werden, wenn man nicht macht, was ich will, fragen Sie meinen Willi, ich kann ganz schön rabiat werden, wenn mir ein Furz quer sitzt. Ich habe sogar mal in meiner Verbitterung damals ein Beil genommen und auf den Fernseher draufgehauen, weil mein Willi nicht das Programm gucken wollte, das ich wollte. Da haben wir damals dann beide nichts mehr zu glotzen gehabt. Irgendwann hat er mir dann meinen eigenen Fernseher gekauft, seitdem sehen wir uns nur noch bei den Mahlzeiten oder auf Klo, wenn wir zufällig beide pullern müssen … Nein, ich bin nicht betrunken …

Ich soll ganz genau beschreiben, was ich sehe. Also gut, ich sehe drei Männer, ach, und eine Frau und vier Autos mittlerweile … Nein, das ist alles. Ja, natürlich mehrere Autos. Mit einem Auto bumsen geht ja nicht. Ja, verdammich nochmal, Sie, Sie, Sie … haben Sie etwa eine Zwangsstörung, sind Sie komplett auf Sex fixiert … Um Ihre Frage zu beantworten: Nein, die Karren da unten haben keinen Verkehr. Das macht ja auch gar keinen Sinn, da ginge ja unsere Autoindustrie endgültig den Bach runter, wenn Autos mit sich selbst Kinder machen. Stellen Sie sich vor, da paart sich ein Toyota mit einem VW oder ein Chinese mit einem BMW, was für Bastarde da rauskämen, das möchte niemand wissen. Wie, Hybride lägen derzeit im Trend? Verstehe ich nicht. Hybride – kommen Sie mir bloß nicht mit so abartigen Sexpraktiken, ich hab da mal in so einem Video einen Affen mit einem Hund … Mein Will sagt ja immer, Perverses muss man sich ganz detailliert ansehen, damit man auch ganz genau weiß, worüber man sich erregt …

Nochmal für Sie in einfacher Sprache: Es geht darum, dass dort unten vor mir im Schutze unserer wunderbaren Alleebäume seit Monaten immer wieder Autos beziehungsweise ihre Fahrer Verkehrsunfälle provozieren, vermutlich, um bei der Versicherung abzukassieren. Haben Sie das endlich kapiert? Wieso ich das nicht gleich gesagt habe? Ich fasse es nicht. Ach so, Sie kommen … Wie meinen Sie das denn jetzt?

***

Hallo, hallo, Sie da unten, ich weiß genau, was Sie tun. Ihr, ihr Verbrecher, ihr, ihr … Missetäter, ihr Spitzbuben … ihr, ihr … da unten … ihr Schufte, ihr Schurken, ihr Lumpen … ihr Schwerstkriminelle … ach, was ihr … ihr Arschgeigen! Haltet endlich Ruhe, mein Willi hält Mittagsschlaf, wenn der aufwacht, ist Hängen im Schacht für euch, da könnt ihr sicher sein … Ich schreie so laut, wie ich will, das kann unsere ganze Kolonie hören, das ist Versicherungsbetrug, dafür gibt es Kittchen. Ich habe gefilmt, schon seit Monaten sammle ich Beweise und die Polizei habe ich schon seit Stunden in der Leitung. Die rückt jetzt mit dem SEK aus, unterstützt von der GSG 9 und drei Hundertschaften und wird Ihnen Ihr, Ihr … Ihr Bumshandwerk legen … Ja, Sie brauchen gar nicht so blöd gucken … Nein, ich komm nicht runter, wenn Sie was von mir wollen, kommen Sie lieber mal ganz schön hoch zu mir … Ich zeig Ihnen dann schon, wo der Hammer hängt …

Oje, das hätte ich nicht sagen sollen, die kommen tatsächlich, wo bleibt Ihre Sturmhelmabteilung, jetzt erzählen Sie mir nicht, dass die gerade Mittagspause macht, es bricht schon einer die Haustür unten auf, die strömen zu mir hoch, einer hat ein großes Objekt dabei, ein sehr großes, was will der damit nur, kommen Sie schnell, nein, kommen Sie noch schneller, nein, ich fordere Sie nicht zur Selbstbefriedigung auf, wie kommen Sie denn da drauf …? Ich hör schon was an der Tür und glauben Sie mir, die klingeln erst gar nicht. Hören Sie das knirschende Holz, die knackenden Türriegel … Gleich bin ich tot …

Nein, mein Willi kann mir nicht helfen, den wecke ich nicht, ich bin ja immer froh, dass der schläft und nicht so grässlich hustet. Ich soll flüchten? Ja, wohin denn, soll ich mich etwa vom Balkon stürzen? Dann kann ich mich auch gleich von denen erschlagen lassen. Oje, was haben die denn dabei … Ich glaube, ich springe doch übern Balkon … Ach so, wir haben ja gar keinen. Aus dem Fenster, aus dem vierten Stock, meinen Sie wirklich … Nein, niemals, ich habe Höhenangst … Jetzt ist sowieso zu spät …

Ach, hallo, hallo, guten Tag ihr Autobumser, meine Rufe eben, die waren nicht so gemeint, ehrlich, man kann ja in einer spontanen Wutekstase in der Wortwahl mal eben danebengreifen, aber hinterher ist wieder alles gut. Alles gut wieder, ja, wir sind wieder Freunde, ja?

Nein, mit der Polente hab ich nicht gesprochen. Wie kommen Sie denn da drauf? Ach ja, das habe ich doch nur so dahin geredet … Also, die Bullen, mit denen doch nicht, niemals! Versprochen, ich schwöre bei meiner toten ostpreußischen Schwiegermutter, die war eine total ehrliche Haut, als sie endlich im Grab lag. Ach nee, nee, nee … tun Sie mir nicht weh, ich kann Schmerzen so schlecht ertragen … Ach Gott, jetzt haben Sie meinen Willi wachgemacht. Das geht ja gar nicht … Da werde ich dann doch wieder zur Furie.

Nein, Willi, nein, ich kenne die Herren nicht und deinen Mittagsschlaf musst du auf heute Abend verschieben … Wo hängt nur der Hammer, Willi, wo ist der, ich muss mich wehren, hast du den schon wieder an eine andere Stelle …. Ah, da ist er ja … Oh nein, ich wusste gar nicht, dass ich so viel Blut verspritzen kann … Oh nein, oh nein, jetzt schlagen die zu und auch noch mit einem Japaner … Willi, Willi … hilf mir, hilf mir … ja … mein lieber Willi, mach es gut … Und räche mich, ja, räche mich, guck mal, da hängt unser Beil … da liegt die Handgranate und die Fernzündung für die Bombe … und ja, schlag zu, ja, räche mich, deine Rache muss grausam sein … zerstückele sie am besten, damit sie nie wieder zusammenfinden … aaaaaah, oooooooh, aaaaaah … Nicht zu feste hauen, bitte, bitte … das tut ja weh … Ah, ich sterbe …

***

Autobumser erschlägt Frau und umgekehrt
Mehrere Tote bei Gewaltverbrechen in Gelsenkirchen-Buer-Beckhausen

Lokalteil Gelsenkirchen-Buer-Beckhausen. Ein schreckliches Verbrechen geschah in Buer-Beckhausen, wo sechs Menschen starben. Gestern sollte an der Alleestraße eine Bande von mehreren Autobumsern, die seit Monaten professionellen Versicherungsbetrug begehen, aufgrund eines Hinweises einer aufmerksamen Nachbarin festgenommen werden. Dazu kam es aber nicht mehr. Wilma W., die der Polizei das Verbrechen meldete, wurde von einem der Kriminellen mit einem Toyota-Wagenheber erschlagen. Eine Polizeisprecherin teilte mit, dass in Gelsenkirchen so ein unvorstellbar großes Blutbad noch nie vorgekommen wäre. Einer der Täter wurde bei einem letzten Abwehrversuch der Toten mit einem Spitzhammer, der tief in seine Schädeldecke eindrang, ebenfalls getötet. Ihr Mann Willi W. erschlug zudem in Notwehr mit einem Beil einen weiteren Verbrecher. Er wollte ihn gerade vierteilen, als die Polizei eintraf … Als sie ihn festnehmen wollte, versuchte der Mann noch, einen roten Knopf zu drücken, mit dem wohl eine Bombenzündung ausgelöst worden wäre, was eine wachsame Polizistin gerade noch verhindern konnte. Daraufhin verstarb der Mann an Herzversagen.

Petra Treiber

Friedhofsbräune

Die Beerdigung

Er spürte keinen Widerstand, als er den Spaten in den Boden rammte und die von der kühlen Nacht noch feuchte Erde heraushob. So ging ihm das Graben der Löcher, es waren elf an der Zahl, leicht von der Hand. Verstohlen sah er sich um. Zu dieser frühen Stunde war selten jemand auf dem Friedhof. Erst nach der Marktzeit würden die Frauen kommen, um die Gräber ihrer Männer zu pflegen. Denn Männer gehen früher, sagt man. Doch das stimmte nicht immer.

Sein Blick glitt zum Grabstein. Vicky. Zwei Jahre war es jetzt her, dass sie ihn verlassen hatte. Michael Marlow seufzte. Viel zu früh. Sie hatten doch noch so viele Pläne gehabt. „Mike", hatte Vicky immer gesagt, „wenn wir die Rente durchhaben, geht es ab auf die Insel!" Seine Gattin liebte die Kanaren, für Mike hätte es auch Malle getan.

Er stülpte die mitgebrachten Pflanzen aus ihren Plastiktöpfen, setzte sie sorgsam in die vorbereiteten Mulden und klopfte die Erde mit den behandschuhten Händen rundherum fest. Es waren Hyazinthen und Narzissen, die mochte sie immer so gern. Zehn Stück würden nun bald für sie blühen. In das elfte Loch, das er etwas breiter und tiefer gegraben hatte, legte er ein kleines hölzernes Kästchen.

Obwohl es erst April war und die letzten Tage ergiebigen Regen gebracht hatten, war der Sommer schon spürbar. Mike schaute an der mächtigen Eiche empor, die mit drei weiteren Laubbäumen die Gräberreihe auf dem Bergfriedhof beschützte – vor Wind und Wetter und, was er besonders schätzte, vor den Blicken der Spaziergänger. Denn er kam oft hierher, nahm auf der gegenüber stehenden Bank Platz und sprach mit Vicky. Über dies und das, was er gerade eingekauft hatte, was in der Nachbarschaft passiert war, oder er erzählte von Jo und Ulf, seinen Kumpels.

Die waren wie er verwitwet. Das heißt, Jochen Sande, genannt Jo, eigentlich nicht. Er hatte seine demenzkranke Mutter Hilde bis zu ihrem

Tod vor einem Jahr gepflegt. Da er aber sein ganzes Leben mit ihr zusammengelebt hatte, fühlte sich das Alleinsein jetzt für ihn an, als wäre er Witwer. Und Heidi, die Frau von Ulf Neuhäuser, war schwer krank gewesen. Auch sie war vor gut einem Jahr gestorben.

Zufällig waren die drei damals ins Gespräch gekommen – am Wasserspender mit dem Gießkannenreservoir, im Sommer stets ein Anlaufpunkt auf dem Friedhof. Drei Männer, die sich wahrlich als Exoten fühlten und oft genug die taxierenden Blicke der Witwen auf sich spürten.

Aus den zufälligen Treffen entstand ein fester Termin an jedem Dienstagmittag. Jo, der mit seinen achtundfünfzig Jahren als Installateur noch voll im Berufsleben stand, opferte jedes Mal seine Pause (und oft sogar ein wenig mehr Zeit) für einen Ausflug zum Bergfriedhof, um mit den Frührentnern Mike und Ulf zu töttern.

Es war wieder Dienstag und Mike machte sich auf den Weg von Vickys Grab zum üblichen Treffpunkt. Da der Friedhof hoch oben über dem Essener Baldeneysee als Park mit Alleen und Plätzen, verschlungenen Wegen und zahlreichen Ruhebereichen angelegt war, hatte Mike gut zehn Minuten Fußweg vor sich, um zur Allee mit den Urweltmammutbäumen zu kommen.

Urwelt, das klang exotisch. Die Bäume ersetzten die alten Fichten, die einst den breiten Weg gesäumt hatten, weil diese nach und nach kaputtgegangen waren. Von den Mammutbäumen erhoffte sich die Stadt, sie könnten dem Klimawandel besser trotzen. Doch noch waren die Exemplare klein und alles andere als mächtige Riesen.

Vor der Friedhofskapelle aus rotem Backstein sah Mike, wie sich gerade eine Trauergesellschaft einfand. Der Parkplatz war schon gut belegt, weitere Autos steuerten die Schotterfläche an. Ein Wagen stach besonders hervor. Es war ein Mercedes Strich-Acht, ein echtes Schätzchen. Mike kannte sich aus mit Oldtimern, wenngleich er sich selbst keinen leisten konnte. Das 1968er Modell kostete aktuell auf dem Markt, je nach Zustand, eine durchaus beachtliche fünfstellige Summe. Umso erstaunter war er, dass sich aus dem dunkelgrünen Wagen nicht der erwartete Senior herausschälte, sondern eine Frau in einem eleganten schwarzen Hosenanzug, schätzungsweise in den Dreißigern, das weizenblonde Haar zu einem Dutt mit einem bunten Band gebunden, die Augen hinter einer großformatigen Sonnenbrille versteckt.

Die übrige Gesellschaft schien aus ebenso illustren Gästen zu bestehen. Keiner war wohl älter als Mitte fünfzig. Die Frauen trugen allesamt trendige Kleidung, nicht die übliche Friedhofskluft, wie Mike konstatierte. Die komplett in dunklem Zwirn gewandeten Männer wiesen in der Mehrheit kahlrasierte Schädel auf – und zahlreiche Tattoos. Wurde hier etwa eine Unterweltgröße zu Grabe getragen? Die Ruhrmetropole Essen hatte sich schließlich in den vergangenen Jahren den zweifelhaften Ruf erworben, Hauptquartier gleich mehrerer kriminell aktiver Clans zu sein.

Schnellen Schrittes wandte er sich der Allee zu, wo bereits Jochen auf ihn wartete. „Na Mike, mal wieder in Lottie's Lockenbude gewesen?", begrüßte der den Eintreffenden. Mike strich sich über den Kopf mit den streichholzkurzen, grau melierten Haaren und lachte. „Ja, die Marga, die beste Frisöse ever, war wieder am Werk. Du weißt doch, das bringt meine Friedhofsbräune besser zur Geltung", sagte er augenzwinkernd und drehte sein Gesicht demonstrativ zur Sonne. Dass er sich von den drei Männern für den attraktivsten Kerl hielt, ließ er gerne mal durchblicken. Inzwischen war auch Ulf gekommen, packte die Thermoskanne aus und goss Kaffee in die Becher.

Es war eine Dreiviertelstunde später, das Trio rekapitulierte gerade die Ergebnisse der Fußballbundesliga, als die von einem Akkordeonspieler begleitete Trauergesellschaft an ihren Sitzbänken vorbei über die Allee bergab zog. Die bestimmt achtzig Leute umfassende Gruppe hinter dem Sarg bog nach rechts in einen der Seitenwege ein. Die drei Männer schauten sich vielsagend an, fuhren aber mit ihrer Toranalyse fort.

Keine zehn Minuten später erklang die Akkordeonmusik von Neuem, die Truppe querte im unteren Drittel der Allee diese nun von rechts nach links. Die Musik wurde leiser und Mike, Jo und Ulf waren gesprächsmäßig inzwischen bei der Dritten Liga angekommen. Würden sich die Rot-Weissen halten können oder ging es wieder ab in die „Schweineliga"? Gerade als Ulf gestikulierend zu einer gewichtigen Vereinskritik anhob, liefen zwei Männer aus dem linken Seitenweg kommend bergauf, fast bis auf die Höhe des Trios.

Einer der Männer zeigte nach links, der andere in einen weit entfernten Bereich am anderen Ende des Friedhofs. Die beiden schauten sich suchend um, waren aber offensichtlich ratlos. Der Erste zückte schließlich sein Smartphone, während die Trauergesellschaft, die nun abermals die Mammutbaumallee zu überqueren beabsichtigte, von seinem Kollegen aufgehalten wurde.

„Wohl die Bestatter", grunzte Ulf. „Ich glaube, die sind fremd hier und haben keinen Plan, wo die Grabstelle ist", flachste er angesichts der aberwitzigen Situation.

„Hauptsache, es liegt die richtige Leiche im Sarg", unkte Jochen.

„Apropos Leiche", hob Ulf den Zeigefinger. „Da kann ich euch was erzählen."

Mike und Jochen schauten erst sich und dann Ulf an. „Ist das wieder so eine Fake-Geschichte?", verdrehte Mike die Augen gen Himmel.

„Nein, nein. Das ist echt so passiert. Ich schwör's. Denn ich hab's selbst erlebt."

Bevor Ulf loslegen konnte, setzte jedoch erneut Akkordeonmusik ein. Der Tross begab sich nun wieder bergauf, allerdings mit einigen Trauergästen weniger, wie es Mike schien. Wo die wohl abgeblieben waren? Die kühle Blonde war jedenfalls noch mit von der Partie, registrierte er. An der Kapelle angekommen wandte sich der Zug geradeaus, dorthin, wo auch Vicky ihre letzte Ruhe gefunden hatte. Mike runzelte noch die Stirn, als Ulf schon mit seiner Story begann.

„Ihr wisst ja, ich hab schon so einige Jobs gemacht. Lkw gefahren, auf'm Bau Steine geschleppt, eine Videothek betrieben. Na, und vor ein paar Jahren habe ich bei einem Beerdigungsinstitut in Bottrop als Aushilfe gearbeitet. Leichen waschen und so."

„Iiihh", entfuhr es Mike.

„Ach watt, is gar nicht so schlimm. Die reden ja nicht mehr mit dir und viel kaputt machen bei denen kannste auch nicht. Aber jetzt kommt's ..." Ulf holte tief Luft. „Es war der 15. März 2015, das Datum werde ich mein Lebtag nicht vergessen. Ein Sonntag und meine Kollegen hatten aus einem Seniorenheim eine Frau abgeholt. Die war über neunzig, schwer krank und von einer Pflegerin offenbar leblos in ihrem Bett gefunden worden. Ein Arzt hatte den Tod bescheinigt, wie das formal halt so ist."

„Ja und?" Jochen wurde ungeduldig, seine Mittagspause war längst vorbei.

„Also, die Kollegen packen die aus dem Leichensack aus und legen sie auf so einen Stahltisch. Ihr wisst schon, das sieht man auch immer in Filmen." Ulf winkte die beiden anderen heran, sich näher zu ihm zu setzen. „Es war ja ein Sonntag und keine weiteren Angestellten im Dienst. Also sollte der Körper in die Kühlkammer. Aber ich war halt da und da dachte ich mir, ich kümmere mich schon mal drum und mach die fertig." Ulf hielt inne, genoss für einen Moment den Spannungseffekt. Die beiden anderen sahen ihn auffordernd an. Mit einem leichten Grinsen fuhr er fort:

„Die Alte liegt also so im Nachthemd vor mir. Das ist so ein kitschig geblümtes Teil. Ich schneide das mit der Schere auf und lege es auf den Mülleimer, denn die Verstorbenen bekommen später entweder ein Leichenhemd oder die von den Angehörigen ausgesuchte Kleidung an. Ich drehe mich also um, um die Waschlauge vorzubereiten, da fängt die Neonröhre plötzlich an zu flackern und ich höre so ein Röcheln hinter mir. Es ist mir kalt den Rücken runtergelaufen, sage ich euch. Ist jetzt Halloween oder was, dachte ich. Und dann – jetzt kommt's, Leute – krächzt eine Stimme: ‚Junger Mann, das geht aber nicht, dass Sie die Nachtwäsche kaputt machen!'"

Ulf schaute erst Jo und dann Mike an, seine Hände zuckten durch die Luft. „Ich dreh mich zitternd wieder um und was sehe ich? Die Alte sitzt kerzengrade auf dem Tisch. Nackig – und zeigt mit dem Finger auf mich."

„Uiiihhh, echt gruselig", tönte es gleichzeitig aus den Mündern seiner Kumpels. „Und dann ist sie wohl holla die Waldfee vom Tisch gehopst?", vermutete Mike.

„Nee, ich hab die Kollegen geholt und dann ging es retour ins Altenheim. Das war vielleicht ein Hallo dort. Von den Toten auferstanden und so weiter. Das ist bis heute Gesprächsthema. Denn die Frau, die übrigens Auguste heißt, lebt munter weiter. Letztes Jahr habe ich ihr zum hundertsten Geburtstag gratuliert."

Was denn mit dem Arzt gewesen sei, wollten die beiden noch wissen. „Der wurde, glaube ich, suspendiert und hat danach irgendwo eine zweite Karriere als Schönheitschirurg für die Reichen und Schönen gemacht."

Den Job beim Bestatter habe er im Übrigen dann ganz schnell aufgegeben, sagte Ulf: „So was brauche ich nie wieder."

Mike wünschte sich indes, dass es seine Vicky gewesen wäre, die dem Tod ein Schnippchen geschlagen hätte. Mit gerade mal fünfundfünfzig war seine immer sportlich aktive Frau einem Herzinfarkt erlegen. Zehn glückliche Jahre hatten sie zusammen gehabt. Er liebte sie über alles, seine späte zweite Liebe.

Nachdem sich seine erste Frau Gisela einen reichen Kerl geangelt und ihre Ehe nach nur vier Jahren einfach hatte sausen lassen, dauerte es sehr lange, bis der Ingenieur in städtischen Diensten wieder Vertrauen zum weiblichen Geschlecht fassen konnte. Umso intensiver waren die Gefühle für Vicky, die er bei einem Kuraufenthalt an der Nordsee kennengelernt hatte. Zwei Jahre waren sie im losen Kontakt gewesen, ehe er es gewagt hatte, ihr näherzukommen.

Mike sah, wie einige Nachzügler des Trauerzugs davoneilten. Was wohl diese blonde Frau mit dem Verstorbenen verband? War sie seine Geliebte gewesen?

Lottie's Lockenbude

Drei Wochen später sollte er mehr erfahren. Der Frührentner war mal wieder in Lottie's Lockenbude, einem echten Ruhrpott-Laden, der sich vom Essener Norden in den feinen Süden, nach Bredeney, verirrt hatte. Inhaberin Marga hatte das Friseurgeschäft vor etlichen Jahren von besagter Namensgeberin übernommen. Frisch geschnitten und von Gesprächen berieselt stand Mike also an der Theke, um zu bezahlen, als just jener auffällige Mercedes Strich-Acht auf dem Parkstreifen vor dem Laden hielt. Es stieg die schlanke Blonde aus. Diesmal fielen die Haare sanft auf ihre Schultern herab. Sie trug Jeans, ein schwarzes Shirt und Sneakers. Die große Sonnenbrille bedeckte wieder das halbe Gesicht. Mike bekam Herzklopfen.

Marga bemerkte seinen stieren Blick nach draußen. „Hübsche Lady, was?"

Mike nickte. „Wer ist sie?"

Die Friséuse zwinkerte ihm zu und lotste ihn in eine ruhige Ecke des Raumes. „Sie ist erst vor Kurzem hierhergezogen, in die Wohnung ihrer verstorbenen Tante. Sie wickelt alles ab, weil sich wohl sonst keiner kümmert." Die Tante sei eine gute Kundin gewesen, sagte Marga und geriet ins Plaudern.

„Die war eigentlich aschblond, ließ sich die Haare aber immer in einem besonderen Kupferton färben. Sie achtete sehr auf ihr Äußeres, erzählte aber nicht viel. Nur einmal sagte sie, dass sie ein bewegtes Leben hinter sich habe. Sie benutzte das Wort *undercover*. Fand ich komisch. Hat aber wohl einiges Geld gehabt, so großzügig ist die Kundschaft selten mit dem Trinkgeld.“

Mike fühlte sich sogleich peinlich berührt und warf ein paar Münzen mehr als üblich in die Kaffeekasse, als er aus dem Laden eilte, um noch einen Blick auf die Nichte zu erhaschen. Doch der dunkelgrüne Mercedes war längst weg. Enttäuscht machte er sich auf dem Weg zum Friedhof, die Blumen auf Vickys Grab mussten dringend gegossen werden.

Auf dem Bergfriedhof wehte ein lauer Wind. Mike saß auf seiner Lieblingsbank, schloss die Augen und genoss die warmen Sonnenstrahlen. Jetzt am Strand von Malle liegen und Vicky beim Baden im Meer zuschauen, das wär's! Mike versuchte, sich bei seinem Tagtraum zu entspannen, ruhig zu atmen und das Gespräch zweier Personen zu ignorieren, das sich offenbar hinter einer Baumgruppe abspielte. Es war nicht laut, verstehen konnte er nichts. Aber es nervte ihn. Mit einem Ruck verließ Mike seine komfortable Position und folgte dem Weg Richtung Geräuschkulisse.

Er sah zuerst einen nicht mehr frischen Grabhügel, auf dem noch einige wenige welke Kränze und Blumengebinde vor sich hinvegetierten, und einen dunkel gekleideten Mann, der sich, als er Mike erblickte, justament entfernte. Dann bemerkte Mike die Nichte. Sie wandte ihm den Rücken zu, ihre Sonnenbrille hatte sie nun in die Haare geschoben. Hörbar schnäuzte sie sich die Nase. Mikes Körper war angespannt. Er trat neben sie und räusperte sich. „Entschuldigung“, sagte er.

Die Frau sah ihn an. „Wofür?“

„Ich dachte, ich störe Sie in Ihrer Trauer.“

Sie lächelte und steckte das Taschentuch in die Hosentasche. „Nein, es ist der Heuschnupfen. Echt lästig.“ Dann zeigte sie auf das Grab: „Meine Tante. Obwohl wir ein paar Jahre bei der gleichen Firma beschäftigt waren, habe ich sie nicht wirklich gut gekannt.“

Mike las auf dem Holzkreuz „Andrea Schmittke, 1960–2024“. Sehr alt sei sie nicht geworden, bemerkte er und biss sich sofort auf die Lippen ob dieses lapidaren Satzes.

„Ein Sturz im nassen Treppenhaus", sagte die Nichte. Die Polizei habe Fremdverschulden ausgeschlossen. „Aber ich glaube, die wollten gar nicht weiter ermitteln. Wegen ihrer Vergangenheit."

Die blonde Frau sah das große Fragezeichen in Mikes Gesicht. Sie zeigte auf eine nahe Bank und beide setzten sich.

„Ich heiße übrigens Eva Spiegel und bin Neu-Essenerin."

„Michael Marlow, aber alle nennen mich Mike. Und ich wohne schon ewig hier."

„Oh, Marlowe wie der Privatdetektiv in den Krimis?"

„Fast, nur ohne e."

„Sind Sie auch ein Schnüffler?"

Mike lachte. „Sehe ich so aus?"

Die Frau namens Eva sah ihn mit ihren rehbraunen Augen offen an: „Ich würde Sie jedenfalls engagieren."

Cool, smart, männlich und ein Frauenheld: Mikes Körper straffte sich merklich bei dem Gedanken an Philip Marlowe und wie Humphrey Bogart ihn im Film spielte. „Wie kann ich dir helfen, Kindchen?", wollte er sagen. Aber über seine Lippen kam nur: „Ich bin kein Ermittler, aber ich kann gut zuhören."

Dem Tod von der Schüppe gesprungen

„Vorsicht, der ist noch heiß", sagte die blonde Frau und stellte eine Tasse dampfenden Tees vor Mike auf den Tisch aus dunklem Holz. Das mit feinen Intarsien versehene Exemplar befand sich in der Zweizimmerwohnung der verstorbenen Andrea Schmittke. Ein Altbau mit hohen, stuckverzierten Decken. „Sie liebte Antikmöbel", sagte Eva, die Mikes Blick durch den Raum bemerkt hatte. „Ich bin so froh, dass du mitgekommen bist. Der Typ am Grab war echt unangenehm", fuhr sie fort und Mike durchströmte ein warmes Gefühl, das nicht von dem Tee herrührte, den er nun kostete, sondern von dem vertrauten Du in ihrer Ansprache.

„Was wollte der Typ?"

„Er meinte, meine Tante habe seiner Organisation vor zwanzig Jahren Geld gestohlen, viel Geld. Ich solle es auftreiben. Wir reden mit Zinsen von einer schlappen halben Million Euro."

Mike pfiff durch die Zähne.

„Ich habe alle Konten gesichtet, die Wohnung auf den Kopf gestellt. Nichts. Sie hat ganz gut verdient, aber ich weiß nicht, wo so eine Summe herkommen sollte.“

Die Polizei zu informieren sei keine Option, denn die Vergangenheit ihrer Tante sei mehr als dubios, beeilte sich Eva möglichen Einwänden zuvorzukommen.

„Weißt du, wir sind eine sehr seltsame Familie. Wir veräppeln den Tod.“

„Wie jetzt?“

„Meine Oma Auguste aus Bottrop ist vor ein paar Jahren für tot erklärt worden, was aber ein Irrtum war. Und dabei lag sie sogar schon beim Bestatter auf dem Tisch.“

Mikes Augen weiteten sich, dann prustete er los. „Sorry, sorry. Aber das ist jetzt echt spooky.“ In aller Kürze berichtete er von Ulfs unglaublichen Erlebnissen. Auch Eva musste nun herzhaft lachen: „Ja, was für ein irrer Zufall!“

Doch die Ereignisse um Evas Tante sollten Mike noch viel mehr in Erstaunen versetzen.

Andrea Schmittke war 1984 Germanistikstudentin an der Essener Uni und stand kurz vor ihrem Abschluss. Eines Tages kam sie nicht mehr nach Hause. „Sie verschwand einfach von der Bildfläche. Die Polizei ermittelte, selbst im Fernsehen lief eine Suchmeldung. Weil an derselben Bushaltestelle, wo sie zuletzt gesehen worden war, Jahre vorher eine Frauenleiche gelegen hatte, dachte man, sie sei ermordet worden. Es gab sogar jemanden, der sich zu der Tat bekannte.“ Schließlich wurde Andrea Schmittke trotz fehlenden Leichnams 1989 für tot erklärt. „Aber wie gesagt, wir veräppeln den Tod. 2015, kurz nach dem Vorfall mit meiner Oma, stand sie plötzlich im Zimmer des Altenheims in Bottrop.“

„Und was war ihre Erklärung?“

„Sie schwieg.“

Eva atmete hörbar ein und aus. Das tiefe, dunkle Geheimnis ihres jahrzehntelangen Verschwindens habe sie ihrer Tante nie zur Gänze entlocken können. „Sie benutzte offenbar verschiedene Namen, wohnte mal hier und mal da. Auch in England und Italien. Sie blieb nie lange in einem Job. Ich vermute, sie war IM für die Stasi. Und als mit der DDR nichts mehr war, hat sie sich vom Bundeskriminalamt anwerben lassen." Zu diesen Theorien habe ihre Tante immer geschwiegen, sie aber auch nie wirklich verneint. „Einmal fiel der Name Hanni Hübscher. Unter dem hatte sie mehrere Jahre in Gelsenkirchen gelebt. Also sogar ganz in unserer Nähe."

Dass Hanni Hübscher urplötzlich wieder als Andrea Schmittke ins Leben zurückkehrte, sei einem Unfall auf der A40 mit gleich mehreren Beteiligten zu verdanken gewesen, berichtete Eva dem staunenden Mike. „Als die Polizisten ihren Ausweis verlangten, hat sie sich geoutet." Ihre letzten Lebensjahre habe sie dann ihr Organisationstalent in einer Dortmunder Eventfirma eingesetzt, in der auch Eva arbeitete. Die Tante blieb allerdings immer im Hintergrund. „Wir sind ein ziemlich großes Unternehmen und ein buntes Völkchen. Da sind auch einige kräftige Kerle dabei. Die Arbeitskollegen hast du auf der Beerdigung gesehen. Die war ziemlich schräg, was? Es gab einen Zahlendreher auf dem Formular für die Grabstelle!"

Womit sich für Mike auch die Beobachtungen auf dem Bergfriedhof geklärt hatten. Doch was war mit dem Geld?

„Zuletzt sprach Tantchen von einer speziellen Lebensversicherung. Geld, das sie in ihrem anderen Leben gewonnen und gut angelegt habe. Offensichtlich hat sie es aber kriminellen Elementen abgeluchst, die es nun wiederhaben wollen." Die Nichte stellte einige Ordner auf den Tisch und startete ihren Laptop: „Vielleicht findet sich darin etwas Brauchbares."

„Wenn sie schlau war, wovon ich ausgehe, wird sie keine Akten oder digitalen Dateien hinterlassen haben. Wir müssen nach anderen Hinweisen suchen", sagte Mike bestimmt und griff sich ein altes Album in einem Regal. An dem waren seine Augen schon beim ersten Umherschauen haften geblieben. Er blies den dicken Staub darauf weg, zum Vorschein kam ein kupferfarbener Ledereinband. Als er das Album öffnete, purzelten einige verblichene Fotos heraus. Eva hob sie auf und zeigte Mike eines davon.

„Hier sieh mal, meine Mama und ihre Schwester in jungen Jahren. Das muss kurz vor ihrem Verschwinden gewesen sein."

„Das ist aber nicht in Bottrop."

„Nee, natürlich nicht, sieht aus wie Lanzarote. Da bin ich Anfang der 2000er Jahre mit meinen Eltern auch gewesen. Mama hat damals erwähnt, dass sie früher schon mal dort war."

„Und wer ist das andere Mädchen auf dem Foto, in dem gepunkteten Bikini?"

„Keine Ahnung. Vielleicht eine Freundin."

Mike blätterte weiter durch die Seiten. Familienfeiern zu Weihnachten, zu Ostern, zu Geburtstagen. Ausflüge nach Holland und ein Skiurlaub in Österreich. Nichts Ungewöhnliches. Mike klappte das Buch zu, als ihm etwas seltsam vorkam. Er schlug die letzte Seite noch einmal auf und besah sich die Innenseite des Buchdeckels. Er strich darüber und konnte eine kleine Erhebung spüren. „Gib mir bitte mal ein Messer und eine Pinzette", wandte er sich an Eva.

Vorsichtig löste er mit der Klinge die Verklebung, die offensichtlich vor einiger Zeit erneuert worden war. Mit der Pinzette fischte er ein Papier heraus.

Es war ein Bilderstreifen, wie man ihn auf Bahnhöfen aus den Fotoautomaten bekommt. Er war nicht mehr neu, aber auch noch nicht so alt wie die anderen Fotos aus dem Album. Alle vier Fotos zeigten das Gesicht von Andrea Schmittke, wohl in den Vierzigern. Auf zwei Fotos war neben ihr eine andere Frau zu sehen, etwas jünger, vielleicht Ende dreißig. Beide waren blond, trugen einen Kurzhaarschnitt und hielten ihre Zeigefinger gekrümmt unter die Nase, um ein Bärtchen zu simulieren. Sie lachten. „Sieht nach Perücken aus und viel Spaß", befand Eva, die den Text auf der Rückseite vorlas: „Im Herzen ist alles sicher verwahrt." Daneben stand der Name einer Schweizer Bank.

Mike starrte auf diese Fotosession. Hektisch durchsuchte er den Stapel loser Bilder, griff das Lanzarote-Foto heraus und legte es neben den Bilderstreifen. „Ist das dieselbe Person?"

Eva kramte in einer Schublade, kam mit einer Lupe wieder und nahm sich das Urlaubsfoto vor. „Hier ist sie sehr im Hintergrund. Kann aber gut sein. Du meinst, meine Tante und das Mädel hier haben sich als Erwachsene wiedergetroffen, als sie schon untergetaucht war? Und sie hat das Foto mit einem Hinweis auf die Bank versteckt, weil sie beide damals ein krummes Ding gedreht haben?"

Mike nickte. „Und ich weiß auch, wo ich die andere Frau finde."

Ein geheimer Schatz

Es war schon fast dunkel, als Mike mit einem Klappspaten auf dem Bergfriedhof ankam, aber noch rechtzeitig genug, bevor die Tore abgeschlossen sein würden. Er ging schnellen Schrittes, sein Herz pochte. Hektisch schaute er sich ein paar Mal um, aber niemand war zu sehen. An Vickys Grab angekommen wusste er zielsicher, wo er sein Werkzeug ansetzen musste. Wenige Augenblicke später hielt Mike den kleinen hölzernen Kasten in den Händen. Er widerstand dem Wunsch, ihn sofort zu öffnen, säuberte ihn stattdessen grob und packte ihn in einen mitgebrachten Beutel.

Er hatte Eva abrupt verlassen, war ohne Erklärung aus der Wohnung gestürmt. Als er wieder in seinem Wagen saß, schrieb er ihr auf dem Smartphone eine Textnachricht: „Mach dir keine Sorgen, alles wird gut."

Vicky und Mike waren zwei Menschen, bei denen die Chemie stimmte. Es brauchte nicht vieler Worte, um einander zu verstehen. Die Vergangenheit seiner zweiten Frau war Mike deshalb auch gar nicht so wichtig, was zählte, war die Gegenwart. Sicher, er wusste, dass sie früher als Außendienstmitarbeiterin eines IT-Konzern auch Kenntnisse über sensible Daten und Transaktionen hatte. Aber neugierig war er deshalb nicht. Den Job hatte Vicky längst aufgegeben, als sich die beiden an der Nordsee kennenlernten.

Als ihr Herz immer schwächer wurde und sie wohl spürte, dass ihr Traum vom gemeinsamen Rentnerleben auf der Insel sich vermutlich nicht mehr erfüllen würde, gab sie ihm ein Medaillon, das sie seit Jahren trug. Darin hatte Vicky beider Hochzeitsfoto eingelegt: „In diesem Herzen ist alles sicher verwahrt. Unsere Liebe, unser Glück und unsere Zukunft. Du wirst wissen, wann du es brauchst."

Zwei Jahre hatte das Kästchen mit dem goldenen Herzen in einer Schublade gelegen, als sich Mike an jenem Dienstag vor drei Wochen kurzerhand entschloss, dass er es Vicky zurückgeben wollte. Weil es bei ihr am besten aufgehoben sei, wie er meinte. Nun saß er in seiner Küche, hielt das geöffnete Medaillon in seinen Händen und schaute auf das glückliche Hochzeitspaar. Tränen liefen über sein Gesicht. Plötzliche Wut überkam ihn und er warf das Schmuckstück auf den Fliesenboden. Es gab ein dumpfes Geräusch, gefolgt von einem leisen Klicken. Durch den Aufprall war ein kleines Fach aufgesprungen. Mike hob das Herz auf und sah den geheimen Schatz, den es enthielt: Es war ein Schlüssel für ein Bankschließfach. Er grinste über das ganze Gesicht.

Wo ist Mike?

„Was ist los? Wir warten auf dich, Mike!" Es war wieder ein Dienstag. Ulf und Jo saßen auf der Bank an der Allee mit den Urweltmammutbäumen. Jo hatte den Lautsprecher des Smartphones angetippt. Aus der Ferne war Mikes Stimme zu hören: „Leute, ihr müsst mal ein paar Wochen auf mich verzichten. Ich mache Urlaub und frische meine Friedhofsbräune woanders auf."

„Wo bist du denn?", fragte Ulf.

„Auf einer Insel mit zwei Bergen, ringsherum ist schöner Strand", ließ Mike mit seiner besten Singstimme vernehmen und pfiff dann die bekannte „Lummerland"-Melodie. Seine Kumpels sahen sich an. Ulf sagte irritiert: „Wenn dir da mal nicht die Sonne zu Kopf steigt!" Doch da hatte Mike schon längst aufgelegt.

An so was wie Schicksal und Vorsehung hatte der studierte Ingenieur Michael Marlow nie geglaubt. Bis jetzt. Auf welchen Wegen die beiden Freundinnen, die eine IT-Spezialistin, die andere Agentin, an einen Haufen Schwarzgeld gekommen waren, das sie in Goldbarren anlegten, blieb ihr Geheimnis. In einem Bankschließfach vervielfachte sich der Wert des Goldes jedenfalls über die Jahre. Hätte Andrea Schmittke ihr Rentenalter erreicht, sollte alles aufgelöst und Mike den Anteil von Vicky (die den Bankschlüssel verwahrte) erhalten. Doch der Tod ließ sich von Andrea nicht ein weiteres Mal veräppeln, eine nasse Treppe wurde ihr zum Verhängnis.

Mike gönnte sich an diesem Dienstagmittag ein Glas Bier. „Darf ich mich dazusetzen?", fragte er höflich in der Bar des 5-Sterne-Hotels. Die angesprochene Frau schob ihre Sonnenbrille in das blonde Haar und sah Mike mit ihren rehbraunen Augen an. Sie machte eine einladende Handbewegung und zwinkerte ihm zu: „Aber gerne, du Schnüffler!" Mike fühlte sich zunehmend wohl in ihrer Gesellschaft. Sie tat ihm gut. Das erste Mal seit Vickys Tod dachte er mit Freude an die Zukunft, deren Farbe nicht rosa, sondern golden war.

Jutta Büsscher

Jagdfieber

Der Sommer war ungewöhnlich schwül und heiß. Die Hitze könnte sich doch langsam, nach und nach aufbauen, aber nein. Explosionsartig waren es plötzlich über dreißig Grad im Essener Norden. Brigg rieb stöhnend mit einem Handtuch ihr Gesicht und ihre kurzen roten Locken trocken. Seit Jahren forderten ihre Wechseljahre einen hohen Tribut. Sie kämpfte mit überschwänglichen Reizzuständen, die sie sich als Apothekerin und Revierjagdmeisterin nicht leisten konnte. Sie war heilfroh, dass das Gemäuer der zweihundert Jahre alten, denkmalgeschützten Apotheke die Augusthitze zurückhielt. Sie liebte das Klima im hohen Norden. Ihre Ur-Vorfahren waren Kelten. Und sie hatte wohl keltisches Gemüt geerbt. Brigg sah sich als Walküre, wie sie in der nordischen Mythologie dargestellt wurde. Mit ihrer Körpergröße von über einem Meter achtzig und kräftigem Körperbau im Alter von fast sechzig überragte sie nicht nur physisch so manchen Mann. Die Steinn-Apotheke führte sie in fünfter Generation. Ihr Name, Brigitta von Röksson, war in der Provinz Östergötland beheimatet und hatte einen Bezug zu den Runensteinen von Rök. Selbst auf der Miniaturausgabe eines Steines, den sie an einem Lederband um den Hals trug, waren die Zeichen der Runenschrift deutlich erkennbar. In ihrem Umfeld nannte sie jeder Brigg. Das passe besser zu ihrer maskulinen Art, behaupteten ihre Jagdkollegen.

Brigg beschloss, die Apotheke heute früher zu schließen. Bei der Hitze bestellten die Kunden erst recht in den Onlineapotheken. Außerdem war um achtzehn Uhr Vorstandssitzung der Jägergemeinschaft in Levi's Kneipe, die nur wenige Meter entfernt lag. Sie drückte die Knöpfe der historischen Kasse, bewegte den Hebel nach vorn und zurück und bekam mit leise summenden Geräuschen automatisch die Abrechnung des Tages ausgedruckt. Ihr „Wolf im Schafspelz", schmunzelte sie bei dem Gedanken an diese Metapher. Das antike Erscheinungsbild täuschte. Das Innenleben der Kasse war hochmodern sowie die gesamte hundertjährige

Einrichtung der Apotheke einen besonderen Charme aus Alt und Neu ausstrahlte.

Brigg hatte eine Museumsecke eingerichtet. Kleine Informationstafeln gaben Aufschluss über die vielen Gegenstände, die sie im Laufe der letzten Jahre zusammengetragen hatte. Dazu zählten Standgefäße, die früher Teile einer Laboreinrichtung gewesen waren. Blind gewordene Glasbehälter, die als Aufbewahrungsgefäße der Zutaten für Salben und Arzneikräuter, den sogenannten „Drogen", dienten. Aber insbesondere der rote Holzlöffel, mit dem die Strychninlösung für das Mäusegift gerührt wurde, eröffnete Diskussionen mit zweifelnden Kunden und Touristen. Brigg beantwortete gerne die vielen Fragen dazu und hatte immer eine Anekdote parat. In kleinen Mengen steigere Strychnin die Herz- und Atemtätigkeit und Arsen werde in geringen Dosen als Stärkungsmittel eingesetzt. Mit größeren Mengen erreiche man hingegen das Gegenteil beziehungsweise seine möglichen Ziele.

Briggs ganzer Stolz waren ihre antiquarischen Arznei- und Pflanzenbücher sowie die Sammlung der Familienchroniken. Die Bücher fielen durch kunstvoll geprägte Einbände aus Leder auf. Sie gerbte die Felle geschossener Tiere oder verstorbener Kleinsttiere selbst. Der Keller ihres Hauses war kühl. Und verbarg modernstes Equipment. Wenn sie gerbte und das fertige Leder mit kunstvollen Mustern prägte, genoss sie es, ungestört zu sein. Nur sie kannte den Code, der die Tür zu ihrem Heiligtum öffnete. Jeder Ledereinband trug auf der inneren Umschlagseite eine kleine Triskele, Briggs persönliches Label. Die keltische Spirale stand für die Unsterblichkeit des Geistes und erinnerte daran, dass ein Ende immer auch ein Anfang war. Brigg tupfte erneut ihr Gesicht trocken. In dem Moment kam ihr neuer Mitarbeiter Joseph aus den hinteren Räumen der Apotheke.

„Chefin, ich bin fertig, habe das Regal aufgebaut und alles aufgeräumt. Was gibt es noch zu tun?"

Brigg starrte auf seinen nackten Oberkörper. Sie hatte seine sportliche, muskulöse Gestalt, die anscheinend Tätowierungen zierten, bisher lediglich unter diversen Shirts erahnen können. Seine Haut glänzte. Schweißperlen bahnten sich ihren Weg zwischen trainierten Brustmuskeln, Sixpack und ausgeprägtem Bizeps. Bei jeder Bewegung liefen sie ein

Stückchen weiter nach unten, bis sie vom Hosenbund aufgesogen wurden.

„Chefin? Ist alles in Ordnung?"

„Oooh, ja, Joseph, natürlich, die Hitze macht mir zu schaffen. Entstaubst du bitte noch unsere kleine Museumsecke?"

„Schon wieder?", rutschte es Joseph heraus.

Brigg wollte gerade zum verbalen Protest gegen seine unverschämte Frage ausholen, hielt aber inne, als er sich an die Arbeit begab und ihr seine breite Kehrseite präsentierte. Ihr Blick versank in den Abbildungen seiner Tattoos, die den gesamten Rücken schmückten. Ungefragt und unbeherrscht strich sie über die tätowierte Haut. Joseph drehte sich ruckartig um.

„Entschuldige", krächzte sie verlegen und wich ein Stück zurück.

„Sie finden meine Tattoos schön?" Joseph schaute sie provozierend an. Er baute sich vor Brigg auf und präsentierte ihr seine Muskeln wie ein Bodybuilder in einstudierten Posen bei einem Wettkampf vor der Jury.

„Die Gestaltung der Ornamente fasziniert mich." Brigg holte ihre Lupe. „Darf ich?"

Ohne seine Antwort abzuwarten, beugte sie sich so tief herunter, dass ihre Nasenspitze seine Haut berührte. Die Ornamente ähnelten keltischen Symbolen und waren alle miteinander verbunden. Über seinen Schultern rankten Schlingpflanzen, die den Bizeps zu umarmen schienen.

„Ein Meisterwerk auf menschlicher Haut. So eine filigrane Arbeit habe ich noch nie gesehen."

Als sie Josephs Oberkörper zurechtrückte, um eine andere Perspektive zu bekommen, meldete sich ihr Smartphone.

„Nein! Verdammt! Nicht jetzt", schimpfte sie, unterbrach aber nach unermüdlichem Signalton widerwillig ihre akribische Analyse.

„Steinn-Apotheke, von Röksson", meldete sie sich aggressiv. Parallel sah sie, wie Joseph an ihr vorbei in die hinteren Räume huschte.

„Ja, ich bin die Revierjagdmeisterin und dafür zuständig. Wie ist das denn passiert? Ach, erzählen Sie es uns gleich. Wir kommen direkt. Schicken Sie mir die GPS-Koordinaten, damit ich Sie auch finde."

Im gleichen Atemzug und sichtlich verärgert stürmte sie auf Joseph zu, der sich inzwischen angezogen hatte. „Du musst mir helfen. Irgendein Idiot hat einen Keiler angefahren. Meine Jagdkollegen feiern wahrscheinlich schon in der Kneipe, ich übernehme den Rufdienst heute selbst. Auf und los, ich brauche dich."

Sie gab Joseph keine Gelegenheit zur Widerrede, schloss den Gewehrschrank auf, packte das Schrotgewehr und eilte zum Pick-up, der vor der Tür parkte. Auf dem Weg zur Unfallstelle im nahe gelegenen Waldstück beruhigte sie sich und fragte Joseph über seine ausgeprägten Tattoos aus. Wer sie gestochen habe und vor allem, wie er auf die Idee gekommen sei, sich keltische Symbole tätowieren zu lassen. Sie bemerkte nicht, dass ihr Redeschwall Joseph kaum zu Wort kommen ließ.

An der Unfallstelle trafen sie auf eine hysterische Fahrerin. Brigg sah sofort, dass Fell und Fleisch des Keilers noch verwertbar waren. Lediglich sein Kopf war zerschmettert. Das Auto war im Frontbereich völlig zerstört. Sie beruhigte die Frau und erfuhr von ihr, dass sie die Polizei ebenfalls benachrichtigt hatte. Joseph hievte den Kadaver mit der Gurtwinde auf die Ladefläche. Er hatte Kraft. Briggs Hilfe war nicht notwendig. Sie beobachtete, wie seine Tattoos durchs schweißnasse weiße Shirt schimmerten. Während sie auf die Polizei warteten, informierte sie ihren Jagdkollegen und Metzger Hendrick, der sich um das erlegte Wild kümmerte.

„Hendrick, ich bin in fünfzehn Minuten bei dir, schaffe es jetzt nicht mehr, den Keiler hier vor Ort waidgerecht aufzubrechen. Der Unfall ist gerade erst passiert, wir werden keine Probleme bekommen. Du machst das schon."

Der Staub des Waldbodens nebelte die Unfallszene ein, als Brigg im Kickdown das Allradgetriebe des Pick-ups traktierte. Sie legte ihre Hand auf Josephs Knie, spürte die Anspannung in den Bewegungen seiner Muskeln, die sich sogar durch den robusten Stoff der Arbeitshose abzeichnete.

„Joseph, ich setze dich an der nächsten Kreuzung ab, wir sehen uns morgen. Du verstehst sicher, dass der Keiler so schnell wie möglich weiterverarbeitet werden muss."

Sie nickte Joseph zu, der ebenfalls nur nickte und an der Kreuzung aus dem Pick-up stieg. Brigg fuhr zügig weiter zu Hendrick und dort angekommen rückwärts durch den Innenhof in die Halle unter den Kranarm. Dann verschloss sie hinter sich die hölzernen Tore.

„Hendrick, was ist los? Du wirkst nervös. Du zitterst ja." Er verschwand ins Haus. Sie folgte ihm, doch er kam bereits zurück und knallte die aktuelle Tageszeitung vor ihr auf den Tisch. Die Titelzeile hatte Gewicht und stach ihr direkt ins Auge. „Mehrere Fässer mit Tierkadavern auf dem Gelände eines alten Stahlwerkes gefunden" stand dort groß und schwarz gedruckt. Sie las den Artikel, in dem auch von möglichen Leichenteilen gesprochen wurde. Die Ermittlungen würden auf Hochtouren laufen, Zeugen sollten sich melden. Brigg klopfte Hendrick auf die Schulter.

„Wovor hast du Angst? Was da steht, heißt nichts, mach dir keine Sorgen."

Sie half ihm, den Kran so zu positionieren, dass der Keiler daran befestigt und hochgezogen werden konnte.

„Das Fell gehört mir, habe schon Ideen, wofür ich es verwenden werde."

Sie spritzte die Ladefläche ab und verabschiedete sich von Hendrick.

„Stößt du später noch zu uns? Die Vorstandssitzung dauert circa eine Stunde, danach kommt der gemütliche Teil", rief sie ihm aus dem offenen Autofenster zu.

Brigg stand unter der Dusche, ihre Gedanken wanderten zu Joseph. Sie war davon überzeugt, dass der Himmel, oder wer auch immer, ihn als Bewerber für die Hausmeisterstelle zu ihr geschickt hatte. Das war vor einer Woche. Sie hatte nur kurz überlegt, ihn probearbeiten zu lassen. Seine anderen Qualitäten erkannte sie sofort. Und seine weiten Pupillen? Sie wusste diese natürlich zu deuten, ignorierte sie aber. Er funktionierte gut und sie redete sich ein, dass er sicher nur ab und zu Kleinstmengen von harmlosen Drogen nehmen würde.

Mit noch feuchter Haut stand sie unentschlossen vor ihrem Kleiderschrank. Hendricks Reaktion auf den Zeitungsartikel bereitete ihr Unbehagen. Der wird hoffentlich jetzt nicht einknicken. Er war es doch gewohnt, immer im Fokus des Ordnungs- und Veterinäramtes zu stehen. Der Umgang mit Trichinenschau und engmaschigen Überprüfungen waren sein tägliches Brot. Brigg wusste, dass er für sie alles tat. Er war in sie verliebt, auch das wusste sie. Nutzte sie ihn aus? War sie selbst der Wolf im Schafspelz? Sie verließen sich gegenseitig auf ihr Schweigen. Er erledigte hin und wieder einige unbequemen Entsorgungen für sie, die beim Gerben entstanden waren, und er nahm es selbst schon mal nicht so genau bei der Kadaverentsorgung.

Brigg entschied sich für eine weite blaue Jeans und ein rot kariertes Hemd, lockerte mit beiden Händen ihre noch nassen Locken und lief die wenigen Meter zu Levi's Kneipe rüber. Schon von draußen hörte sie ihre Jagdkollegen lauthals grölen. Sie feierten ihre heutigen Jagderfolge.

„Hey, unsere Walküre kommt. Wir haben noch nicht angefangen und mit der Sitzung auf dich gewartet", rief Alfons, der pure Wolf, ohne Schafspelz. Seine verbalen Attacken, die er scharf und unverschlüsselt platzierte, ließen so manchen gestandenen Mann zum langweiligen Jasager werden.

„Ich wurde zu einem Unfall mit Wildschaden gerufen. Das hat länger gedauert als geplant", entschuldigte Brigg ihr Zuspätkommen.

„Was macht dein neuer Mitarbeiter, wie hieß er noch?" Alfons stichelte großspurig, der Wolf in ihm knurrte. Er hatte es nie überwunden, dass Brigg ihn vor Jahren nach einem Annäherungsversuch schroff abgewiesen hatte.

„Joseph heißt er, er macht sich gut. Können wir dann mal anfangen?"

„Erzähl doch, wie gut macht er sich?"

„Das sieht euch ähnlich, ich sehe eure Gedanken." Brigg antwortete schärfer als gewollt. Sie war genervt, der Tag war anstrengend gewesen.

„Jetzt mal ehrlich, Brigg, du hattest in der Vergangenheit einen hohen Verschleiß an Mitarbeitern. Und dieser Joseph? Er sieht bestimmt so ähnlich aus wie all die anderen, die so plötzlich wie sie gekommen auch wieder verschwunden waren. Jung, muskulöser Körperbau, attraktiv. Sieht Joseph auch so aus?"

„Was willst du mir damit sagen?", zischte Brigg und schaute Alfons scharf an.

„Ruhig Blut, Brigg, ich will dir nichts, mache mir nur Sorgen. Du brauchst ja Unterstützung."

Die anderen grölten über Alfons' herablassende Arroganz. Ihre Gedanken waren offensichtlich.

„Habt ihr auch gehört, dass am alten Stahlwerk Fässer mit Leichenteilen oder Tierkadavern gefunden wurden?" Brigg sorgte mit dem Titel aus der Tageszeitung für sofortige Stille, das Gelächter verstummte.

„Und du glaubst das mit den Leichenteilen?", interessierte sich Alfons.

„Mit diesem Hinweis lebt ein Reporter sicher nur seine Sensationsgeilheit aus. Die Polizei war hier, wusste wohl, dass wir uns heute hier treffen. Die haben nur von Tierkadavern gesprochen. Die werden sicher noch zu dir kommen", triumphierte Alfons.

„Ja, soll'n sie machen, jetzt lasst uns fertig werden, damit wir zum Gemütlichen übergehen können", beendete Brigg die Posse.

Ihr fiel es schwer, sich zu konzentrieren. Und wieder sah sie Josephs Rücken vor sich. Wie sich die Tattoos im Muskelspiel bewegten und die Schlingpflanzen seinen Bizeps umarmten. Sie würde jetzt am liebsten in den Keller gehen und ihre Ideen umsetzen. Es gab noch eine große Anzahl historischer Bücher, die sie mit kreativen Einbänden aus selbst hergestelltem Leder schmücken konnte. Die ineinander verschlungenen Ornamente auf Josephs Rücken waren ihr nächstes Projekt. Diese Kunstwerke waren es wert, auf ledernen Bucheinbänden verewigt zu werden. Er würde ihr sicher erlauben, diese für eine Vorlage zu fotografieren.

Der Abend in der Kneipe schien nicht zu enden. Hendrick kam nicht. Die vielen Schnäpse hatten ihre Jagdkollegen in eine wildgewordene Meute verwandelt, das wurde Brigg zu viel. Sie verabschiedete sich, sie sei müde, die Hitze mache ihr zu schaffen. Mit dieser unspektakulären Begründung stellte die Horde keine unbequemen Fragen mehr. Auf dem Heimweg rief sie Hendrick an. Sie brauche ihn in den kommenden Tagen; er solle ein neues Fass besorgen. Ein verschlafenes „jaja" war seine Zusage. Na klar, um zwei Uhr schlief auch Brigg normalerweise. Sie fiel müde ins Bett, um sechs ging der Wecker und um halb acht kam Joseph.

Der Tag begann mit einem Regenschauer und endlich niedrigeren Temperaturen. Neue Ware stapelte sich im Hinterraum, Bestellungen mussten zu Kunden und Krankenhäusern gefahren werden. So war Brigg über den Tag häufig allein in der Apotheke. Zurzeit befanden sich viele Touristen im Ruhrgebiet, die auch ihre Apotheke fluteten. Unter die Essener Sehenswürdigkeiten fiel neben dem Alten Bahnhof mit seinen einzigartigen Lesungen auf der roten Krimi-Couch auch Briggs historische Apotheke. Sie teilte die Arbeit für Joseph so ein, dass er sie ohne Überstunden nicht schaffen würde. Sie freute sich auf einen entspannten Abend mit ihm, vielleicht trank er ja sogar ein Glas Rotwein mit ihr. In der Mittagspause kam er kurz rein und fuhr direkt wieder. Brigg sah ihn an, hatte nur noch das Kunstwerk auf seinem Rücken vor Augen. Sie konzentrierte ihre Gedanken auf die aufwendig gestalteten Tattoos, die sie unbedingt verewigen musste.

Nach dem letzten Touristenansturm am Nachmittag räumte sie die Museumsecke auf und blieb vor dem alten Bücherschrank mit den in Leder gefassten Büchern stehen. Sie nahm das eine oder andere heraus und strich mit ihren Fingern sanft über Lederintarsien und aufwendige Prägungen. Sie erinnerte sich noch sehr gut an diese zeitintensive Arbeit. In Gedanken versunken sah sie sich, wie sie in einzelnen Arbeitsschritten keltische Symbole und Ornamente vereinte. Sie stellte sich vor, wie ein ganz spezieller Ledereinband entstand, der von einer Schlingpflanze umarmt wurde. Es würde der beste werden, den sie jemals geschaffen hatte.

„Chefin, hallo!" Joseph klopfte auf Briggs Schulter.

Sie zuckte zusammen.

„Ah, Joseph, du bist zurück. Schließ doch bitte die Apotheke. Wir haben uns einen entspannten Abend verdient. Magst du den Feierabend mit mir und einem guten Rotwein einläuten?"

Nach dem dritten Glas schlief Joseph ein. Er sackte einfach in seinem Sessel zusammen. Brigg rüttelte ihn, aber er ließ sich nicht wecken. Perfekt! Dann beugte sie sich zu ihm hinunter und schob ihre Arme unter seine Achseln. Mit einem kräftigen Ruck hob sie ihn hoch und legte den schlaffen Körper in Bauchlage auf den Boden. Dann zog sie ihn an den Beinen in den Keller. Seine Tattoos durften auf keinen Fall beschädigt werden.

Die Apotheke hielt sie für eine Woche geschlossen und hängte ein Schild „Renovierungsarbeiten" ins Fenster. Sie verabredete sich mit Hendrick, der eines Nachts im Innenhof der Apotheke ein blaues Fass auf seinen Geländewagen lud und eilig davonfuhr.

Voller Ungeduld stürmten Kunden und Touristen die frisch gestalteten Räume, nachdem Brigg eine Neueröffnung angekündigt hatte. Dabei hatte sie lediglich etwas umgeräumt, damit der Anschein umfangreicher Renovierungsarbeiten glaubhaft war. Sie beantwortete gerne und stolz die vielen Fragen. Allerdings konnte sie es nicht ausstehen, wenn die Menschen ungefragt die alten Bücher aus dem Regal zogen und darin blätterten. So wie die eine junge Frau dies tat.

„Das ist doch ...?"

Brigg verfiel plötzlich in Schockstarre, als sie sah, wie die Frau ihr gelungenstes Buch, das sie gerade erst fertiggestellt hatte, in Händen hielt. Kunstvolle Ornamente und Symbole keltischen Ursprungs, die alle miteinander verbunden waren, schmückten den ledernen Einband. Filigrane Schlingpflanzen, die als Lederintarsie eingearbeitet waren, rankten zwischen diesen Zeichen, so als ob sie das gesamte Buch umarmen wollten.

Die Frau schrie entsetzt, das Kunstwerk fiel ihr aus der Hand. „Das ist ... Das Tattoo erkenne ich überall. Das ist von meinem Bruder. Wir haben ihn schon lange nicht mehr gesehen."

Mischa Bach

Zweite Chance

„Ihre Personalien, Name, Anschrift – "

„Dolores …, wie Dolores O'Riordan von den Cranberries", hatte sie mehr als prompt erwidert und gleich die dürren Daten ihres jungen Lebens heruntergerattert: geboren 1997 in Dortmund, dort aufgewachsen bei ihrer Oma Sofia, bis sie nach Realschule und Friseurlehre im Spätsommer 2006 nach Essen ging, wo sie ein Jahrespraktikum im Colosseum Theater beim „Phantom der Oper" ergattert hatte.

„Das hätte der Anfang meiner Karriere als Maskenbildnerin sein können, aber dann bin ich diesem Kerl begegnet", wollte sie fortfahren, doch das führe zu weit, wurde sie unterbrochen. Wo sie jetzt wohne, es ginge an dieser Stelle nur um die Personalien.

„Fürs Erste in Dortmund", sagte sie widerwillig, bevor sie die Adresse hinterher schob, an der sie nun, im Februar 2008, wieder mit Sofia zusammenlebte. Eine Schmach, angesichts derer sie am liebsten im Boden versunken wäre. Kein Wunder, dass sie darüber die Feststellung von Dans Personalien und die Hälfte der Verlesung der Anklageschrift verpasste. Das, was sie davon mitbekam, hörte sich völlig unwirklich an: von wegen Verabredung zum gemeinschaftlichen schweren Raub wegen der paar Kröten aus der Trinkhalle!

„So war das doch gar nicht", begann sie ihre Vernehmung, vielleicht etwas heftiger als nötig. „Daran war nichts, aber auch gar nichts gemeinschaftlich oder verabredet!"

Der Mensch von der Jugendgerichtshilfe verdrehte die Augen, die Verteidigerin wollte sie beruhigen und Dan – nun, den streifte ihr Blick nur kurz, der war der Letzte, den sie ansehen wollte, der hatte ihr das Ganze doch eingebrockt. Und dann sprudelte alles nur so aus ihr heraus.

„Wäre ich bloß nicht auf diese blöde Party zur Mondfinsternis gegangen, aber meine Freundin Ali wollte nicht alleine zu dem ‚Event' im Landschaftspark Nord. Ich kannte keine Sau, sie war in den Bruder des

Organisators verknallt – keine Ahnung, wie der hieß oder woher sie den kannte – und es war stinklangweilig. Ein Haufen Leute hängt in einer kalten Märznacht draußen rum und wartet darauf, dass es vorübergehend noch dunkler wird. Ich hätte gedacht, dass es da wenigstens Lagerfeuer gibt, aber so richtig angemeldet war die Sache wohl nicht, also haben die bloß in 'ner versteckten Ecke im Kletterpark irgendein Zeug gegrillt. Mir war also kalt und dann steht da plötzlich dieser Typ mit etwas, was 'ne Currywurst sein sollte, und 'ner Thermoskanne Kaffee mit Schuss vor mir. Endlich mal wer, der mitdenkt, dachte ich da noch. Solang wir nur dastanden, mampften und tranken, war's ganz nett. Da erschien mir der Hundeblick aus seinen großen, braungrünen Kulleraugen noch süß, und dass er so gar keine Ahnung von Kultur hatte – der wusste nicht mal, dass es ,Phantom der Oper' und nicht ,Phantom der Opfer' heißt –"

„Ey, das war'n Witz, du Dumpftuss", warf Dan ein, bevor ihn sein Verteidiger auf seinen Platz zurückziehen und der Richter ihn mit einer Ermahnung zum Schweigen bringen konnte.

„Toller Humor, typisch Dan, danke auch", fuhr sie fort und sah ihn nun doch kurz an, stellte fest, er war hager geworden im letzten halben Jahr, worauf sie seufzte, um dann an den Richter gewendet weiterzusprechen. „Genau wie sein ach so toller Sinn für Romantik. So hat er hinterher erklären wollen, warum er in dem Moment, als der Mond komplett weg war, plötzlich seine Arme um mich schlang und mir seine Zunge in den Hals steckte: Er hätte sich erschrocken und mich beschützen wollen, nee, klar." Sie schüttelte den Kopf, er war kurz davor, erneut aufzuspringen und sich einzumischen. „Aber eines muss man ihm lassen, küssen kann der Kerl."

„In welchem Zusammenhang zu der Ihnen zur Last gelegten Straftat, die Sie nachweislich gemeinsam im Juli des letzten Jahres begangen haben, steht das alles?", wollte die Staatsanwältin wissen.

„Na, wenn ich nicht mit Ali zu der blöden Mondfinsternisparty gegangen wär, wo Dan mich einwickeln konnte, wie hätte ich mit ihm zusammenziehen sollen? Und wenn das nicht passiert wär, wär ja auch alles andere anders gekommen." Dolores fragte sich allmählich, was man machte, wenn man Jura studierte. Ihre Verteidigerin hatte ihr auch immer wieder so blöde Fragen gestellt.

„Am Anfang war's ganz schön, wie's halt so ist, wenn man frisch verliebt ist. Schmetterlinge im Bauch und rosarote Brille auf der Nase. Da schien's die beste Idee der Welt, zu ihm nach Oberhausen zu ziehen, als unser – also Alis und mein – Vermieter plötzlich die Miete für die Bude in Essen erhöhte. Das Jahrespraktikum beim ‚Phantom' dauerte ja nur noch bis zum Sommer und wer weiß, wohin mich meine Karriere danach bringen würde."

„Du und deine ‚Karriere'! Da sieht man's doch, dir ging's nie um uns oder um mich, immer nur um dich, und was das Beste für dich ist. ‚Oh, sorry, Dan, ich weiß, wir wollten heute Abend zu deinem Bruder, aber nach der Vorstellung ist Krisensitzung, die Chefmaskenbildnerin kann morgen nicht und der Ersatzmann fürs Phantom will unbedingt mich für seine Maske.' – ‚Tut mir leid, morgen muss ich früher zur Arbeit, Ali muss zu ihrer Großmutter, die hat sich den Fuß gebrochen, da muss ich für sie mitschminken und wir sollen alle früher kommen' – wie oft kamst du mit so 'nem Stuss an? Und wie oft war das gelogen?"

Dan war so in Rage, er bekam weder mit, dass der Richter ihn zur Ordnung rief und ihm mit Strafe drohte, noch, dass sein Verteidiger aufsprang und ihn mit physischer Gewalt auf seinen Stuhl niederringen wollte. Erst als Dolores im Zeugenstand in Tränen ausbrach, hielt er lang genug den Mund, dass die Staatsanwältin dazwischenkam.

„Zurück zu Ihnen, Dolores, und dem eigentlichen Thema: Wie kam es zu dem Raubüberfall auf die Trinkhalle, der Ihnen beiden zur Last gelegt wird?"

„Danke", sagte Dolores und nahm das Taschentuch an, das ihr der Mensch von der Jugendgerichtshilfe reichte. Sie tupfte sich vorsichtig die Augen ab. Um nicht Wimperntusche und Kajal komplett zu verschmieren, zog sie den Taschenspiegel hervor, den ihr Dan zum Geburtstag geschenkt hatte. Sie putzte sich geräuschvoll die Nase und steckte Taschenspiegel und Taschentuch weg. Dan verdrehte die Augen, als sie nun auch noch nach dem Wasserglas griff, das ihr der Kerl eilig hinstellte. Gut, dass sie nicht mehr zusammen waren, sonst hätte er nicht gewusst, über wen er sich hätte mehr aufregen sollen.

„Eigentlich so ähnlich wie das hier", sprach Dolores endlich weiter. „Es gab mal wieder Krach, weil Dan einen seiner bescheuerten Eifersuchtsanfälle hatte. Mein Gott, ja, das ‚Phantom der Oper‘ wird von ’nem Mann gespielt. Aber Tom, die Originalbesetzung, war bereits fünfunddreißig und obendrein Steinbock, also total unpassend, und Henry, der Ersatzmann, war zweiundvierzig! Da hätte ich ja gleich mit Dans Vater in die Kiste springen können!“

„Wohl kaum, wie hätte der als Landschaftsgärtner denn deiner ach so tollen Karriere nutzen sollen?!“, warf Dan wutschnaubend ein, setzte sich aber sogleich brav wieder, bevor auch nur irgendwer eingreifen konnte.

„Wenn’s danach gegangen wär, was hätte ich dann mit dir gewollt? Mir das Leben extra schwer machen, weil mir langweilig war?“ Ihr Blick wanderte von Dan zur Staatsanwältin und von der zur Richterbank. „Dauernd haben wir gestritten, weil er ewig mit seiner Eifersucht ankam und ausflippte. Hinterher hat er jedes Mal einen auf zerknirscht gemacht und eine Zeitlang war der Versöhnungssex die Sache vielleicht noch wert. Aber es wurde immer schlimmer mit ihm und irgendwann machte es mir richtig Angst. Er brüllte rum, schmiss mit Gegenständen, packte mich, schüttelte mich, mir wurde ganz anders. Nicht auszudenken, wo das noch hinführen würde. Andererseits – wo hätte ich hin gesollt? Meine Großmutter Sofia war in Griechenland, ihre Wohnung in Dortmund untervermietet, Ali war bei ihrer Schwester untergekrochen, die gerade Zwillinge bekommen hatte, ich hatte schon überlegt, ob ich in einer Garderobe im Colosseum übernachten –“

„Also doch, ich hab’s gewusst, da lief was!“

„Boah, Dan, du Depp, wenn ich was mit Tom oder mit Henry gehabt hätte, dann wohl kaum in der Garderobe. Wenn ich ’nen andern Kerl, egal wen, am Start gehabt hätte, hätte ich ja zu dem ziehen können. Und glaub mal, wenn ich das gewollt hätte, hätte ich mir nur dafür einen krallen können. Hab ich aber nicht. Weil ich es nicht wollte.“ Jetzt hatte sie sich in Rage geredet und wusste doch nicht mehr weiter. Sie griff nach dem Wasserglas.

„Was wollten Sie denn?“, fragte die Verteidigerin in die Stille hinein. „Was wollten Sie, als am Abend vor der Tat am Küchentisch saßen und –“

„Dass alles wieder gut wird. Oder wenigstens … nicht so beängstigend. Wir saßen in der Küche, ich voll am Heulen, er knallrot im Gesicht und außer Atem von der Brüllerei und Schüttelei, meine Handgelenke fühlten sich an, als wären sie aus Gummi und völlig ausgeleiert. Um uns herum kaputtes Geschirr, zerbrochenes Altglas, ein Stuhl war hin."

„Aber nur, weil der schon lang aus dem Leim gegangen war, lange bevor er … umfiel", warf Dan beinahe kleinlaut ein, „und tu jetzt bloß nicht so, als wäre ich gewalttätig. Ich hab dich festhalten wollen, Babe, vielleicht ein bisschen zu fest, aber du warst doch diejenige, die ausgerastet ist und mir an den Kopf geschmissen hat, wie blöd ich bin, dass du meine Eifersucht satt hast, mir aber nicht traust wegen all der Weiber, die in meinen Selbstverteidigungskurs kommen und manchmal noch 'ne Pizza bei meiner Tante bestellen, weil sie hoffen, ich bring sie ihnen vorbei. Das ist doch alles Quatsch, da lief nie was."

„Dan, ich bin müde, ich will nicht mehr streiten", sagte Dolores.

„Das sollen Sie hier auch gar nicht", warf der Richter ein, „wir haben heute alle noch andere Dinge vor, also sollten Sie dringend zurück zum Sachverhalt kommen und dem, was geschah."

„Das war das, was ich an dem Abend gesagt hab", Dolores schüttelte den Kopf. Irgendwas musste ganz schief laufen im Jurastudium, wenn die alle so schwer von Begriff waren. „Und da kam er plötzlich mit Paris um die Ecke. Wenn wir uns und unsere Liebe retten wollten, müssten wir hier mal raus, was anderes sehen, den Kopf frei kriegen und das Herz auch, hat er gesagt. Ein Neuanfang, eine zweite Chance, nannte er das. Und dafür wäre Paris genau das Richtige." Dolores griff wieder nach dem Wasserglas. „Das hat die Beziehung von meinem Bruder gerettet. Er und seine Frau hatten sich ständig in den Haaren, haben dauernd gestritten, wie unsere bekloppten Eltern, die trennen sich ungefähr einmal alle zwei Jahre, anscheinend haben wir alle da was Blödes geerbt. Aber ich wollte es besser machen. Eben so wie mein Bruder. Der ist mit Elif nach Paris und schau sie dir jetzt an, wie glücklich sie und die Kids sind."

„Toll, dann schau du dir jetzt mal uns zwei an, du Depp. Wenn du die Kohle für die Reise gehabt hättest, okay, dann hätte das vielleicht was werden können. Aber doch nicht mit so einem bescheuerten Überfall auf 'ne dämliche Trinkhalle! Wie bist du überhaupt auf die gekommen?"

„Ach, und warum hast du angefangen von Bonnie und Clyde, Babe?"

„Schon mal davon gehört, dass Bonnie und Clyde am Ende in 'nem Kugelhagel draufgehen? Ich dachte, das wüsste selbst so 'n Kulturbanause wie du und du kapierst von selbst, was für 'ne hirnrissige Idee das ist. Aber nein, du hast dich reingesteigert in das Ganze, von wegen, morgen wäre Sonntag, da müsste besonders viel Kohle in der Kasse sein, nach 'nem langen Samstagabend mit Fußball, Partys und Tour de France dazu. Du warst ganz aufgeregt, Feuer und Flamme für deinen Plan, hast wild mit den Händen gefuchtelt und ich hatte Angst, gleich geht die Brüllerei und Schüttelei wieder los, viel heiles Geschirr, das du noch hättest zerschmeißen können, war da ja nicht mehr, also hab ich mitgemacht."

Nun war es an Dolores, plötzlich kleinlaut zu klingen. „Am nächsten Morgen sind wir maskiert mit Sturmhauben – wann hattest du eigentlich mal 'n Motorrad? – in die Trinkhalle beim Landschaftspark Nord gestürmt. Dan hat wie verrückt rumgeschrien, dass der Typ die Kasse aufmachen sollte, und mit dem Küchenmesser gefuchtelt, als es ihm zu langsam ging. Dann sollte ich die Kasse leer machen. Nur, da war kaum was drin. Dan merkt, dass was nicht stimmt, und sagt: ‚Babe, was ist los?', als mich der Trinkhallentyp am Arm packt und etwas ruft, das ich nicht verstehe. Und dann ging alles auf einmal ganz schnell. Dan hat sich auf dem Absatz umgedreht und ist rausgerannt, einfach so, und hat mich da hängen gelassen. Wirklich toll, Dan, die Frau erst in die Scheiße reiten und dann im Regen stehen lassen, ist echt das beste Rezept, wenn man 'ne Beziehung ausgerechnet mit 'nem Raubüberfall kitten will."

„Können Sie wiederholen, was der Kioskbesitzer gerufen hat?", wollte die Staatsanwältin wissen.

„Es klang für mich wie ‚Tulpe vintschi, digga, Biro' oder was in der Richtung."

„Wissen Sie, was das heißt, oder wenigstens, welche Sprache das gewesen ist?"

„Ich hab doch schon gesagt, dass ich es nicht verstanden hab."

„Könnte es ‚Tu li vir çi dikî, bira?' gewesen sein, was Sie gehört haben?"

„Ja, doch, genau das war es. Das klingt verdammt nach dem, was Dans Vater Cem sagt, wenn er nicht will, dass ihn Dans Mutter Angelina versteht. Damit war es wohl Kurdisch", überlegte Dolores. „Aber was heißt es denn nun?" Sie schaute die Staatsanwältin an, doch Dan war schneller.

„Was tust du hier, Bruder", übersetzte er mit hängendem Kopf. „Renaz, dem die Trinkhalle gehört, ist der Mann einer entfernten Cousine.

Ich dachte, so bleibt's in der Familie und er hat bestimmt 'ne Versicherung, die den Schaden zahlt. Ich hab bloß nicht damit gerechnet, dass er mich an der Stimme erkennt."

✶✶✶✶✶✶ ca. vierzehn Jahre später ✶✶✶✶✶✶

„Ungefähr an der Stelle hatte der Richter die Faxen dick und verknackte uns beide zu einer Jugendstrafe auf Bewährung, die uns für Jahre an den Hacken klebte, weil sie im Führungszeugnis stand. Das machte das Leben nicht gerade einfacher."

„Aber schaut euch an – ihr habt's trotzdem zu was gebracht und das auch noch gemeinsam." Harkan breitete die Arme aus, als wollte er das komplette Wohnzimmer mitsamt offenem Essbereich und Blick auf die kleine Terrasse des Reihenhausgartens umarmen. Dabei schaute er seine Mutter treuherzig an. Die Untersicht, die sich aus seiner Position auf dem Sofa ergab, vor dem sich seine beiden Eltern aufgebaut hatten, hätte diesem Dackelblick zusätzliche Wirkung verliehen, wäre es dem vorlauten Dreizehnjährigen zugleich gelungen, sein Grinsen zu unterdrücken und auf den triumphierenden Nachsatz „Außerdem werde ich erst nächsten Monat vierzehn" zu verzichten.

„Lenk nicht ab, mein Sohn", dröhnte Dans Stimme. „Es geht hier nicht um deine Mutter oder mich, sondern um dich. Beim Babysitten bei deiner Nichte Kleingeld zu klauen, obwohl du weißt, dass deine Tante überängstlich ist und überall Babyfons mit und ohne Kameras stehen hat, ist nicht nur grundfalsch und kriminell, sondern vor allem grottendämlich."

„Da frag ich mich doch gleich, woher der Junge das hat." Dolores verschränkte die Arme vor der Brust, während sie zwischen ihren beiden Männern hin und her schaute. Gut nur, dass sie wusste, das konnte sich auswachsen. „Du gehst jetzt rüber, gibst das Geld zurück und entschuldigst dich. Und wenn deine Tante gut drauf ist, kommst du mit ein paar Wochenenden kostenlosem Babysitten nochmal davon. Eine zweite Chance verdient jeder."

Arnd Federspiel

Eiskalt serviert

Lotte saß in ihrem Lieblingssessel, zuppelte das Spitzendeckchen auf ihrem Couchtisch gerade und lächelte die Polizistin an, die ihr gegenübersaß.

„Das ist aber nett, dass Sie sich um so eine alte Frau wie mich sorgen, Frau …? Wie war noch mal Ihr Name?"

Die Polizistin zögerte den Bruchteil einer Sekunde, da sie sich bereits bei ihrer Ankunft vorgestellt hatte. „Helmscheidt", sagte sie dann. „Kommissarin Helmscheidt."

Lotte lächelte engelsgleich. „Helmscheidt … Richtig, ich habe mich eben schon darüber gewundert. Irgendwie hatte ich mit einem anderen Namen gerechnet."

Ihr Gegenüber zog die Brauen zusammen. Die Polizistin schien sich nicht ganz sicher zu sein, wie sie auf diese Aussage reagieren sollte.

„Ich meine bloß", schob Lotte schnell hinterher, „dass Sie so etwas Exotisches an sich haben, etwas Geheimnisvolles. Und ‚Helmscheidt' klingt weder besonders exotisch noch geheimnisvoll."

„Das ist wahr. Aber mein Mann …" Die Polizistin hielt den Ringfinger ihrer rechten Hand in die Höhe. „… heißt nun mal so. Vor meiner Hochzeit …" Sie zwinkerte Lotte verschwörerisch zu. „… war ich natürlich viel exotischer und geheimnisvoller."

Lotte lachte ebenfalls. „Na, dann ist ja gut." Sie schüttelte den Kopf. „Was wir nicht alles für die Männer tun …"

„Oh. Was denn?"

„Na ja … unsere Namen aufgeben, zum Beispiel." Nun war es an Lotte zu zwinkern.

Langsam streckte sie ihre schmale Hand, die noch genauso elegant und feinnervig war wie in jungen Jahren, nach der Kaffeetasse aus, schob ihren Zeigefinger durch den Henkel und hob das dünnwandige Porzellan mit einem leichten Zittern an ihre Lippen. Sie nahm einen Schluck Kaffee und genoss das Gefühl, als das warme Getränk durch ihre Kehle rann.

Kaffee hatte sie schon immer geliebt. Und er hatte schon immer eine beruhigende Wirkung auf sie gehabt – wenn das Zittern ihrer Hand auch nur sehr bedingt etwas mit Aufregung zu tun hatte. Wie auch immer … da konnten die Engländer mit ihrem Tee auf jeden Fall nicht mithalten. Mit einer wohl bemessenen Bewegung stellte Lotte die hauchzarte Tasse auf der Untertasse ab. Die Polizeibeamtin hatte ihren Kaffee noch nicht ein einziges Mal angerührt.

„Sie trinken ja gar nichts", sagte Lotte. „Haben Sie Angst, dass ich Sie vergifte?"

Die andere Frau lachte. „Sie würden doch keine Polizistin vergiften."

„Nein, das ist nun wirklich nicht mein Stil."

Ja, dachte Lotte, Stil habe ich immer gehabt. Zumindest hatten das immer alle von ihr behauptet und sie hatte sich auch stets darum bemüht. Nun sah sie, wie die Polizeibeamtin sich in ihrem Wohnzimmer umblickte, die Antiquitäten und prall gefüllten Bücherregale wahrnahm, die Aussicht auf den gut gepflegten Garten und den dahinter liegenden See. Vermutlich dachte sie dabei an das Äußere der kleinen Villa, die sie vor gut zehn Minuten betreten hatte. An die mit eindeutig teuren Originalgemälden geschmückten Wände. An das, was Lotte angespart haben musste, um mit zweiundneunzig Jahren ihren wohlverdienten Lebensabend so verbringen zu können. Und richtig …

„Wie ich eingangs schon sagte, gehe ich gerade bei älteren Mitbürgern von Tür zu Tür, weil eine Bande von Einbrechern in Ihrer Gegend sehr aktiv ist", kam die Polizistin auf den Grund ihres Besuchs zurück. Sie machte eine ausholende Handbewegung, die den ganzen Raum mit einschloss. „Und wenn ich so Ihren Lebensstandard betrachte …"

„… dann meinen Sie, ich könnte das nächste Opfer sein?" Lottes Hand flog auf ihre Brust. Hilflos und gleichzeitig um Unterstützung heischend suchte ihr Blick den der Polizistin.

Die zuckte mit den Achseln. „Ich fürchte, das ist nicht ganz unwahrscheinlich."

Lotte entfloh ein leises Keuchen. „Jagen Sie mir nicht solch eine Angst ein. Das kann jemanden in meinem Alter umbringen."

Täuschte sie sich oder sah sie die Polizistin in der Tat einen winzigen Moment erstarren? Nein, das hatte sie sich wohl nur eingebildet, denn schon setzte die jüngere Frau ihre fraglos gut vorbereitete Rede, die sie schon unzählige Male abgespult hatte, fort.

„Diese Einbrecher gehen nach einem bestimmten Muster vor. Sie ziehen von Stadtteil zu Stadtteil und nehmen sich gleichzeitig die entsprechenden Telefonverzeichnisse vor. Heute stehen kaum noch jüngere Leute im Telefonbuch. Und wenn sie dann noch zusätzlich auf einen Namen älteren Datums stoßen …"

„Wie beispielsweise Lotte."

Die Polizistin nickte. „… sehen sie sich die Adresse genauer an."

„Und wenn bei ihrer Beobachtung dann ein alter Mensch das Haus oder die Wohnung verlässt, ist alles endgültig klar, nehme ich an."

Wieder ein Nicken.

Lotte schüttelte den Kopf. „Manchmal verstehe ich die Welt nicht mehr. Wie kann man uns Alten nur so etwas antun? Junge Menschen haben es natürlich auch nicht verdient, aber wir Alten … Wir haben unser Leben lang gearbeitet und wollen doch nur die uns verbleibenden Jahre noch so gut genießen, wie wir können. Wir wollen doch bloß unseren Frieden und unsere Ruhe." Sie zögerte kurz. „Wobei wir durchaus auf die große Ruhe, die vor uns liegt, noch so lange verzichten möchten, wie es irgend geht."

Ein Moment des Schweigens trat ein. Dann räusperte sich die Polizistin. „Ist Ihnen in letzter Zeit jemand aufgefallen, der Ihre Villa beobachtet hat oder der nicht in Ihre Straße gehört?"

Lotte zog nachdenklich die Brauen zusammen. „Nein, das kann ich nun wirklich nicht sagen. Meine Nachbarn habe ich in der vergangenen Woche gesehen, aber sonst niemanden. Na ja, den Postboten."

Die Polizistin schüttelte den Kopf. „Ich denke, bei denen sind wir auf der sicheren Seite."

„Natürlich." Lotte erhob sich und ging mit vorsichtigen Schritten zu der Panoramascheibe. Dort blieb sie stehen und blickte versonnen hinaus. Am Ende des Gartens glitzerte der See durch die Bäume. Nur in der Ecke, wo sie ihren „Dschungel" wuchern ließ, weil sie sich auch im hohen Alter ein Stück Wildheit in der Ordnung bewahren wollte, war das Laub so dicht, dass man das Wasser nicht ausmachen konnte.

„Ist alles okay?", riss die Stimme der Polizistin sie aus ihren Gedanken.

Lotte wandte sich um. „Ja. Ich habe nur nachgedacht. Da war tatsächlich etwas Eigenartiges."

Die Polizistin rutschte auf ihrem Sessel ein Stück nach vorn. „Ja?" In ihrer Stimme lag ein alarmierter Klang.

„Da war eine Frau", fuhr Lotte fort. „Gestern in der Stadt."

„Eine Frau?"

„Ja. Sie war sehr freundlich. Ungefähr in Ihrem Alter, würde ich sagen. Viel jünger als ich."

„Und was hat diese Frau getan?"

„Mich angesprochen, als ich aus einem Geschäft am Blücherplatz kam. Hat mir angeboten, meine Einkaufstasche zu tragen, die ziemlich schwer war. Ich fand das sehr nett. Auf dem Weg zur Bushaltestelle haben wir geplaudert. Sie wollte wissen, warum mir denn niemand beim Einkaufen helfe. Ob ich es weit nach Hause hätte. Ob ich allein lebe, und als ich das bejahte, ob ich gut klarkäme."

Die Augen der Polizistin verengten sich.

Lotte hob beschwichtigend die Hände. „Sie sagte, sie sei Pflegekraft und habe viel mit alten Menschen zu tun, darum interessiere sie das."

„Wie sah sie aus?"

„Sie war, wie gesagt, etwa in Ihrem Alter. Blond, gepflegt, offenes Gesicht und Auftreten, ein Leberfleck auf der einen Wange. Ich fand es nett, dass sie meine Tasche getragen hat. Sie war wirklich einfach nur besorgt."

„Wenn Sie es sagen. Sie haben ja eigentlich genug Lebenserfahrung, um so etwas beurteilen zu können."

„Davon können Sie ausgehen." Ein paar Sekunden verstrichen und mit einem Mal sah Lotte trotz dessen, was sie gerade noch geäußert hatte, skeptisch drein. „Aber wenn ich nun darüber nachdenke ... nach allem, was Sie mir erzählt haben ..."

Die Polizistin winkte ab. „Vermutlich haben Sie recht", sagte sie beruhigend. „Unsere Einbrecher gehen ja auch völlig anders vor."

„Aber ..."

„Es besteht wirklich kein Grund zur Sorge, denke ich." Mit diesen Worten erhob sich die Polizistin und trat auf eine Kommode zu, auf der ein paar gerahmte Fotos aus früheren Jahren standen, die Lotte an diversen Orten in aller Herren Länder zeigten. „Sind Sie das?"

Lotte lachte. „Sie werden lachen: Ich war auch mal jung."

Die beiden Frauen sahen sich an.

Schließlich deutete Lotte zum Couchtisch. „Sie haben immer noch keinen Kaffee getrunken. Den können Sie doch wirklich gebrauchen, bevor Sie die nächste alte Dame oder den nächsten alten Mann auf Ihrer Runde warnen."

Einen Moment hielt die Polizistin ihren Blick, bevor sie sich tatsächlich wieder hinsetzte und einen Schluck aus der Tasse trank. Lotte sah, wie sich das Gesicht der Frau kurz verzog.

„Nicht lecker?

„Kalt", sagte die Polizistin.

„Wie passend." Lotte lächelte. „Kennen Sie den alten Spruch: Rache ist ein Gericht, das man am besten kalt serviert?"

Die Polizistin erwiderte nichts, sondern öffnete nur ein-, zweimal den Mund wie ein Fisch, den man gerade an Land gezogen hatte. Dann verdrehte sie die Augen und rutschte langsam vom Sessel.

Es dauerte eine Weile, bis die jüngere Frau wieder zu sich kam. Lotte, die über ihr stand und auf den immer noch regungslosen Körper in dem knapp einen Meter tiefen Erdloch hinunterblickte, atmete auf.

„Das wurde aber auch Zeit."

Es war dunkel geworden, seit sie die Polizistin in den Dschungel geschafft hatte. Dorthin, wo der Garten wild wuchern durfte und wo der Gärtner, ihren Anweisungen gemäß, nie hinkam.

„Wie fühlen Sie sich?"

Die Frau in der Grube gab ein krächzendes Geräusch von sich.

Lotte zuckte entschuldigend mit den Schultern. Sie hatte sich verändert, seit ihr Gespräch so jäh unterbrochen worden war. Nun stand dort eine Lotte, deren Körper wieder Spannung hatte, deren Stimme nicht vor Sorge zitterte und deren Hände ganz ruhig waren. Aber sie hatte auch immer gut auf sich geachtet. Kein Wunder also, dass sie nicht die leicht gebrechliche Frau war, die „Kommissarin Helmscheidt" kennengelernt hatte.

Die konnte allerdings nicht viel mehr, als ihre Finger krümmen. Auch das Sprechen fiel ihr schwer. „Was haben Sie getan?"

„Wie bitte?" Lotte beugte sich ein Stück vor. „Hören kann ich tatsächlich nicht mehr so gut wie früher. Ich hätte bei der Arbeit wohl doch noch öfter einen Schalldämpfer benutzen sollen, als ich es getan habe."

„Einen Schalldämpfer?"

Lotte nickte und lächelte freundlich. „Ich bin im Laufe meines Berufslebens ziemlich herumgekommen, das haben Sie ja auf den Fotos gesehen. Das war zwar meist gefährlich, wurde aber gut bezahlt. So gut, dass ich nun so leben kann." Sie deutete mit einer lockeren Handbewegung über ihre Schulter, dorthin, wo die Villa stand.

Wieder krächzte die Stimme der Frau in der Grube.

„Sie fragen sich sicher, wie Sie in dieser Situation landen konnten", sagte Lotte, als sie merkte, dass wohl nicht viel mehr kommen würde. „Das ist ganz einfach. Zunächst mal sind Sie keine Polizistin, sondern eine Betrügerin. Und Sie haben meinen Heinrich getötet. Vor etwas über einem Jahr. Ihre Kollegin hat ihn in der Stadt angesprochen, am stets belebten Blücherplatz. Sie hat ihm ihre Hilfe angeboten und einen Tag später kamen Sie ihn besuchen. Angeblich, um ihn vor einer Einbrecherbande zu warnen. So wie mich heute. Wollten Sie mich auch danach fragen, ob ich Bargeld zu Hause habe, um es mir dann zu entreißen?"

Als die Frau in der Grube nicht antwortete, griff Lotte in ihre Manteltasche und zog eine kleine, handliche Pistole daraus hervor.

„Die hier hat einen Schalldämpfer", erklärte sie. „Wegen meiner Ohren brauche ich den zwar nicht mehr unbedingt, aber die Nachbarn … Sie wissen schon." Sie richtete die Waffe auf das Knie der anderen Frau. „Ich würde Ihnen empfehlen zu antworten. Ein Nicken reicht."

Die andere Frau nickte.

„Dachte ich es mir doch." Lotte atmete tief durch. „Sie erinnern sich an Heinrich, oder? Das habe ich an Ihrem Blick gemerkt, als ich sagte, Sie würden mich mit Ihrer Geschichte zu Tode erschrecken. Sind Sie deswegen aus der Gegend verschwunden? Weil Heinrich während Ihres Angriffs bei ihm zu Hause einen Herzinfarkt bekam und starb?"

Wieder ein Nicken.

„Aber Reue haben Sie nicht verspürt, nicht wahr? Sie haben einfach weitergemacht. Hauptsache, das Geld stimmte. Das kann ich, wenn ich an mein Leben als Profi denke, sogar beinahe nachvollziehen. Aber eben nur fast, denn egal, was ich auch getan habe, ich kann Ihnen versichern, dass ich immer nur Jobs angenommen habe, bei denen es Leute erwischte, die es mehr als verdient hatten zu sterben. Aber einen alten Mann, der nie jemandem etwas getan hat? Einen Mann wie Heinrich?" Lotte lächelte traurig. „So ein Gentleman. So eine sanfte Seele. So ein liebevolles, aber leider auch schwaches Herz. Wissen Sie, er war genau das, was mir in meinem Leben immer gefehlt hatte. Bei ihm fand ich endlich meinen Frieden." Erneut beugte sie sich ein wenig vor.

„Also, ich habe nach einem erfolgreichen Job die Gegend, in der ich zuletzt tätig war, immer mindestens fünf Jahre gemieden und zwischenzeitlich an anderen Orten gearbeitet. Das hätten Sie auch tun sollen. In fünf Jahren hätte ich vielleicht nicht mehr in der Zeitung lesen können, dass ein aus zwei Frauen bestehendes Betrügerpaar, auf deren Konto ein Toter ging, wieder hier in der Gegend aktiv wurde. Und dann hätte ich mich nicht am Blücherplatz auf die Lauer legen können in der Hoffnung, dass mich Ihre Partnerin anspricht, von der mir Heinrich am Tag vor Ihrem Besuch übrigens noch erzählt und die er mir beschrieben hatte. Er hat noch rumgeflachst, dass ich ruhig ein bisschen eifersüchtig sein könnte, weil ihn eine so attraktive Frau auf der Straße angesprochen hat. Was haben wir darüber gelacht." Lotte machte eine kurze Pause. „Das war das letzte Mal, dass ich ihn lebend gesehen habe. Danach fuhr ich nach Hause und dachte, wir würden uns am nächsten Tag wiedertreffen."

Sie holte tief Luft und ihr Körper straffte sich.

Die Augen der Frau in der Grube leuchteten weiß und panisch aus der Dunkelheit. „Was haben Sie vor?"

Lotte blickte irritiert zu der Schaufel in dem kleinen Erdhügel neben dem Loch. „Ich hatte angenommen, das Ganze hier sei ziemlich selbsterklärend." Sie tippte gegen den Stiel der Schaufel und hob anschließend ein wenig die Pistole. „Das Einzige, was Sie jetzt noch tun können, ist, sich zu entscheiden, ob es langsam oder schnell gehen soll."

Scharfes Atmen erklang aus der Grube. „Meine Partnerin weiß, wo ich bin. Sie wird nach mir suchen. Und sie wird zu Ihnen kommen. Sie wird kommen, glauben Sie mir!"

Lotte lächelte und warf einen kurzen Blick auf die Pistole in ihrer Hand, bevor sie der anderen Frau wieder in die Augen sah.

„Aber das hoffe ich doch sehr", sagte sie sanft.

Peter Märkert

Der mit dem Feuer spielt

Jeden Freitag um sechs trifft sich Robert mit Kollegen zum Bowlen. Er freut sich die ganze Woche auf die freie Zeit ohne Arbeit und Familie.

„Ich möchte dir was zeigen", hält ihn der zwölfjährige Henryk mit einem YouTube-Video auf. „Ein neues Spiel für meine Konsole."

„Jetzt nicht! Wir sehen es uns morgen bei Saturn an. Nur wir beide. Okay?"

„Können wir nicht sofort hinfahren?" Henryk weint und umarmt seinen Papa.

„Morgen! Mein letztes Wort." Robert schüttelt ihn ab.

Auf dem Weg zur Bowlingbahn überlegt er, was mit seinem Sohn los ist. Immer dieses Theater am Freitag. Hat Henryk Ärger mit einem Lehrer? Wird er in der Klasse gemobbt? Oder liegt es an der Lieblosigkeit zu Hause? Erst kürzlich hat sein Sohn von der Trennung der Eltern eines Mitschülers erzählt. Britta und er mussten ihm versichern, sich nicht zu trennen. Dabei ist es Jahre her, dass sie Zärtlichkeiten ausgetauscht haben. Da können sie vor Henryk noch so sehr betonen, sich zu lieben. Er glaubt ihnen nicht und sie glauben sich auch nicht.

Der feuchtfröhliche Bowlingabend lenkt Robert ab. Er trinkt mehr, als er wollte. Sein Auto lässt er an der Bowlingbahn stehen und nimmt ein Taxi nach Hause. Vor der Wohnungstür zieht er die Schuhe aus und schleicht auf Socken in die Wohnung, um niemanden zu wecken. Kurz ins Bad und ein Blick in Henryks Zimmer. Natürlich ist seine Frau wieder im Bett des Jungen eingeschlafen. Sie liest ihm immer noch vor.

Am Samstagmorgen löst Robert sein Versprechen ein. Bei Saturn vermisst er bei Henryk die Begeisterung. Schon nach kurzer Zeit sind sie mit dem neuen Spiel an der Kasse. Bei McDonald's fragt er seinen Sohn, was ihn bewege, doch der weicht aus, es sei nichts. Er freue sich auf seine Nintendo Switch zu Hause.

Im Büro wird eine neue Kollegin eingestellt. Anna. In der Küche begegnet Robert ihr zum ersten Mal. Ein langer Blick. Eine Verabredung zum Essen nach der Arbeit. Robert telefoniert mit seiner Ehefrau. Er habe noch zu tun und komme ein, zwei Stunden später.

Im Restaurant fließt das Gespräch ohne jegliches Stocken, als würden sie sich Jahre kennen. Die Bedienung muss mehrmals an ihren Tisch kommen, bis sie die Speisekarte gesichtet und eine Auswahl getroffen haben. Für Robert eine neue, aber angenehme Erfahrung. Anna spricht von einer Seelenverwandtschaft und berührt seine Hand. Ein Stromschlag. Er fühlt sich lebendig wie lange nicht mehr. Zu später Stunde nehmen sie zusammen ein Taxi. Beim Abschied vor ihrer Tür kann er das morgige Wiedersehen im Büro nicht erwarten.

Kaum ist Robert allein, denkt er an Henryk. Wie soll es zu Hause weitergehen? Abermals schleicht er in die dunkle Wohnung. Das Bett im Schlafzimmer ist unberührt, Britta wieder bei Henryk eingeschlafen. So braucht er ihr seine späte Rückkehr nicht zu erklären. Er ist zu aufgeregt, um sofort einzuschlafen, und holt sich ein Bier aus dem Kühlschrank. Er denkt an den Abend mit Anna, an den Augenblick, als sie von einer Seelenverwandtschaft sprach und seine Hand berührte. Was soll er Britta morgen früh sagen, warum er so spät nach Hause gekommen ist? Wird sie die andere wittern?

Beim Frühstück erwähnt seine Ehefrau den gestrigen Abend nicht. Sie bespricht mit Henryk die anstehende Mathearbeit und verlässt mit ihm etwas früher als sonst die Wohnung, um ihn auf dem Weg zu ihrer Arbeit an der Schule abzusetzen. Robert wundert sich. Interessiert sie nicht, wo und mit wem er den Abend verbracht hat? Hat sie seine späte Rückkehr nicht einmal bemerkt?

Im Büro verbringt Robert so viel Zeit wie möglich mit Anna. Sie hört ihm zu und spürt seine Gedanken und Gefühle, bevor er sie äußert. Er freut sich riesig über ihre Einladung zum Essen am Freitagabend in ihrem Apartment. Es passt gut, er wird das Bowlen absagen und braucht zu Hause nichts zu sagen. Je näher das Treffen rückt, desto stärker quält ihn sein Gewissen gegenüber seiner Familie.

Am Freitag vergeht die Zeit bei Anna viel zu schnell. Nach dem Essen fragt sie bei einem Glas Rotwein, was ihn so nachdenklich stimme. Er gibt seine Zurückhaltung auf und spricht über seine kaputte Ehe, die Gleichgültigkeit und Lieblosigkeit zu Hause. Nur der Sohn halte sie zusammen. Anna bietet ihm an, bei ihr einzuziehen, bis er mit Henryk eine andere Wohnung gefunden habe. Bei einer Trennung gebe er auch seiner Frau die Chance auf eine neue Liebe und seinem Sohn die Erfahrung, aus einer unhaltbaren Situation ausbrechen zu können. Ihre einfühlsamen Worte verzaubern ihn. Er küsst sie, spürt ihre Hingabe und trägt sie ins Bett, wo sie sich leidenschaftlich lieben. Er möchte in ihre kleine Wohnung umziehen und verspricht ihr, seiner Ehefrau reinen Wein einzuschenken.

In den folgenden Wochen nimmt er sich immer wieder vor, mit Britta und Henryk über eine Trennung zu sprechen. Er schafft es nicht. Die Freitagabende bei Anna werden zu einer festen Einrichtung, das Bowlen mit den Kollegen gibt er auf.

Robert kommt verspätet bei Anna an, da poppt eine Nachricht von Henryk auf seinem Smartphone auf. Nur zwei Worte in großen Lettern. ES BRENNT.

Er verabschiedet sich überstürzt und rast mit dem Auto nach Hause. Schon von Weitem erkennt er das Blaulicht der Feuerwehr. Er entdeckt seine Ehefrau mit seinem Sohn, parkt den Wagen und läuft zu ihnen. Sie versinken in einer Dreierumarmung. Wie lange hat es das nicht mehr gegeben. Er sieht in Henryks leuchtende Augen.

„Das Feuer ist im Kinderzimmer ausgebrochen", erklärt Britta. Sein Sohn gibt zu, im Bett eine Zigarette angesteckt zu haben. Er habe sie von einem älteren Mitschüler bekommen und ausprobieren wollen, wie es sich anfühle, daran zu ziehen.

„Als Mama mich zum Abendessen gerufen hat, habe ich sie schnell unter der Bettdecke versteckt und vergessen."

Robert hinterfragt die Erklärung nicht. Sein Gewissen plagt ihn, sich zu wenig um Henryk zu kümmern und stattdessen seine Familie mit einer Geliebten zu betrügen. Er nimmt sich vor, bei seiner Ehefrau zu bleiben und mehr mit seinem Sohn zu unternehmen.

Die Versicherung reguliert den entstandenen Schaden. Henryk kann sich eine neue Tapete und einen Laminatboden aussuchen und erhält das

Jugendzimmer, das er sich immer gewünscht hat. Robert versucht, ihm jeden Wunsch zu erfüllen. Aber er schafft es nicht, Anna im Büro auszuweichen und auf die Freitagstreffen in ihrer Wohnung zu verzichten. Das Zusammensein mit seiner Ehefrau empfindet er zunehmend als Qual. Er kommt spät aus dem Büro und schaltet sofort den Fernseher ein, um sich abzulenken.

Samstagmorgen. Nach einer langen Nacht bei Anna sieht sich Robert am heimischen Frühstückstisch mit ernsten Mienen konfrontiert. Henryk verschlingt ein Nutella-Brötchen und verlässt die Küche.

Britta verschließt die Tür hinter ihm und spricht Robert auf die Geliebte an. Beiläufig, kalt, ohne Vorwürfe. Sie hat von einer gemeinsamen Bekannten erfahren, dass er das Bowlen aufgegeben hat, um die Abende bei einer Kollegin zu verbringen. Sie schlägt ihm eine Trennung vor.

„Henryk bleibt hier. Du kannst ihn jede zweite Woche über das Wochenende holen. Ich habe schon mit ihm darüber gesprochen. Er ist einverstanden. Wir sollten ihn möglichst wenig mit unseren Problemen belasten.“

Robert ist überrascht über die schnelle Einigung. Er zieht zu Anna und verbringt jedes zweite Wochenende mit seinem Sohn. Immer wieder verspricht er ihm, eine größere Wohnung anzumieten mit einem eigenen Zimmer für ihn, doch es bleibt bei den Versprechungen. Die Jahre vergehen ohne eine Veränderung.

Die Darstellung eines Brandes in der Tageszeitung erregt Roberts Aufmerksamkeit. Neben dem betroffenen Mietshaus hat er mit seiner Exfrau gewohnt, bevor er zu Anna gezogen ist. Er überschlägt den Text.

Feuer im Wohnhaus. Ein Fünfzehnjähriger rettet die Bewohner.
Der Brand brach im Keller eines Mehrfamilienhauses aus. Dreißig Einsatzkräfte der Feuerwehr waren im Einsatz, um das Feuer zu löschen, bevor es weiter um sich greifen konnte. Mehrere Personen erlitten eine leichte Rauchvergiftung. Die Polizei geht von einer vorsätzlichen Brandstiftung aus. Eine Matratze war mit Benzin getränkt und angezündet worden. Ein fünfzehnjähriger Junge aus der Nachbarschaft bemerkte den Brand zuerst und warnte die Bewohner. Gegenüber

unserer Mitarbeiterin vor Ort sagte er: „Ich kam zurück aus der Schule. Aus der Haustür des Nachbarhauses quoll dunkler Rauch. Ich habe überall geklingelt, um die Bewohner zu warnen. Eine ältere Frau im ersten Stock hat die Feuerwehr angerufen. Sie kamen sofort mit lauten Sirenen, um das Feuer zu löschen. Auf der Straße haben sich alle bei mir bedankt."

Für seine Aufmerksamkeit und sein beherztes Eingreifen wurde der Jugendliche gelobt. Die Polizeibehörden bitten Anwohner und Passanten, sich bei ihnen zu melden, wenn sie etwas Verdächtiges im Vorfeld des Brandes bemerkt haben.

Wie jeden zweiten Freitag holt Robert seinen Sohn von der Schule ab. Sie beschließen, beim Italiener eine Pizza zu essen. Kaum angekommen spricht Robert ihn auf den Brand im Nachbarhaus an. Henryk bestätigt, dass er es war, der das Feuer bemerkt und die Bewohner alarmiert hat.

„Wie kann ich dich für deine Heldentat belohnen?"

„Ich weiß nicht." Henryk wirkt unsicher.

„Lass dir Zeit, wir essen erst die Pizza." Robert bestellt sich ein alkoholfreies Weizenbier und eine Calzone und seinem Sohn eine Cola und eine Margherita.

„Erinnerst du dich an den Brand in meinem Zimmer?"

Robert verschlägt es den Appetit. „Ja, sicher." Er denkt an die damalige Nachricht. ES BRENNT. Es müsste drei Jahre her sein. Er wird den Abend nie vergessen.

„Wir haben uns vor dem Haus umarmt", sagt Henryk. „Wie früher, als wir eine richtige Familie waren."

„Ich wollte dir die Trennung ersparen, aber Liebe lässt sich nicht erzwingen."

„Es sollte brennen, das Bett", bricht es plötzlich aus Henryk heraus.

„Was sagst du da?" Robert fühlt sich ertappt. Er hat nie an die Geschichte von der Zigarette geglaubt, aber nicht nachgehakt. „Was gefiel dir nicht an dem Bett?"

Tränen kullern über die Wangen seines Sohnes. „Das war es nicht."

„Was dann?" Es kann nicht sein, nein, es darf nicht sein. „Hörst du, von mir wird niemand etwas erfahren. Du kannst offen reden."

„Mama kam in mein Bett, wenn du beim Bowlen warst. Ich wollte es nicht."

Die Bedienung bringt die Getränke und die Pizzen.

Henryk reißt sich ein Stück ab. „Sie massierte mich überall. Ich wollte das nicht."

„Deswegen hast du das Bett angesteckt?" Robert kann ein leichtes Zittern in der Stimme nicht unterdrücken.

„Mama hatte plötzlich solche Angst, als es gebrannt hat. Ihre Augen! Ich habe sie nie so gesehen."

Hat sein Sohn auch den Brand bei den Nachbarn gelegt, bevor er die Bewohner alarmierte? Nein! Das ist abwegig. Oder? Robert zwingt sich zu der Frage. „Hast du die Matratze im Nachbarhaus angezündet?"

Schweigen.

„Meldest du es der Polizei?"

„Nein. Von mir erfährt niemand etwas, auch deine Mutter nicht."

Henryk nickt und nimmt sich ein Stück Pizza.

„Gut, dass keiner verletzt wurde", sagt Robert.

„Ja. Ich habe bei allen geklingelt."

„Hat dich niemand mit der Matratze gesehen?"

„Nein. Niemand."

„Es darf nicht mehr vorkommen. Hörst du! Nie mehr!"

„Ja, versprochen!" Sie geben sich die Hand.

„Kann ich zu euch kommen? Ich meine, bei euch wohnen?"

„Annas Apartment ist zu klein, das weißt du doch. Es ist nur die Couch im Wohnzimmer frei. Ich suche eine größere Wohnung für uns."

„Seit drei Jahren", wirft Henryk resigniert ein.

„Die Situation auf dem Wohnungsmarkt ist nicht einfach."

Zum erfolgreichen Abitur lädt Robert seinen Sohn ein, mit Anna und ihm einen Cluburlaub auf Mallorca zu verbringen. Mit einem Kurs im Kiten. Henryk ist begeistert und erzählt am Sonntagabend seiner Mutter davon. „Sie nehmen mich mit. Sommer, Sonne, Meer. Er hat mir sogar einen Kitesurfkurs versprochen."

In ihren Augen sieht er die Ablehnung. „Warum ist seine Geliebte dabei? Kann er den Urlaub nicht mit dir allein verbringen?"

„Es sind nur zwölf Tage", versucht Henryk sie zu beruhigen. „Was hast du dagegen?"

Seine Mutter lenkt ein. „Ich meine ja nur. Mir gefällt nicht, dass seine Geliebte mitfliegt. Die Wochenenden verbringt er ja auch mit dir allein. Oder stimmt das nicht?"

„Doch! Anna besucht in der Zeit ihre Schwester in Bochum."

Beim Frühstück im Hotel beobachtet Henryk eine junge Frau mit ihrer Freundin. Sie sieht zu ihm herüber. Für Sekunden besteht Blickkontakt. Er nimmt sich vor, sie anzusprechen, sie zu fragen, ob sie auch gerade Abi gemacht hat, doch er traut sich nicht.

Am Tag vor seiner Abreise spricht sie ihn an, fragt nach seinem Namen und wo er herkommt. Henryk erfährt, dass sie Leonie heißt und in Dortmund wohnt. Seine Vermutung bewahrheitet sich. Sie hat in diesem Jahr Abi gemacht. Sie verabreden sich nach dem Essen am Strand. Es dauert, bis er das richtige Shirt, die passende Jeans gefunden hat. Sonst sucht seine Mutter die passenden Sachen aus.

Leonie trägt ein ärmelloses Shirt und kurze Jeans. Das Gespräch dreht sich um Schule und berufliche Zukunft. Sie hat sich für ein Studium der Sozialpädagogik entschieden und nimmt nach dem Urlaub ein Praktikum im Jugendbereich auf. Henryk ist noch unentschieden und sofort bereit, sich an der Fachhochschule Dortmund zu bewerben. Er möchte sie umarmen, küssen, aber etwas hält ihn zurück.

Beim Abschied am Morgen gibt sie ihm einen Kuss und ladt ihn nach dem Urlaub in ihre neu gegründete Studenten-WG ein. Sie deutet scherzhaft an, ein Zimmer sei noch frei. Henryk nimmt es für bare Münze. Er stellt sich vor, seine Mutter in Essen zu verlassen, um in Leonies WG zu ziehen. Bevor er mit seinem Vater und Anna in den Bus zum Flughafen steigt, fragt sie nach seiner Handynummer und verspricht, sich nach ihrer Rückkehr nach Dortmund bei ihm zu melden.

Seine Mutter erkundigt sich nach seinen Erlebnissen auf Mallorca. Er erzählt von dem Hotel, dem Frühstücks- und Abendbüfett, dem Meer und seinen Erlebnissen beim Kiten. Sie fragt, ob ihm Anna gefalle. Henryk spürt ihre Eifersucht.

„Sie interessiert mich nicht", erwidert er. „Ich habe im Urlaub kaum ein Wort mit ihr gewechselt. Die Tage sind so schnell verflogen." Leonie erwähnt er nicht. Wird sie sich in Dortmund an ihn erinnern und sich bei ihm melden? Trotz seiner Unbeholfenheit? Warum hat er sich nicht ihre Nummer geben lassen? Er trägt das Handy ständig bei sich, möchte keine Nachricht von Leonie verpassen. Nach fünf Tagen ist alle Hoffnung erschöpft, da erreicht ihn am Abend eine SMS. Er kann es kaum glauben. Sie fragt, ob er Sonntag Zeit habe. Er sagt sofort zu. Sie schickt ihm ihre Adresse. Vor Freude könnte er die ganze Welt umarmen.

Beim Frühstück erzählt er seiner Mutter von Leonie, von ihrer Studenten-WG, in der ein Zimmer frei sei, und ihrer Einladung für Sonntag.

Britta will nichts davon hören und spricht von „Flausen in seinem Kopf", für die sie den Urlaub mit ihrem Exmann verantwortlich macht.

„Dein Vater und seine Geliebte haben dir das eingeredet. Die ganze Reise hat er geplant, um uns auseinanderzubringen. Merkst du das nicht?" Sie weint und schmiegt sich an ihn, bittet ihn, Dortmund zu vergessen. „Du darfst mich nicht alleinlassen. Nicht wie dein Vater. Ich brauche dich hier."

Er stößt sie weg und flüchtet aus der Küche in sein Zimmer, doch sie folgt ihm. Tränen laufen über ihre Wangen.

„Das kannst du mir nicht antun nach allem, was ich für dich getan habe." Sie schluchzt wie ein Kind.

Er versucht, sie zu beruhigen. „Leonie hat mich für Sonntag eingeladen. Nichts weiter. Nur ein Besuch."

Er beobachtet, wie sich ihr Ausdruck verfinstert. Sie scheint wie in einem Film gefangen zu sein. „Du hast ja keine Ahnung. Die wird bestimmt nicht für dich putzen und dir die Sachen hinterherräumen." Sie reißt seinen Schrank auf. „Da! Alles durcheinander! Einfach so hineingeworfen! Wofür mache ich das alles?" Sie holt Shirts und Jeans heraus, wirft sie auf ihn. „Was denkst du? Das muss neu gewaschen werden."

Er fühlt, wie der Druck steigt. Der Tonfall, ihre kalte Wut, die Vorwürfe, er erträgt das nicht. Nicht heute, nicht, wo er sich so über die Einladung gefreut hat. „Lass mich in Ruhe! Ich kümmere mich ab jetzt selbst um die Wäsche." Er versucht, sie aus dem Zimmer zu drängen, um sich erneut Leonies SMS anzusehen. Sie reißt ihm das Smartphone aus der Hand und wirft es auf den Boden. Er kann gerade noch verhindern, dass sie mit dem Fuß darauf tritt. Wut lodert in ihm auf.

„Wegen dir habe ich damals das Bett angesteckt. Weißt du das eigentlich? Ich habe Papa alles erzählt."

„Ha, Papa alles erzählt. Was glaubst du, warum er dich nicht zu sich geholt hat?"

„Annas Apartment war zu klein. Er hat eine größere Wohnung gesucht mit einem Zimmer für mich."

„Unsinn! Er wollte keinen Brandstifter im Haus. Deswegen hat er uns verlassen. Das ist die Wahrheit! Ich habe dich nach dem Brand in deinem Zimmer nicht zurückgewiesen. Wir wissen beide, dass es keine Zigarette war. Und Papa wusste es auch. Schon bevor du ihm davon erzählt hast."

„Woher weißt du das?"

„Was denkst du wohl?"

„Das war nach dem Brand im Nachbarhaus."

„Ja, die schöne Matratze. Ob Papa mit Anna darüber gesprochen hat? Was meinst du? Hat sie Angst vor dir?"

„Hör auf damit!"

„Wirst du es deiner Freundin erzählen, bevor du bei ihr einziehst? Sie sollte wissen, worauf sie sich einlässt."

„Lass mich in Ruhe!"

„Ich habe dich immer wie einen normalen Jungen behandelt. Du bist intelligent und hast ein Einser-Abitur erreicht. Aber du bist nicht bereit für einen Auszug. Du kannst hier an der Uni studieren. Fertig!"

Henryk setzt sich auf seinen Schreibtischstuhl, zieht die Beine an, legt die Arme darum, wippt vor und zurück. Er hört ihre Worte nicht mehr. Der Druck in seinem Inneren hat ihn überwältigt. Er vernimmt eine Stimme, allem ein Ende zu setzen.

Am Abend wählt er den Notruf der Feuerwehr. „Ich bin kurz davor, die Bude anzustecken. Ich spüre den Druck wie damals."

Sie erkennen den Ernst in seiner Stimme und fragen nach der Adresse. Er gibt sie ihnen durch. „Wie lange braucht ihr?", fragt er.

„Keine zehn Minuten", lautet die Antwort.

„Dann beeilt euch." Er beendet das Gespräch und nimmt den Brandbeschleuniger, ein geleeartiges Zeug, das er in seinem Schreibtisch aufbewahrt, steckt das Bett und den Laminatboden an.

Seine Mutter starrt ins Zimmer. Ihr Blick ist voller Angst. Ja, das hätte sie nicht gedacht, dass er es wieder tut. Er folgt ihr zur Haustür, klingelt überall und ruft: „Feuer! Es brennt! Alle sofort raus!"

Beim Eintreffen der Feuerwehr dringt das Feuer aus der Wohnung im ersten Stock. Die Nachbarn haben sich vor dem Haus versammelt.

Am Morgen wird Henryk dem Haftrichter vorgeführt.

„Es hatte mit meiner Mutter zu tun. Nur mit ihr." Sein Gesichtsausdruck zeigt die pure Verzweiflung.

Der Richter fragt, was seine Mutter damit zu tun hatte.

„Auf Mallorca habe ich Leonie kennengelernt. In ihrer Studenten-WG in Dortmund ist ein Zimmer frei." Er stockt.

„Sie wollten zu Hause ausziehen?"

Ein Lächeln huscht über Henryks Gesicht. „Ich weiß nicht. Vielleicht." Sein Ausdruck verfinstert sich. „Meine Mutter war dagegen. Sie hat sich aufgeregt. Ich habe versucht, sie zu beruhigen."

„Wie haben Sie es versucht?", fragt der Richter.

„Ich habe ihr gesagt, dass ich Leonie nur besuchen möchte. Sie riss meinen Schrank auf, warf meine Sachen auf mich und meinte, meine Freundin würde mir bestimmt nicht alles hinterherräumen." Er hält inne: „Ich hielt es nicht aus, nicht an dem Tag. Nicht, als sie sagte, mein Vater und seine Freundin hätten mich nicht aufgenommen, weil ich als Zwölfjähriger das Bett angesteckt hatte. Und ich müsste Leonie sagen, dass ich ein Brandstifter sei. Ich hatte mich so über ihre Einladung gefreut. Ich hatte nur einen Gedanken."

Schweigen.

Dann die Nachfrage. „Welchen Gedanken?"

Henryk starrt auf den Tisch. „Ich wollte es brennen sehen. Am Abend rief ich die Feuerwehr an. Sie kamen rechtzeitig ... löschten den Brand." Seine Augen glänzen wie in einem Fieberschub. „Ihr Blick ... war voller Angst. Darf ich nach Hause? Ich muss zu ihr."

„Zuerst kommen Sie in ein Krankenhaus", sagt der Richter. „Da werden Sie untersucht."

„Auf die geschlossene Abteilung, wo sie mich mit Medikamenten vollstopfen?", flüstert er und beginnt zu zittern.

„Nein. Sie werden Ihnen helfen, den Druck auszuhalten, ohne mit dem Feuer zu spielen, und später mit Ihnen eine Wohngemeinschaft oder eine Wohnung suchen."

Henryks Gesichtszüge entkrampfen sich, das Fieber zieht sich zurück. Seine Augen füllen sich mit Tränen. „Das kann ich nicht. Meine Mutter braucht mich, das schreibt sie, sie vermisst mich." Er ruft eine Nachricht auf seinem Handy auf und zeigt sie dem Richter.

Lieber Henryk. Ich verstehe, es war alles zu viel für dich. Die Reise mit deinem Vater nach Mallorca. Die Idee, zu der flüchtigen Bekannten in die Wohngemeinschaft zu ziehen. Ohne Plan, ob du in Dortmund einen Studienplatz erhältst. Ich habe mir Sorgen gemacht. Entschuldige, wenn ich dich unter Druck gesetzt habe. Ich mache es wieder gut, habe mit deinem Vater telefoniert, er will dich unterstützen. Ich warte auf dich. Werde erst wieder gesund, dann fangen wir neu an. Ich brauche dich hier und vermisse dich sehr. Deine Mama

Der Richter verfügt die vorläufige Unterbringung in einer forensischen Klinik und beauftragt ein Sachverständigengutachten zur Frage der Schuldfähigkeit zum Tatzeitpunkt.

Wolfgang J. Gerlach

Alles hat ein Ende, nur ...

„Schlager sind Texte, die gesungen werden müssen, weil sie zu dumm sind, um gesprochen zu werden." (Gisela Uhlen)

Hart schlägt sie mit dem Kopf an.

Adam kann es förmlich körperlich spüren ... an den Spitzen seiner Schulterblätter.

Trotzdem lacht sie laut auf.

„Ja, ja, ja, ja ...", denkt er bei sich. „Alle Englein lachen."

„Komm doch in meine Arme! Ich hab' geträumt von dir ... Kuschel Dich in meine Arme!"

„So richtig nett ist's nur im Bett." Wieder dieses Lachen. Sie lacht den Mann jedoch nicht aus, im Gegenteil: Es ist Ausdruck von Verlangen. „Ich brauch' Dich jeden Tag ein bisschen mehr." Ihre rauchige Stimme lässt den Gesprächspartner unterdrückt stöhnen.

Adam lächelt still. „Zwei Herzen in der Sommernacht."

„Schenk mir doch ein kleines bisschen Liebe."

„Komm und bedien dich bei mir ..."

„Ach, Isabella, du bist mein Ideal ... So verliebt wie heut war ich nie. Schön muß es sein, dich zu lieben ..."

„Wir zwei fahren irgendwohin ... Amsterdam ... Willst du oder nicht?"

„Ja, ich will!"

„Komm gib mir deine Hand!"

Eilig entfernen sich ihrer beider Schritte und es wird still, sehr still.

Bis eine Straße weiter ein Hund anschlägt, freilich nur kurz. Und die Turmuhrglocke von Sankt Vincentius anschlägt, einmal bloß.

Wie spät mag es eigentlich sein?

***

„Ich geb 'ne Party heut' Nacht." Die smaragdgrünen Augen der frisch gebackenen Abiturientin blitzten. „Ich geb' mir selbst 'ne Party."

„Jetzt dreht die Welt sich nur um dich." Ihre Mutter legte ihr sanft den Arm um die braungebrannten schmalen Schultern. „Nie zuvor war ein Abend so schön."

Die Zustimmung erhielt sie umgehend. „Der letzte Schultag! Nie wieder: ‚Ich geh noch zur Schule' ... Schluss, aus, fini, passé! Endlich, endlich." Sie strahlte ihre Mutter an.

Anneliese allerdings wischte sich verstohlen je eine Träne aus den Augenwinkeln. „Das gibt's nur einmal, das kommt nicht wieder."

„Ach, du liebe Zeit ... Mutti, du darfst doch nicht weinen."

Der „Herr des Hauses", wie er sich gerne selbst titulierte, trug gerade einen weiteren Beutel Holzkohle zum Gartengrill. Seine Augen leuchteten, als er die beiden elegant gekleideten Frauen sah, und er wies mit dem Kinn zufrieden über seine linke Schulter. „Weißer Holunder blüht wieder im Garten ... Wir feiern das Leben."

„Papa, du bist so reizend!"

Er hütete sich, den Sack auf dem schneeweißen Tischtuch zu platzieren, als er nähertrat. Er bemerkte die leicht verwischte Wimperntusche seiner Gattin.

„Du hast geweint ..." Seine Stimme klang eher erstaunt als besorgt. „Mir scheint, Schatz, du hast geweint."

Die Angesprochene versuchte, ihr geblümtes Taschentuch unauffällig verschwinden zu lassen.

„Wer sagt denn, daß ich weine?" Sie wendete den Blick.

„Die Tränen in deinem Gesicht ... Du hast ja Tränen in den Augen."

Gabriela wollte unzweifelhaft vom Gemütszustand ihrer Mutter ablenken, indem sie ihre Schwester ins Spiel brachte: „Moni hat geweint."

„Tränen lügen nicht." Er zog die formschöne Flasche aus dem versilberten Kühler auf dem Gartentisch und griff nach einem langstieligen Glas. „Schütt' die Sorgen in ein Gläschen Wein ... Morgen bist du alle Sorgen los."

„Ich mach' mir keine Sorgen. Heut' ist ein Feiertag für mich." Ganz fest war Annelieses Stimme noch nicht wieder.

***

Wie oft hatte Vater ihn als Jungen wohl zum Einkaufen mitgenommen? Immer wieder samstäglich hatte dieser den Einkaufszettel mit Mutters schöner Handschrift vom Küchentisch geklaubt. Vermerkt gewesen waren dort (in der Reihenfolge der aufzusuchenden Einzelhändler) die einzukaufenden Notwendigkeiten. Manchmal hatten sich die zwei Botengänger zusätzlich einige mündliche Erläuterungen einzuprägen gehabt. So hatte er ohne Frage vor dem Verlassen der Wohnung um die Zweckmäßigkeit gewisser Vorfreude wissen können, dann nämlich, wenn bei den Notizen zum Beispiel „Rolladen" (für damalige Verhältnisse mit einer ausreichenden Anzahl „l" geschrieben – allerdings verwechselt mit dem Wort „Rouladen") gestanden hatte, denn was sonst hätte das kursive rote „F" in der quergestreiften Raute über der Schaufensterscheibe bedeuten können als „Fleischwurst", also „ein Stückchen Fleischwurst auf die Hand"?

„Verdammt lang her!"

***

Das fahlgrüne Licht der Leuchtstoffröhren erhellt das Ladenlokal nur spärlich, verpasst den Schinken und Dauerwürsten an den beiden Querstangen hoch oberhalb der Theke mit der Wurstschneidemaschine und dem Fleischwolf vor der blassgelb gekachelten Wand eine Gesichtsfarbe, die ihn an die eigene damals auf der Überfahrt nach Helgoland erinnert. Die Stange mit dem Spezialhaken zum Abnehmen der geräucherten Köstlichkeiten lehnt schräg in der Ecke, findet ihre Parallelität in der Griffstange an der Eingangstür. Für die Beleuchtung der abgegriffenen Eloxierung unterhalb und – etwas stärker ausgeprägt – oberhalb dieser schwarzgeriffelt ummantelten Stange, je nachdem eben, wie die Körpergröße der Kunden die Höhe des Zupackens im Laufe der Jahre bestimmt hat, bleiben nicht viele Photonen übrig.

Der Schlüssel steckt von innen, wie eh und je. Wie früher mit einem ausgekochten Markknochen als Schlüsselanhänger.

***

„Kommt gratulieren!" Diese Aufforderung durch eine bestimmende Sopranstimme war so ziemlich der einzige verständliche Wortfetzen, der über die akkurat geschnittene Hecke herüberwehte. Der Rest war Gelächter und Gejohle.

„Hilfe! Die Verwandtschaft kommt!", dachte der Hausherr und befürchtete insgeheim weitere Gäste. Jovial-laut indes schlüpfte er in die Rolle eines väterlichen Gastgebers. „HALLIHALLO! Hallo, ihr Leute!" Einzeln gab er jeder und jedem Eintreffenden die Hand. „Die Tante Emilie ... Guten Abend, Carolina! Hallo Rosalie!"

Die mochte – ob eines gewissen Frusts – die Begrüßung nicht augenblicklich erwidern, sondern rügte – nach spontaner Kontrolle des Bildzählerstands ihrer analogen Kamera – leise zischend ihren Begleiter namens Michael: „Du hast den Farbfilm vergessen!"

So drängelte sich der Nächste in der Reihe kurzerhand vor. „Hoppla, jetzt komm' ich! Ich bin der Martin, ne ...?!"

Die kleine Schwester der Schulabgängerin ihrerseits hatte augenscheinlich beschlossen, die Gelegenheit zu nutzen und aufs Ganze zu gehen. „Hey, kennt ihr schon meinen Peter?" Dieser wurde tatsächlich prompt durchgereicht, „Mein Onkel Janos ... Meine Tante Kunigunde ... Die flotte Trude aus Buxtehude ..." Und da diese leicht irritiert dreinblickte, drängte es sie hinzuzufügen: „Ja, die Männer sind meine schwache Seite ... Mach' dir nichts daraus!"

Währenddessen kam der Vater weiter seiner Gästebegrüßungspflicht nach. „Tante Emma ... Hallo, wie geht's? Tante Lilly ...! Du bist die Rose vom Wörthersee ..." Er zwinkerte ihr zu. „Im Lexikon steht nichts von dir."

Sie konnte über den Scherz nicht so wirklich lachen.

Moni hörte man erneut heraus: „Ja, ja der Peter, der ist schlau. Ja, ich weiß, wen ich will."

Anneliese übernahm: „Gut, dass ihr da seid! Ein bißchen Spaß muß sein!" Sie stupste ihren Bruder in die Rippen. „Ich trink Ouzo, was trinkst denn du so?"

„Bier, Bier, Bier ist die Seele vom Klavier. Heute hau'n wir auf die Pauke." Er sah sich suchend um.

Seine Schwiegernichte wies ihm den Weg zur Zapfstelle. „Prost, Onkel Albert!"

„Die Jahre mit euch ..." Onkel Albert wirkte zufrieden, als er sich auf den Weg machte. „Oh wie wohl ist mir!"

Gedankenverloren war Gabriela dabei, einige Gläser Gerstensafts vorzuzapfen.

„Wovon träumst du denn?"

Sie schaute auf. „Ein kleines Glück ... Glücklich sein ... Glück mit Garantie."

Gutmütig, wie Albert war, gab er ihr zu verstehen: „Glück ist mehr als nur ein Wort. Glück ist wie ein Schmetterling."

„Davon träumen alle Mädchen", wandte sie ein.

„Allein wirst du das Glück nicht finden ..." Sprach er aus Erfahrung?

„Heut ist mein Tag ..."

„Herz was willst du mehr?"

„Wenn ich mir was wünschen dürfte ..." Ein verschmitztes Lächeln huschte über ihr hübsches Gesicht. „Schenk mir ein altes Grammophon."

„Mach' die Augen zu ... Siehst du die Sterne?" Er drängte auf eine Antwort. „Sag ja – sag nein ..."

„Einfach nein." Es klang ein wenig patzig.

„Heute ja, morgen nein ..." Er schüttelte den Kopf. „Nein heißt ja."

„NEIN, MANN!"

„Du bist verrückt, mein Kind. Alle Wünsche kann man nicht erfüllen." Ihr ob des überreichten Glases dankbar zunicken und dem Geruch folgen, der vom soeben angezündeten Grill herübergeweht wurde, gingen nahtlos ineinander über.

„Wenn erst der Abend kommt ... Heute nacht wird mal durchgemacht ...", rief sie ihm noch nach.

„Wir chillen beim Grillen ...", begrüßten ihn die um die Feuerstelle Versammelten, ihm ihre Gläser zuprostend entgegenstreckend.

Mit der Zunge schnalzend wies Albert auf die Laugenbrötchen, die sich in einem großen Korb in der Abendsonne räkelten. „Salz auf der Haut ..." Er entdeckte den noch leeren Spieß. „Zeit, dass sich was dreht!"

***

Nachdem er sein erstes Auto gekauft hatte, war es an ihm gewesen, seinem Vater die Busfahrerei mit Einkaufstasche und Einkaufsnetz zu ersparen. Konkret hatte das bedeutet, dass nach dem Samstagsfrühstück für ihn noch nicht Wochenende gewesen war. Immerhin hatte er nicht mit in die Geschäfte gemusst, sondern hatte im Wagen vor der Stamm-Metzgerei sitzen bleiben gedurft, um auf diese Weise das Stück Fleischwurst gegen den „Krimi am Samstag" auf WDR 3 einzutauschen.

**

„Komm' unter meine Decke!" Die gedämpfte Männerstimme hinter ihm hat etwas Beruhigendes, kann dabei unmöglich ihn meinen. „Schläfst du schon? Schau mir noch mal in die Augen."

Sein Handy meldet sich mit einem der beiden ihm vertrautesten Klingeltöne. Er muss es mit der rechten Hand hinterrücks aus seiner linken Gesäßtasche ziehen. Hinter ihm werden hektische Geräusche hörbar ... Und ein unterdrückter, daher halblauter Ausruf von Ungemach: „Du hast es immer gewusst ... Einsamkeit hat viele Namen." Es klingt, wie wenn irgendwelche Dinge zusammengerafft würden, von denen er wegen seiner Konzentration auf sein Vorhaben gar nicht mitbekommen hat, dass sie dort platziert wurden. „Weg von hier!" Hastige Schritte suchen das Weite.

Er atmet tief durch, bevor er das Gespräch annimmt. „Liebling, mein Herz läßt dich grüßen ..." Seine Stimme zittert tatsächlich ein wenig. Nun ist es fraglos so weit, dass er gestehen muss.

„Oh, mein Papa ... Wo bist Du?"

„Ich muss dir was sagen ..." Wie soll er beginnen? „Abends in die City ..."

„Warum, weshalb, wieso?" Sie ist offensichtlich den Tränen nahe. „Warum?"

„Ich hab deine Tränen nicht verdient. Was auch immer passiert ... Ich bin für dich da!"

Sie versteht es nicht, gar nichts versteht sie mehr. Ihre Frage, ob er ihr nicht hoch und heilig versprochen habe, es nicht zu vergessen, unterbricht er sanft ...

„Der Papa wird's schon richten. Glaub mir! Ich hab dich lieb ... Glaub an mich!"

„Du, du, du, laß mein kleines Herz in Ruh ... Ich wünsch' dir einen schlaflosen Abend!"

Aufgelegt.

***

„Eins und eins, das macht zwei ... KÖNNT IHR MICH HÖREN? Jetzt geht die Party richtig los ... Heute spielt der Konstantin Klavier." Der Mikrofoncheck war erfolgreich; die eigens für das Fest bestellten Musiker kümmerten sich um letzte Vorbereitungen.

Adam trug nun das schwarze T-Shirt mit dem weißen Aufdruck „netter älterer Herr", das er von seinen Kindern zum Geburtstag bekommen hatte und das er so gerne anhatte, wenn es daran ging, „draußen zu kochen", ein Begriff, der Annelieses Glauben geschuldet war, dass – würde einer von ihnen das Wort „grillen" in den Mund nehmen – dies unmittelbar zu sich heftig entleerenden Regenwolken führen würde.

Mit ihrem Peter an der Hand näherte sich Moni dem Bandpavillon und wandte sich an den Chef der Truppe: „Was halten Sie vom Tango? Herr Kapellmeister, bitte einen Tango ...!" Ihr neuer Freund bekam die Erläuterung sogleich geliefert: „Man kann beim Tango sich so schöne Dinge sagen." Begeisterung hatte einen Namen. „Tango d'Amour, Pariser Tango, Badewannentango ... Hey, das ist Musik für mich! Diesen Tango tanz ich nur mit dir! Dieser Rhythmus reißt uns mit."

„Ich bin zum Tanzen nicht geboren." Irgendwie schien sein Musikinteresse anders gelagert zu sein. „Mach' dir nichts daraus ..."

„Erst beim Tango werd' ich richtig munter", maulte seine Freundin.

„Hey 'nen kleinen Schuss, den hattest du doch schon immer ..." Gabriela konnte Peters Reaktion nachvollziehen.

Der fühlte sich verstanden und lächelte. „Monika ... Wenn sie diesen Tango hört ..."

Onkel Alberts Glas war abermals leer. „Blasmusik ist Balsam für die Ohren!", mischte er sich ungefragt ein.

Anneliese war anderer Auffassung. „Heute tanzen alle jungen Leute im Lipsi-Schritt."

Adam hingegen war sich sicher: „Eigentlich ist alles Rock'n'Roll."

In diesem Moment fiel ihm – hoffentlich noch rechtzeitig – ein, dass er die Würstchen vergessen hatte mitzubringen. Dabei waren Käse-Griller – völlig gleich, ob mit Bergkäse oder Emmentaler – doch Gabrielas Ein und Alles. Demnächst wäre wahrscheinlich ein Einkaufszettel eine sinnvolle Gedankenstütze.

***

„Es ist noch kein Meister vom Himmel gefallen!" Er hatte sich das im Laufe seines Lebens wiederholt probiert einzureden, mal zum Trost, mal aus Trotz. Damals hatte er ein Lied davon singen gelernt, sowohl bei der theoretischen als auch während der praktischen Aufgabe in der Meisterprüfung.

Obwohl er noch nie sonderlich religiös gewesen war, war er dennoch dem Rat seiner Großmutter väterlicherseits gefolgt, hatte er ausprobiert, die Heilige Rita, die Schutzpatronin der Menschen in Examenssituationen, überhaupt der Menschen in Bedrängnis, um Hilfe anzugehen.

Glasklar mit Erfolg.

***

Das Vorhaben, das Handy ordnungsgemäß in seiner angestammten Gesäßtasche zu versenken, schlägt fehl. Reflexartig – wie immer, wenn ihm etwas hinfällt – bemuht er sich, die Wucht des Aufschlags des Objekts auf den Boden dadurch zu mindern, dass er es wie einen zugepassten Ball mit dem Fuß annimmt ... Erfolgreich, denn unmittelbar nach der Landung klingelt es bereits aufs Neue. Er ahnt, was nun kommt ... Sein rechter Fuß schlüpft aus dem Flipflop, wischt mit dem großen Zeh das grüne Telefonsymbol nach rechts und aktiviert den Lautsprecher. Aber ehe er sich melden kann, übernimmt bereits seine Gattin den Gesprächsbeginn.

„Geh doch mal ans Telefon ... Zehn nach elf! Oh, wann kommst du?"

„Abends, wenn die Lichter glühn ..."

„Sag mir quando, sag mir wann ... Ich steh' hier und warte."

„Anneliese, ach, Anneliese, warum bist du böse auf mich?"

„Laß es mich ganz leise sagen: ‚Laß mich bitte nicht warten.'"

„Ich will immer auf dich warten." Die Betonung des ersten Worts ist ein Versuch, ihren Ärger zu besänftigen.

„Du machst mir schlaflose Nächte. Junge, komm bald wieder, bald wieder nach Haus ..."

„Morgen ist alles vorüber."

„Morgen kann es schon zu spät sein." Anneliese nimmt ein Wechselbad der Gefühle. „Jetzt bist du weg ... Wärst du doch in Düsseldorf geblieben. Dich soll der Teufel hol'n ..."

„Hätt' ich einmal nur Zeit ..."

„Mein lieber Mann ... Du lebst in deiner Welt ... Hörst du mein heimliches Rufen? Komm nicht zu spät!"

„Es ist nie zu spät!"

„Wie soll ein Mensch das ertragen? Du schaffst mich ... Adam, wo bist du?"

„Ja, wenn wir alle Englein wären ..."

„Casanova! Du kannst nicht treu sein ... Grüß mir die Damen aus der Bar."

„Es leuchten die Sterne. Es lebe das Laster ..." Sein Abwinkversuch scheitert an Platzmangel. „Laß die Liebe aus dem Spiel."

„Das wird ja immer, immer schöner. Typisch Mann: Es war doch nicht das erste Mal. Die Schatten der Vergangenheit ..."

„Es war nur eine Nacht ... Das geht doch keinen etwas an ... Ich komm bald wieder."

„WARUM HAST DU NICHT NEIN GESAGT? Einfach nein ... Du kannst mir viel erzählen. Du kannst noch nicht mal richtig lügen ... Bitte, geh' nicht fort!"

„Ich komme wieder ... Bald schon, da sehn wir uns wieder. Ich kann so treu sein." Er lacht verlegen.

„Ich schieß dich auf den Mond ... Du liebst mich nicht ... Der Mann ist das Problem!"

„Du bist für mich wie die Sonne am Morgen ... Sag' beim Abschied leise Servus."

„Es wird dir leid tun, sagst du bye, bye. Fahr zur Hölle! Du bist mein Chaos ..." Ihr Tonfall ändert sich ein weiteres Mal. „Bleib mir treu!"

„Verlieben, verloren, vergessen, verzeih'n. Verdammt, ich lieb dich. Du bist mein erster Gedanke. Alle Straßen führen heim zu dir. Au revoir, Chérie ..."

„Das hat die Welt noch nicht erlebt …"
Aufgelegt.

***

Was er zu benötigen meinte, nahm er in einem Leinenbeutel mit auf seinen Weg in die Stadt. Sein Ziel hatte er klar vor Augen. Trotzdem richtete sich sein Blick kurz nach oben. „Der Mond hält seine Wacht. Heut' ist wieder Vollmond."

Er beeilte sich. „Ich schaff das schon", dachte er sich, verkniffen schmunzelnd. Er hoffte nur inständig, dass das Ganze nicht zu lange dauern würde. Irgendwann würde man ihn vermissen. Der Weg war ihm vertraut. „Drei Häuser von hier, da liegt ein großer Hund vor der Tür", kam ihm in den Sinn. Aber egal, denn eine Straße vorher bog er ab und erreichte sein Ziel. „Alles so wie immer … Noch immer so wie immer." Der Gedanke beruhigte ihn ein wenig. „Frisch gewagt ist halb gewonnen."

***

Annelieses Vater war Handwerker gewesen. Wie oft hatte Adam sie – halb verärgert, halb im Scherz – nach dem Beruf ihres Vaters gefragt und hinzugefügt, dass sie unzweifelhaft deshalb der Auffassung wäre, durchsichtig zu sein. Dann nämlich, wenn seine Frau ihm beim gemeinsamen Fernsehen – noch schlimmer bei Fußballübertragungen – mal wieder gnadenlos die Sicht nahm. Er hatte ihr die ihre doch noch nie verstellt, wenn ihre Lieblingssendung lief, die Mozzarella-Show. Dass ihr Vater Glaser gewesen, er bei ihm eine Lehre gemacht und sich in die Tochter des Hauses verliebt hatte … Daran hatte sie ihn nie wirklich erinnern müssen, denn es war ihre gemeinsame Vergangenheit, Gegenwart und …

***

Das Geräusch draußen ruft ihm ins Gedächtnis, dass er seiner Frau seit geraumer Zeit versprochen hat, bei Gelegenheit den Wagen säubern zu lassen … Und zwar gründlich … Mit Hochdruckreinigervorwäsche und allem Zipp und Zapp. Im Stillen zählt er mit ... Volle einundzwanzig Sekunden währt die Berieselung mit dem Geräusch. Somit weiß er – zugegebenerweise aus der Kategorie unnützes Wissen –, was vor sich geht.

Letzthin lief im TV eine Doku und die wusste zu berichten, dass Säugetiere mit einem Gewicht über drei Kilogramm alle im Durchschnitt genau diese Zeit benötigen, um ihre Blase zu entleeren. Es ist mitnichten eine Frage der Größe des Lebewesens.

Er weiß zudem aus einer Rateshow, dass die Deutsche Dogge George mit einer Widerristhöhe von 109 Zentimetern nach ihrem Tod als größter Hund der Welt abgelöst worden ist von Zeus mit 104,6 Zentimetern. Und der Hund hier ist nicht viel kleiner ... Geschätzt anhand der Strahlstärke.

„Wildes Wasser", schießt es ihm durch den Kopf.

***

Die Tür zum Ladengeschäft lag eine Stufe über Bürgersteigniveau und eineinhalb Schritte zurückversetzt. Relativ mühelos ließ sich das hölzerne Lamellenabsperrkonstrukt trotz seines nicht unerheblichen Gewichts hochschieben und mittels eines eingesteckten Schraubendrehers gegen unbeabsichtigtes Abrollen sichern. Er hatte Glück: Der Schlüssel steckte von innen im Schloss … Wie seit Ewigkeiten. Ein Stoßseufzer der Erinnerung entfuhr ihm. „Als ich ein kleiner Junge war ... Hier fing alles an."

Er kickte eine leere weiß-rot-gelbe Zigarettenschachtel zur Seite und machte sich ans Werk. „Wer nicht wagt ... Dreh dich nicht mehr um ... Gib dein Ziel niemals auf."

***

Opa hatte die Marke geraucht. Vielleicht hatte er der Werbung geglaubt, dass Rauchen gegen ein In-die-Luft-Gehen helfen könnte: weil bei Schwierigkeiten ein hageres Männchen mit barocker, weiß gepuderter Perücke, Krönchen und wehendem gelb-rotem Umhang herbeischweben, den vor Wut Abgehobenen sanft auf die Erde herunterziehen und ihm eine Zichte, wie er sie genannt hatte, zur Problemkompensation anbieten würde.

„Ich hab' dein Knie geseh'n."

„Laß mein Knie, Joe!"

Adam wünscht sich keineswegs noch mehr turtelnde Tauben!

„Beug dich zu mir ... Du schaffst das schon! Dich berühren ... Deine Schokoladenseite ..."

„Du hast Glück bei den Frau'n, Bel Ami ... Deinen Namen, den hab ich vergessen."

„Ich bin die Sehnsucht in dir ... Ich brech' die Herzen der stolzesten Frau'n ... Ich bin ein Döner!"

„Ich darf mich nicht in dich verlieben."

„Die erste Nacht am Meer ... Ich hab' mit dir das Meer entdeckt. Deine Spuren im Sand. Mit den Füßen im Meer. Baden mit und ohne ... Perfekte Welle ... Da ging für mich die Sonne auf."

„Auf der Wiese haben wir gelegen. Drei weiße Birken. Hohe Tannen. Da waren alle Bäume grün."

„Das Meer, der Wind und du … Der Wind hat mir ein Lied erzählt."

„Der Wind und das Meer ...", sinniert sie.

„Das muss ein Stück vom Himmel sein."

„Die schönste Geschichte der Welt ... Dein ist mein ganzes Herz."

„Dein Herz, das muß aus Gold sein." Er seufzt.

Adam tut es ihm insgeheim nach.

„Wunderbar, wie du heut' wieder küsst ... Dich erkenn' ich mit verbundenen Augen."

„Wann liegen wir uns wieder in den Armen, Barbara?"

„Du schaust mich an ... Mach' ein Foto davon: Selfie von heut Nacht. Schatzi schenk mir ein Foto! Schenk' mir ein Bild von dir."

„Wir ziehn heut' abend aufs Dach! Schenk mir doch ein kleines bißchen Liebe."

„Du musst mit den Wimpern klimpern."

„Du bist die Schönste von allen."

„Du bist ein Casanova!"

„Du bist die Welt für mich. Komm! Wir zwei fahren irgendwohin ..."

„Ein Bett im Kornfeld?"

„Heut' schlafen wir in meinem Cabrio. Du und ich im Mondenschein ... Süßer Kuss im Mondenschein ... Und es weht der Wind ... Solang' die Sterne glüh'n. Sommernacht und roter Wein ... Himbeereis zum Frühstück: Sommernachtstraum. Komm zur Ruhr."

„Sommerwein ... Sommer, Sonne, Cabrio ... Dürfen wir das? Ich bin nun mal ein Mädchen."

„Puppchen, du bist mein Augenstern. Du bist das Mädchen."

„Du bist der Mann."

„Ich bin von Kopf bis Fuß auf Liebe eingestellt. Ungeküßt sollst du nicht schlafen geh'n."

„Häng den Mond in die Bäume ... Vater hat nichts dagegen!"

Als die Stimmen verstummen, atmet Adam auf.

***

Erst hier vor Ort nahm die Idee, wie er sein Vorhaben umsetzen zu können vermeinte, konkrete Gestalt an. Sein Griff in den Beutel beförderte einen Zirkel-Glasschneider ans Abendlicht. „Gelegenheit macht Diebe ...", murmelte er.

Er maß einen Punkt eine Unterarmlänge vom Türschloss entfernt ab, setzte den Saugnapf des Werkzeugs an und legte den Hebel um, der die Konstruktion für die Dauer des Schnitts an der Scheibe festhalten würde. Dass das Anritzen der Einfachverglasung keinen Lärm verursachen würde, wusste er aus seiner Lehrzeit. Anders als unter Umständen das Entfernen des Kreisausschnitts ... Sodann würde er hindurchlangen, um möglichst den Schlüssel zu erreichen und diesen zu drehen. So weit der Plan.

***

Den Betrieb nach dem Ableben des Schwiegervaters als Geschäftsführer weiterzuführen war für ihn Ehrensache gewesen, die Werkstatt aufzulösen und das Inventar zu verkaufen lange Zeit nie infrage gekommen, nicht einmal angedacht worden. Ein späteres Experiment, über eBay Werkzeug zu verkaufen, war kläglich gescheitert oder es war weit unter Wert verschleudert worden.

***

„Es hängt ein Pferdehalfter an der Wand." Er korrigiert sich, weil es wahrscheinlich eher ein Ochsenkummet ist. Das hier stellt ja schließlich keine Pferdemetzgerei dar.

Sein Blick wandert die Auslagendeko entlang: Inmitten wurstleerer blitzblanker Cromarganplatten zwischen Knoblauchknollenzöpfen und Plastikzwiebeln prangt – umkränzt von einer ausgebleichten Fake-Weinranke – ein Kunststoff-Schweinskopf ... Der ihn anstarrt. Adam fragt sich, ob das trotz des antiquierten Aussehens des Geschäfts eine Überwachungskamera sein kann.

***

Die Straßenbahn der Linie – welche noch gleich? – näherte sich der Kurve. Der Glasschneider glitt zurück in den Beutel. Adam zog seinen rechten Lederhandschuh höher. Jeden Moment würde die ÖPNV-Vertreterin sich unwissentlich zu seiner Komplizin machen, hinter ihm vorbeirollen, die Sicht auf ihn versperren und genügend laut sein, dass kein Anwohner oder Passant mitbekommen würde, wenn er ansetzte, den schwierigsten Teil des Manövers hinter sich zu bringen.

Dann müsste er bloß noch in den Kühlraum huschen und zwei Dutzend der von Gabriela so heiß geliebten Käse-Griller ...

Der Höllenlärm war der gleiche, den er nur zu gut aus Kindertagen kannte. Diese Vibration der Schaufensterscheibe, der Tür, des Bodens ... lockerte derartig schnell die improvisierte Sicherung des Rollladens, dass sie herunterfiel, bevor er reagieren konnte. Der Schraubendreher schlug knapp hinter seiner rechten Ferse – ob des Lärms der Bahn und des herunterdonnernden Rollladens unhörbar – auf dem Steinboden auf, produzierte einen Funken und – nicht ursächlich – einen Geistesblitz: „Ich fange nie mehr was an einem Sonntag an!"

***

Adam hatte nun viel Zeit nachzudenken ... Zeit also, nachzudenken auf weniger als einer Armlänge Platz zwischen Ladentür und Rollladen ... Nun, da er somit seinen aberwitzigen Plan vergessen konnte ... Nachzudenken vor allem, durch welche Anrede – „Bon soir, Herr Kommissar" – oder mithilfe welcher Ausrede er vielleicht einer Verhaftung und damit einer Strafe für den Einbruchsversuch entgehen könnte. Ein paar Optionen fielen ihm ein. Er ging sie halblaut für sich durch:

„Man kann nicht immer nur gewinnen." Die Idee verwarf er postwendend.

„Nur der Mond ist schuld daran", klang selbst in seinen Ohren nicht schlussendlich glaubwürdig.

„Nur die dumme Liebe ...", kam der Wahrheit zwar eine Idee näher, allein, dumm war die Liebe zu seiner Tochter ja keinesfalls.

Gefragt nach seinen Beweggründen blieb ausschließlich eine Aussage: „Nur noch kurz die Welt retten!" Ob die allerdings zielführend wäre?

Über allem schwebte ja die zentrale Frage: „Kleiner Mann, was nun?" Denn es drohten ernste Konsequenzen, wenn erst die Inhaberin der Metzgerei das Geschäft durch den Hintereingang betreten und ihn in seiner Falle entdeckt haben würde. Auch sie würde Fragen stellen ... Aller Wahrscheinlichkeit nach nicht die gleichen wie die, die er in der Meisterprüfung zu beantworten gehabt hatte, gleichwohl nicht minder schwierige.

Ihn graute die Vorstellung. „Die Hölle morgen früh ...", flüsterte er. Trotz allem war er sich vollkommen sicher: „Ja – Ich würd' es immer wieder tun! Für Gabi tu ich alles!"

***

Adam entdeckt mit einem Mal das gerahmte Bild in der Nische in der Ecke unmittelbar rechts neben der Tür zum Kühlhaus. Komisch, dass ihm diese bauliche Besonderheit all die Jahre nie aufgefallen ist. Wahrscheinlich hat in seinen Kindertagen hier eine Blumenvase geprangt. Ja, stimmt ... An einen Strauß riesiger Sonnenblumen entsinnt er sich. In der Schule hatten sie kurz zuvor im Kunstunterricht Vincent van Goghs Meisterwerk analysiert und herausgefunden, dass – entgegen der Tradition niederländischer Blumenstillleben – sich nicht alle Blumenköpfe dem Betrachter zuwenden.

Nun indessen steht hier neben drei roten Rosen in einer sehr schmalen weißen Porzellanvase das rosenrankenumkränzte Portrait einer nicht mehr ganz jungen Frau. Andächtig schaut sie auf das hölzerne Kruzifix, das sie am unteren Ende mit der linken Hand behutsam festhält, derweil sein Schwerpunkt in ihrer Rechten ruht. Vom Kopf des gekreuzigten Heilands mit der Dornenkrone geht ein Lichtstrahl aus, der die in Ordensschwesterntracht der Augustinerinnen Gekleidete mittig oberhalb ihrer verklärt dreinblickenden Augen trifft. Dort beleuchtet er ... oder verursacht er ein – was kann das sein? –, offensichtlich ein Wundmal auf der Stirn ...

Eine reichhaltig bestickte Bordüre an der Kante des Regalbretts verbalisiert das dringende Flehen, das sich in diesem seinen speziellen Fall wohl unaufhaltbar – heute durchaus anders als von ihm erhofft – anschickt, in Erfüllung zu gehen: „Heilige Rita von Cascia, bitte für uns, Du Schutzpatronin der Metzger.“

Andreas Edelhoff

Familiensache

I

„Wie siehst du denn aus?"

Im Fernsehen berichtet die *Tagesschau* gerade von den deutsch-französischen Plänen zur Bekämpfung der griechischen Schuldenkrise, als meine Schwägerin Zeynep mit geschwollenem Gesicht vor meiner Wohnungstür steht. Ihre Oberlippe ist aufgeplatzt, ein Auge blutunterlaufen.

„Komm erst mal rein, ich mache dir einen Tee."

„Kadir ist mal wieder völlig ausgerastet in seiner kranken Eifersucht." Sie hat sich im Schneidersitz auf mein Sofa gesetzt und hält alle meine Kissen wie einen Schutzschild in ihrem Schoß fest umklammert. „Er hat mir wieder vorgehalten, ich würde mit dem Nachbarn ins Bett steigen. Und als ich ihm mein Handy nicht geben wollte, hat er mich halb totgeprügelt."

Die Tränen ersticken beinahe ihre Stimme und ihre Hand, mit der sie nach dem Glas mit heißem, süßem Tee greift, zittert.

„Das geht so nicht weiter mit euch. Ich muss mit ihm reden."

Mein Bruder ist nicht nur ein schrecklicher Hitzkopf, sondern ein echt mieser Kerl, der bei der kleinsten Kleinigkeit die Kontrolle verliert. Wo er auftaucht, gibt es Ärger. Immer. Andauernd gab es seinetwegen Konflikte mit dem Gesetz und ständig hat er die Familie mit reingezogen. Selbst im Knast habe ich seinetwegen schon gesessen. Aber das Schlimmste, das er mir angetan hat, war, dass er mir Zeynep weggeschnappt hat. Das habe ich ihm nie verziehen. Und jetzt hat er sie auch noch verprügelt.

„Kannst du die nächsten Tage irgendwo unterkommen?", frage ich besorgt.

„Ich war schon bei meinem Bruder. Aber der hat sich bloß aufgeregt. ‚Ich bring den Hurensohn um!', hat er rumgebrüllt. Das ist das Einzige, was Kemal einfällt, wenn ich Ärger mit Kadir habe. Aber geholfen ist mir damit auch nicht. Und ich will nicht, dass die beiden sich schon wieder prügeln."

„Soll ich dich zu deiner Schwester fahren?"

Zeynep nickt stumm.

„Und danach nehme ich mir meinen Bruder vor."

Es ist an der Zeit, dass mein Bruder mal eine anständige Abreibung bekommt. Das ist Familiensache!

II

Jetzt liegst du da, auf dem Gehweg, in deinem eigenen Blut, mit zwei großen Löchern im Kopf. Und ja, irgendwie hast du es nicht anders verdient.

Ich stoße Kadir mit der Fußspitze an, um ganz sicher zu gehen, dass er wirklich tot ist. Sollte ich jetzt nicht Empfindungen wie Trauer oder Betroffenheit haben? Schließlich bist du mein Bruder. Aber ich spüre nur Wut. Wut, über das, was du mir und der Familie über all die Jahre angetan hast und wie du mit der Frau umgegangen bist, die ich noch immer liebe, obwohl sie dich geheiratet hat.

Es ist schon paradox, dass die Pistole, die du immer im Handschuhfach hattest, falls mal jemand an die Wäsche will, jetzt deinen Tod verursacht hat.

Warum ist hier eigentlich niemand auf der Straße? Hier ist gerade ein Mensch erschossen worden und es scheint niemanden zu interessieren. Müsste es hier nicht wimmeln von Schaulustigen? Ich habe den Gedanken noch nicht ganz zu Ende gedacht, als sich vom Marktplatz her ein Spaziergänger mit seinem Hund nähert. Ich ducke mich hinter Kadirs Transporter, damit er mich nicht sieht. Aber natürlich muss der Kerl ausgerechnet hier die Straßenseite wechseln. Er wird mich unvermeidlich sehen. Mein Körper schaltet um auf Flucht: Ich kicke Kadirs alte Beretta unter den Wagen und renne, so schnell ich kann. Der Typ ruft mir irgendwas hinterher, aber ich kann ihn nicht hören, denn mein schnaubender Atem und mein rasendes Herz verursachen einen ohrenbetäubenden Lärm in meinem Kopf.

Meine Hände zittern. Mühsam fummle ich meine Autoschlüssel aus der Hosentasche und lasse sie beinahe fallen. Ich muss den Zündschlüssel mit beiden Händen halten, um ihn ins Türschloss meines alten Fiat zu stecken. Nichts an meinem Körper scheint mehr meiner Kontrolle zu unterliegen. Der Anlasser orgelt mühsam, bis die alte Karre endlich anspringt. Viel zu schnell lasse ich die Kupplung kommen und würge den Wagen direkt wieder ab. Los! Turhan, jetzt reiß dich zusammen! Im Rückspiegel sehe ich, wie der Typ um die Ecke kommt. Ich rase los. Und dann fällt es mir auf: Ich habe in einer Sackgasse geparkt. Ich muss wieder zurück und unausweichlich an meinem Verfolger vorbeifahren. Er hat also alle Zeit der Welt, sich mein Auto und mein Kennzeichen einzuprägen. Und vielleicht wird er mich sogar erkennen.

III

Scheiße! Da sind die Bullen schon! Mit zuckendem Blaulicht donnert mir der Streifenwagen entgegen. Rechts abbiegen! Sofort wieder links! Dann wieder rechts! Zum Glück kenne ich mich im Kiez aus. Vielleicht haben sie mich gar nicht gesehen. Ich muss das Auto loswerden. Aber wo soll ich hin? Zu Hause würden die Cops schon auf mich warten. Erst mal nach Holland. Ich könnte die S-Bahn zum Hauptbahnhof nehmen und dann weiter mit dem Zug. Ich rase die Ausfallstraße entlang Richtung S-Bahnhof. Ich muss langsamer fahren, um nicht unnötig aufzufallen, aber ich kann es nicht.

Der Park-and-Ride-Parkplatz liegt fast völlig im Dunkel, weil Randalierer immer wieder die Laternen zerstören. Gut für mich. Das Auto stelle ich ganz dicht an die Hecke am hinteren Ende und renne zum Bahnsteig. Oben angekommen bin ich völlig außer Atem. Die nächste Bahn kommt in drei Minuten. Nervös sehe ich mich zu beiden Eingängen des kleinen Bahnhofs um, lasse mich auf die stählerne Sitzfläche der Wartebank fallen und versuche, meinen Atem zu beruhigen.

Als der rote Lindwurm in die Bahnstation einfährt, sehe ich sie, in seinem hell erleuchteten Inneren: Polizisten! Wenn sie mich im Zug kontrollieren, habe ich keine Chance. Noch bevor die Bahn zum Stillstand gekommen ist, renne ich davon. Die Treppen hinunter, auf die Straße. Blaulicht! Ich drücke mich fest gegen die Wand des Bahnhofsaufgangs, um nicht gesehen zu werden. Die Streife fährt an mir vorbei. Ruhig atmen,

Turhan! Mein Brustkorb brennt. Die Fahrgäste aus der S-Bahn kommen jetzt ebenfalls die Treppe herunter. Es könnten auch die Polizisten dabei sein. Ich muss weg! Aber ich weiß nicht, wohin. Ich renne einfach los. Linker Hand geht eine Treppe hoch in eine Wohnsiedlung. Meine Beine fühlen sich an wie Gummischläuche mit Bleigewichten an den Enden. Ich lehne mich an eine Hauswand, versuche zu Atem zu kommen und nachzudenken. Ich brauche einen Plan. Ganz dringend brauche ich einen Plan! Irgendwer muss mir helfen!

Ich ziehe mein Handy aus der Tasche und scrolle durch das Adressbuch. Ibrahim! Mein ehemaliger Zellengenosse aus dem Knast.

„Ey, Bruder! Was geht?", tönt die vertraute Stimme aus dem Apparat.

„Die Bullen sind hinter mir her!", rufe ich panisch in mein Telefon.

„Was ist passiert?"

„Mein Bruder ist tot. Erschossen. Und jetzt jagen mich die Bullen. Ich weiß nicht, was ich tun soll."

„Abhauen! Was sonst?"

„Du bist witzig. Wo soll ich denn hin?"

„Auf keinen Fall zu mir, Bruder. Die Bullen kontrollieren immer zuerst deine Brüder aus dem Knast. Was ist mit Holland?"

„Habe ich auch schon dran gedacht."

„Dann mach das, Bruder. Nur Nebenstraßen. Und dann versteck dich irgendwo."

Also doch nach Holland. Die Bahn fällt schon mal aus. Bestimmt wissen auch Bus- und Taxifahrer längst Bescheid, dass ich gesucht werde. Schließlich haben sie Funk. Bleibt nur das Auto. Ich muss einfach unauffällig bleiben. Und bloß nicht über die Autobahn, erst mal raus aus der Stadt und dann über Land.

Auf dem Weg zurück zum Parkplatz versuche ich, möglichst cool zu wirken. Tatsächlich hat sich auch mein Herz mittlerweile ein bisschen beruhigt.

Das Drehen des Zündschlüssels entlockt dem Anlasser ein schleifendes Geräusch. Die Scheißkälte hat der Batterie zugesetzt. Und ausgerechnet jetzt reicht ihre Kraft nicht mehr, um den Motor zu starten. Ich versuche es ein zweites Mal. Wieder nur das Schleifgeräusch. Lass mich jetzt bloß nicht im Stich, du alte Möhre. „Los! Spring an!", schreie ich das Auto an, während ich mit der linken Hand auf das Armaturenbrett schlage. Und tatsächlich setzt sich der Motor mühsam in Bewegung. Ich wische mir den Schweiß von der Stirn und dann die Feuchtigkeit meiner Ausdünstungen von der Windschutzscheibe.

IV

Die Ortsdurchfahrt von Kerken habe ich gerade hinter mir gelassen, als mein Handy klingelt. Zeynep ruft an. Vermutlich wird sie jetzt wissen, dass Kadir tot ist und die Polizei mich sucht. Ich will gerade den Ruf annehmen, als mir klar wird, dass die Bullen mich über das Handy orten können. Sofort halte ich am Straßenrand an und friemle den Akku raus. Irgendwo habe ich mal gelesen, dass man Handys auch dann noch orten kann, wenn sie ausgeschaltet sind. Nur wenn man den Akku rausnimmt, ist man sicher.

Die Bullen wissen also genau, wo ich bin. Und vermutlich wissen sie auch, welchen Weg ich genommen habe. Und sie wissen auch, dass ich nach Holland will. Ich mein', die sind ja nicht blöd. Auf jeden Fall muss ich runter von der Landstraße. Hier kann ich nicht einfach rumstehen. Ich fahre auf den Parkplatz eines Supermarkts, der ein paar Kreuzungen weiter zu meiner Linken liegt. Ich muss neu nachdenken. Ich beschließe, das Auto hier stehen zu lassen und es per Anhalter zu versuchen. Schnell schraube ich die Kennzeichen mit meinem Schweizer Messer ab und werfe sie in die Mülltonne des Supermarkts.

Ich laufe zurück zur Landstraße und dort weiter auf dem Radweg, um schnell meinen Daumen rauszuhalten, wenn ein Fahrzeug kommt. Aber genau das ist das Problem. Es kommt niemand. Und dann fällt mir siedend heiß ein, dass es bestimmt längst eine Fahndung im Radio nach mir gibt und die Menschen schon über mich Bescheid wissen. Denn anders als in meinem klapprigen alten Fiat funktionieren die Autoradios der meisten Leute ja sehr gut. Und überhaupt: Wer nimmt heutzutage auf der finsteren Landstraße einen Anhalter mit? Was für eine bescheuerte Idee!

Ich renne zurück zum Auto. Und obwohl die Temperaturen mittlerweile bestimmt im zweistelligen Minusbereich sind, schwitze ich wie verrückt. Ich brauche dringend etwas zu trinken. Auch etwas zu essen wäre gut. Zur Not einfach ein paar Schokoriegel.

Zurück auf dem Parkplatz fällt mir schnell auf, dass das Wegwerfen der Kennzeichen völlig idiotisch war. Glücklicherweise ist der Müllcontainer gut gefüllt, sodass ich die Nummernschilder direkt wiederfinde. Auch ein paar angedötschte Bananen liegen in der Tonne. Ich kann jetzt nicht wählerisch sein.

Nach kurzer Suche finde ich die Schrauben wieder, mit denen die Schilder am Auto befestigt waren, die ich einfach habe auf den Boden fallen lassen.

V

Es dauert eine gefühlte Ewigkeit, bis ich weit nach Mitternacht irgendwo hinter Walbeck die Grenze passiere. Für einen kurzen Moment kann ich mich etwas entspannen. Nämlich genau so lange, bis mir klar wird, dass die Fahndung nach mir sicher nicht vor der holländischen Grenze Halt gemacht hat. Schließlich stehe ich unter Mordverdacht.

Ich fahre ziellos umher. Weder kenne ich mich in Holland aus, wenn man mal von der Innenstadt von Venlo absieht, noch habe ich irgendeine Idee, wie es überhaupt weitergehen soll.

Auf dem nächsten Ortsschild steht „America". In den Staaten wäre es bestimmt ein Leichtes, einfach unterzutauchen. Mir ist bitterkalt, obwohl die Heizung meines altersschwachen Fiats auf höchster Stufe läuft.

Vom Armaturenbrett leuchtet mir die Signallampe entgegen, die das Erreichen des Reservevolumens im Benzintank verkündet. Einfach stur weiterfahren. Irgendwann wird schon eine Tanke kommen.

Kaum zehn Minuten später wird mein Flehen erhört und das rot-weiße Logo mit dem „T" leuchtet quer über die große Straße zu mir herüber. An der nächsten Kreuzung muss ich wenden. Jetzt merke ich auch, dass ich dringend mal zur Toilette muss. Ich setze den Blinker und will auf das Gelände der Tankstelle fahren, als ich das Polizeifahrzeug entdecke, das vor dem Eingang zum Tankshop steht. Blinker aus! Weiterfahren! Bestimmt verteilen sie jetzt die Fahndungsplakate mit meinem Foto und der Beschreibung meines Autos. Ich biege von der Hauptstraße ab in ein Industriegebiet. Der Druck in meiner Blase ist so groß, dass ich es nicht mehr aushalte. Ich stelle mich an den nächstbesten Zaun, öffne meine

Hose und verspüre sofort Erleichterung, als – wie aus dem Nichts – ein riesiger grauer Hund laut bellend auf mich zustürmt und zähnefletschend hinter dem Zaun vor mir steht. Vor Schreck pinkle ich mir auf Schuhe und Hose. So eine verdammte Scheiße!

Zwei Straßen weiter gibt es eine Automatentankstelle. Kein Personal heißt: niemand da, der einen Steckbrief mit meinem Konterfei darauf studiert haben kann.

Ich stecke meine EC-Karte in den Automaten, um die Zapfsäule freizugeben, aber die Maschine nimmt die Karte nicht an. Natürlich. Sie haben mein Konto blockiert, damit meine Flucht schwieriger wird. Und der Plan könnte sogar aufgehen, denn wenn ich nicht mehr an Benzin und Geld herankomme, hänge ich bald ohne Hilfe und weitere Möglichkeiten fest. Mein Blick fällt auf das Schild mit den bunten Abbildungen diverser Kreditkarten, mit der Überschrift „Wij accepteren". Ein Bild, das aussieht wie meine EC-Karte, suche ich dabei vergebens. Meine Visa-Karte akzeptiert das Gerät klaglos.

Da ich noch immer nicht weiß, wie es weitergehen soll, fahre ich weiter ziellos umher. Meine Augen werden immer schwerer. Plötzlich gibt es einen Schlag und das Auto reißt nach rechts. Vollbremsung! Ich steige aus und laufe um den Wagen herum. Mit dem Vorderrad bin ich an die Kante einer Verkehrsinsel gestoßen. Ein Bett muss her; sonst ist es nur eine Frage der Zeit, bis ich so übermüdet bin, dass ich das Auto zu Schrott fahre.

Aber wo finde ich ein Hotel, das um drei Uhr nachts Gäste aufnimmt? In Amsterdam wäre das bestimmt kein Problem; aber hier in der Provinz wird das ein schwieriges Unterfangen sein. Deshalb mache ich das, was ich schon die ganze Zeit tue: planlos durch die Gegend fahren und auf ein Wunder hoffen. Ich öffne das Fenster der Fahrertür einen Spalt weit in der Hoffnung, dass mich die eisigkalte Luft wachhält. Schon nach wenigen Minuten klappern meine Zähne und mein Griff verkrampft sich am Lenkrad. Ich kurble das Fenster wieder hoch. Dann doch lieber müde als erfrieren. Und müde lässt nicht lange auf sich warten. Mein Kopf fällt auf meine Brust. Ich schrecke hoch und muss mich schütteln. Das ist also dieser Sekundenschlaf. Glücklicherweise bin ich nirgendwo gegen gefahren.

Abermals halte ich auf dem Parkplatz eines Supermarkts. Ganz hinten in der Ecke, damit man mich nicht von der Straße aus sieht.

VI

Am ganzen Körper zitternd werde ich wach. Ich habe kaum mehr als eine halbe Stunde geschlafen. Die Scheiben sind komplett beschlagen und an einigen Stellen hat die Kälte meinen Atem in Eiskristalle verwandelt. Wenn ich nicht erfrieren will, muss ich den Motor laufen lassen. Das wiederum könnte auffallen. Nützt alles nichts, ich muss weiter in Bewegung bleiben.

Aber zunächst müssen die Scheiben wieder frei werden. Wieder einmal quittiert der Anlasser das Drehen des Zündschlüssels nur mit zähem Schleifen. Nicht auch das noch! Auch der zweite Versuch bringt kein besseres Ergebnis. Und auch Startversuch Nummer drei scheitert. „Verdammt!" Wütend hämmere ich auf das Armaturenbrett ein. Aber auch davon lässt sich mein alter Fiat nicht beeindrucken. Der Motor schweigt auch nach dem vierten Anlauf beharrlich. Ich steige aus und trete vor das linke Hinterrad. „Du elende Scheißkarre!" Dann kommt mir die rettende Idee: Der Parkplatz ist absolut eben und mein kleiner Italiener wiegt nicht viel. Ich schiebe ihn einfach an. Wenn er genug Schwung hat, springe ich rein, lege den zweiten Gang ein und lasse die Kupplung kommen. Gang raus, Bremse los, Zündung an. Ich drehe schwerfällig am Lenkrad und bugsiere den Wagen aus seiner Parkposition. So habe ich die gesamte Länge des Parkplatzes zur Verfügung.

Also los! Mit aller Kraft stemme ich mich gegen die A-Säule und setze den Fiat in Bewegung. Noch ein bisschen schneller. Und noch ein bisschen. Und dann übersehe ich die Eisfläche vor mir. Meine Füße verlieren den Kontakt zum Boden, der Schwung wirft mich nach vorn um. Hart und schmerzhaft pralle ich mit Händen, Knien und Gesicht auf dem Asphalt auf. Weiter vorn gibt es einen kurzen Knall und dann ein kratzendes Geräusch. Der Wagen ist mit der offenen Tür gegen den Unterstand mit den Einkaufswagen geschlagen und anschließend mit der ganzen Seite daran entlanggeratscht.

Mühsam rappele ich mich hoch. Meine Handflächen sind aufgeschürft und brennen. Warmes Blut läuft mir durchs Gesicht und mein linkes Schienbein hinunter. Ganz toll, Turhan, ganz toll! Gebrochen habe ich mir scheinbar nichts. Ich humple zu meinem jetzt wohl schrottreifen Fiat, der sich an dem kleinen Häuschen festgekeilt hat. Keine Chance, auf der Fahrerseite einzusteigen. Die Beifahrertür ist abgeschlossen und der Schlüssel steckt ja im Zündschloss. Ich könnte durchdrehen!

Mir bleibt keine andere Wahl, ich muss den Wagen rückwärts schieben, um ihn aus seiner misslichen Lage zu befreien und die Fahrertür öffnen zu können. Meine wunden Handflächen brennen wie Feuer, als ich die eiskalte Motorhaube damit berühre. Irgendwie gelingt es mir trotz höllischer Schmerzen im Knie, die Karre so weit zurückrollen zu lassen, dass sich die linke Tür wieder öffnen lässt. Theoretisch. Durch die Wucht des Aufpralls hat sie sich im Schloss verklemmt. Die Schmerzen treiben mir Tränen in die Augen, während ich mit aller Kraft an der Türklinke reiße, bis der Verschluss endlich nachgibt und ich einsteigen kann. Kraftlos lasse ich mich auf den Sitz fallen. Mehr aus Trotz als aus der Hoffnung, dass es funktionieren würde, drehe ich den Zündschlüssel und tatsächlich springt der Motor an.

Ich weiß nicht, ob Wut oder Erleichterung der Auslöser ist und es ist mir auch scheißegal, aber ich muss heulen. Die Tränen vermischen sich in meinem Gesicht mit dem Blut aus meinen Verletzungen. Ein Blick in den Innenspiegel verrät mir, dass es mich ganz schön erwischt hat.

„Welchen Sinn macht das hier alles überhaupt?", frage ich mich, nachdem die Fahrzeugheizung die Scheiben von Eis und Dunst befreit hat und ich meine planlose Reise fortsetze. Welche Möglichkeiten habe ich denn? Wo soll ich hin? Zu meinen Eltern in die Türkei? Fliegen kann ich nicht. Am Flughafen würden sie mich sofort verhaften. Mir bleibt nur der Landweg. Und … Vor mir taucht eine Polizeiwache auf. Angesichts meiner Situation wird es das Beste sein, wenn ich mich stelle.

Ich finde keinen Parkplatz. An der nächsten Kreuzung biege ich rechts ab und stehe direkt vor einem kleinen Hotel, dessen Eingang hell erleuchtet ist. Das ändert alles. Ich kann schlafen und wer weiß, vielleicht finde ich ausgeschlafen sogar einen echten Plan.

VII

Die Empfangsdame guckt mich mitleidvoll an, als ich die Lobby betrete.

„Ich brauche bitte ein Einzelzimmer", sage ich in der Annahme, dass mich die junge Frau versteht.

„Was ist mit Ihrem Gesicht?", fragt sie mich und klingt dabei irgendwie wie Linda de Mol.

„Ich bin auf einer Eisfläche ausgerutscht", antworte ich wahrheitsgemäß.

Mareike, wie ich auf ihrem Namensschild lesen kann, schiebt mir den Block mit den Anmeldeformularen zu und deutet auf den an einer Kette schwingenden Kugelschreiber vor mir auf dem Tresen. Ich trage einfach Kadirs Daten ein. Der ist tot; nach dem sucht niemand. Im Tausch gegen das ausgefüllte Formblatt reicht mir Mareike einen Zimmerschlüssel und einen Verbandkasten.

Vor dem Badezimmerspiegel betrachte ich meine Wunden und reinige vorsichtig mein Gesicht. Meine Unterlippe hätte bestimmt genäht werden müssen. Im Bett ziehe ich mir die Decke bis über den Kopf und falle sofort in einen tiefen, traumlosen Schlaf.

VIII

Das Brummen des Staubsaugers im Nachbarzimmer weckt mich. Meine Gelenke sind steif und schmerzen wie verrückt. Besonders schlimm hat es das linke Knie getroffen, das ich kaum noch beugen kann. Mühsam schleppe ich mich ins Bad und erschrecke vor meinem eigenen Spiegelbild, das aussieht, als hätte ich gegen Apollo Creed geboxt. Das warme Wasser der Dusche tut einerseits gut, brennt aber wie Hölle an den aufgeschürften Hautstellen. Angewidert steige ich in meine Klamotten, die mit einer stinkenden Mischung aus Schweiß, Dreck, Blut und Urin angereichert sind.

Ich ziehe die Vorhänge auf und erstarre. Unten auf der Straße beschäftigt sich die Polizei mit meinem Auto. Reflexartig ziehe ich die Vorhänge wieder zu. Hoffentlich hilft meine Finte mit dem falschen Namen, sonst steht hier gleich ein schwerbewaffnetes Sondereinsatzkommando vor meiner Tür.

Auf der Straße wird es laut. Ich öffne die Gardinen einen schmalen Spalt und luge vorsichtig hindurch. Die Polizei lässt meinen Wagen abschleppen. Und jetzt? Schluss! Aus! Vorbei!

IX

Der Polizist am Eingang guckt mich völlig regungslos an, als ich das Polizeirevier mit den Worten „Ich bin der, den Sie suchen" betrete.

„Und weshalb suchen wir Sie?", fragt er in diesem unverkennbaren holländischen Akzent.

Ich bin verwirrt. Bin ich etwa an den einzigen Polizeibeamten in ganz Europa geraten, der mich nicht als Mörder meines Bruders sucht? „Wegen des Mordes, gestern Abend in Duisburg", antworte ich.

Sein Gesichtsausdruck bleibt weiter ungerührt, während er zum Hörer greift. „Es kommt jemand, bitte warten Sie einen Moment", sagt er, nachdem er das Telefonat beendet hat.

„Guten Morgen, ich bin Inspecteur de Groot", stellt sich der junge Ermittler in akzentfreiem Deutsch vor. „Wie kann die Polizei Ihnen helfen?"

„Ich bin hier, um mich zu stellen. Ich gebe auf."

Auch Inspecteur de Groot zeigt sich nicht weiter erregt. Müsste er nicht so etwas wie Triumph empfinden, dass er seinen deutschen Kollegen den flüchtigen Mordverdächtigen präsentieren kann? Aber vielleicht sind die Holländer so.

Ich begleite ihn in einen Verhörraum, wie man ihn aus dem Fernsehen kennt: ein Tisch, vier Stühle und eine große verspiegelte Glasscheibe. Ungefragt stellt er mir einen Kaffee hin und entschuldigt sich, weil er zunächst mit den Ermittlern aus Duisburg telefonieren müsse.

Nach zehn Minuten kehrt er zurück.

„So, Herr Özmen", sagt er und setzt sich mir gegenüber auf einen der freien Stühle. „Tatsächlich werden Sie von der Duisburger Polizei gesucht. Sie sind vom Tatort weggelaufen und wurden dabei von einem Zeugen beobachtet."

„Das stimmt", gebe ich kleinlaut zu.

„Es wird das Beste sein, Sie fahren zurück nach Duisburg und melden sich dort direkt bei Hauptkommissar Berger." Er schiebt mir einen Notizzettel zu. „Ich habe Ihnen die Adresse und seine Telefonnummer aufgeschrieben."

Ich starre ungläubig auf das kleine Stück Papier. „Sie lassen mich einfach so wieder gehen?"

„Ja, natürlich. Es existiert kein internationaler Haftbefehl gegen Sie und Sie sind doch ein vernünftiger Mann.“

„Aber mein Auto.“

„Was ist mit Ihrem Auto?“

„Das haben Sie doch beschlagnahmt.“

„So? Haben wir das?“

Ich erzähle de Groot, was ich aus meinem Hotelzimmer beobachtet habe, und gebe ihm die Daten meines Wagens. Wieder verlässt er kurz den Raum, um zu telefonieren.

„Ihr Fahrzeug war im Halteverbot geparkt. Deshalb ist es abgeschleppt worden.“ Er schiebt mir einen zweiten Notizzettel zu: „Hier können Sie das Auto abholen. Die Strafe müssen Sie direkt vor Ort bezahlen.“

X

Einhundertfünfundneunzig Euro und zwanzig Cent musste ich an der Kasse der Fahrzeugverwahrstelle bezahlen, um meinen Fiat zurückzubekommen. Weitere achtzehn Euro durfte ich für das Taxi berappen. Ein teurer Spaß. Aber dass mich die Holländer einfach so wieder haben gehen lassen … Die denken sich bestimmt: „Nicht mein Zoo, nicht meine Affen.“

Ich will gerade auf die Autobahn Richtung Deutschland auffahren, als mir klar wird, dass, wenn die Holländer mich gar nicht suchen, ich einfach zum Flughafen fahren und in die Türkei verschwinden kann. Nächstes Ziel: Amsterdam.

Der Check-in für den Flug nach Antalya, der in gut zwei Stunden abhebt, verläuft reibungslos. Bei der Ausweiskontrolle bin ich kurz noch mal ins Schwitzen geraten, aber tatsächlich wird außerhalb von Deutschland scheinbar nicht nach mir gefahndet. Im Duty-free-Shop verkaufen sie die deutsche Bild-Zeitung. Schon von Weitem erkenne ich den weißen Transporter meines Bruders auf der Titelseite. Ich kaufe eine Ausgabe und stecke sie ein. Erst als das Flugzeug in der Luft ist, traue ich mich, die Zeitung herauszuholen und den Artikel zu lesen. Mein Blick fällt als Erstes auf eine der dicken Zwischenüberschriften: „Bruder des Opfers vom Tatort flüchtig“. Da stand es nun schwarz auf weiß: Sie suchen mich als

Mörder meines eigenen Bruders. Dann die nächste, fett gedruckte Zeile: „Täter stellte sich unmittelbar nach der Tat". Ich muss den Satz zweimal lesen und verstehe ihn noch immer nicht. Ich beginne mitten im Artikel zu lesen: „… hielt sich auch der Bruder des Opfers, der 38-jährige Turhan Ö., am Tatort auf und wird von der Polizei als wichtiger Zeuge gesucht." Als Zeuge? Hastig lese ich weiter: „… nach den tödlichen Schüssen auf seinen Schwager stellte sich der 32-jährige Kemal Y. in einer nahe gelegenen Teestube. Als Motiv gab er an, dass seine Schwester immer wieder von ihrem Ehemann brutal misshandelt worden sei und er dem ein Ende habe bereiten wollen. Das sei Familiensache."

Ursula Sternberg

Stickum

Roswita M., Mutter

Mein Timmy, das ist kein schlechter Junge, wirklich nicht. Ein bisschen unbedarft, das vielleicht schon. Er hatte immer so viele Ideen. Die Sache mit dem Baumhaus hat er halt nicht so richtig hinbekommen. Als da dieser Sturm kam und die kleine Ulla von den Schalkes gerade da unter dem Baum her nach Hause gelaufen ist, als das Ding runtergekracht ist, das war einfach Pech. Gott sei Dank ist nichts passiert, nur ein paar Kratzer hat sie abbekommen, die Ulla, mehr nicht. Aber da konnte der Timmy doch nichts dafür!

Gut, dieser Staudamm in der Köttelbecke hinter den Häusern … also, wie sollte er das denn ahnen, dass das gleich die ganze Ableitung aus der Nummer 5 nebenan so übel verstopfen würde? Aber das lag bestimmt nur daran, dass die Kerners immer die Kinderwindeln ins Klo geworfen haben, da könnte ich drum wetten. Windeln ins Klo, so was macht man doch nicht!

Der Timmy war halt manchmal etwas unüberlegt. Natürlich hätte er für das Zelt nicht die Bettlaken von der Gisela Hörder nehmen dürfen, die draußen zum Trocknen gehangen haben. Ich musste die in die chemische Reinigung geben, sonst hätte die Gisela kein Wort mehr mit uns geredet. Aber dazu hat ihn der Stefan von nebenan angestachelt, hat Timmy gesagt. Bös war das auf jeden Fall nicht gemeint, wirklich nicht. Jungs halt, die denken sich einfach nichts dabei, das ist doch normal. Der Timmy, der ließ sich einfach viel zu leicht überreden, so war das.

Nichts als Flausen, hat mein Jakob gesagt, und dass man die dem Jungen austreiben muss. Aber der Timmy hatte einfach nur zu viel im Kopf. Er ließ sich zu schnell ablenken und schon war er wieder an was anderem dran. Nur deshalb hat er bestimmt den kleinen Dackel von der alten Stratmann in der Stadt vergessen, als er mit ihm Gassi war. Das war doch keine Absicht!

Das hat der Jakob nicht so richtig verstehen können. Unser Sohnemann, der kommt schon wieder so ganz stickum daher, der hat bestimmt wieder was ausgefressen, hat der Josef immer gesagt. Ein bisschen hart war er manchmal schon. Ich war nicht einverstanden damit, dass er den Gürtel genommen hat. Aber er wollte nur das Beste für unseren Jungen, das müssen Sie mir glauben. Jetzt ist er schon über fünfundzwanzig Jahre tot, Gott sei seiner Seele gnädig.

Eigentlich ist Timmy ein ganz Lieber. Nie vergisst er meinen Geburtstag, auch nicht den Muttertag. Immer einen Strauß Blumen und meine Lieblingspralinen. Weinbrandbohnen. Heute darf ich die ja nicht mehr … Aber trotzdem, er denkt immer daran. Ein wirklich Lieber, das ist er, der Timmy.

Nein, faul war er nicht. Er war in der Schule halt manchmal etwas überfordert. Das lag aber an dem Dr. Blasius. Mathe, Physik und Englisch. Der hatte ihn einfach auf dem Kieker. Getriezt hat er den Timmy, wo er nur konnte. Wenn man Angst hat, gibt's doch eine Blockade im Kopf, das ist doch klar. Das habe ich dem Josef auch gesagt, wenn der Timmy wieder mit einer schlechten Note heimgekommen ist. Josef, habe ich gesagt, sei nicht so hart mit dem Jungen. Der wird schikaniert von seinem Lehrer, das blockiert das Gehirn. Denn in Deutsch, da war Timmy richtig gut. Er liest auch heute noch viel, so richtig dicke Wälzer, und kann sich so gut ausdrücken, ganz höflich und gebildet irgendwie. Kein Wunder, dass er mit den älteren Herrschaften so gut klarkommt. Die Deutschlehrerin war nicht so wie der Dr. Blasius. Es hängt so viel an den Lehrern, das hat der Timmy immer gesagt. Der Josef hat das für eine faule Ausrede gehalten. Ich denke aber, damit hatte Timmy recht, also, dass viel an den Lehrern hängt. Josef hätte ihn nicht so unter Druck setzen dürfen. Aber er hat es doch nur gut gemeint. Trotzdem frage ich mich jetzt, ob das vielleicht nicht passiert wäre, wenn der Josef mehr Verständnis gehabt hätte. Der ist doch kein schlechter Mensch, der Timmy!

Norbert W., Bruder
Mit Tim habe ich nicht mehr viel zu tun. Zu Weihnachten, zu Mutters Geburtstag, aber selbst das nicht mehr in den letzten Jahren. Warum? Ganz ehrlich? Er hat sein Leben lang nichts richtig auf die Kette ge-

kriegt. Es ist hart, so etwas über den eigenen Bruder zu sagen, aber ... irgendwie ist er ziemlich asozial. Wie oft er mich angepumpt hat, und immer diese Versprechungen, dass ich es bald zurückbekommen würde. Es hat lange gedauert, bis ich begriffen habe, dass man ihm einfach nichts leihen darf.

Als ich in meine erste eigene Wohnung gezogen bin, habe ich den Kontakt zu Tim nicht gerade gesucht, aber ... Blut ist nun mal dicker als Wasser, wie es so schön blöd heißt. Da ist aber was dran. Ich habe es nie übers Herz gebracht, ihn wegzuschicken, wenn er bei mir aufgekreuzt ist. Später schon gar nicht, als seine Freundin ihn rausgeschmissen hatte. Ich meine, Tim ist doch mein Bruder!

Er hat mir immer ein wenig leidgetan. Dabei war er wirklich gut zu haben. Witzig und intelligent, ohne sich aufzudrängen. Aber den Ärger, den hat Timmy angezogen wie ein Misthaufen die Fliegen. Ich sollte so etwas nicht sagen, es ist aber trotzdem wahr. So viel Scheiße kann man sich echt nicht ausdenken, wie Timmy sie in unserer Kindheit gebaut hat, ganz stickum, wie unser Vater immer gesagt hat. Manchmal habe ich den Kopf für Tim hingehalten, weil ich nicht wollte, dass er schon wieder mit Vater aneinandergerät.

Später hat sich das nahtlos fortgesetzt. Wie oft Tim den Job gewechselt hat! Alles nichts Schwieriges, alles Aushilfsjobs, aber spätestens nach einem halben Jahr war wieder Schicht. Irgendwas war immer. Nur bei der Altenpflege, da ist er tatsächlich drangeblieben. Das hätte ich nicht gedacht.

Frank L., Freund
Tim habe ich Ende der 1980er in Micha's Kännchen kennengelernt. Micha's Kännchen? Das war der Laden, wo man auch morgens um sechs noch was bekommen konnte. Da trafen sich alle, die sich die Nacht um die Ohren geschlagen haben: Bordsteinschwalben, Nachtschichtler, Polizisten und Sanitäter nach dem Dienst ... Und die, die noch nicht genug hatten, letzter Absacker, wenn es in der Disko zu abgefuckt wurde. Eine Bude direkt neben den Gleisen am Hauptbahnhof, eine echte Institution war das. Auf jeden Fall hatten wir uns da festgequatscht, Tim und ich, bis die im Kännchen dann endgültig Feierabend gemacht haben.

Es hat Spaß gemacht, mit ihm um die Häuser zu ziehen. Damals waren wir beide noch solo, gerade mal Anfang zwanzig. Ich habe Maschinenbau studiert, Tim BWL. Aber mit dem Studium ist er nicht klargekommen. Er hat sich immer vor den Prüfungen gefürchtet, gedacht, er sei nicht gut genug. Dabei kann er wirklich toll erklären. Reden, aber auch zuhören. Ich denke, er hätte besser Sozialarbeit oder Pädagogik studieren sollen, bestimmt wäre er ein super Lehrer geworden. Mir hat er einmal erzählt, dass er das mit dem Studium nur für seinen Vater gemacht hat, um ihm zu beweisen, dass er das schafft, dass er das draufhat.

Das mit seinem Vater, das war schon seltsam, das steckte tief in ihm drin. Dass er nicht gut genug wäre, er nichts zu Ende bringen könne … das hängt alles mit seinem Alten zusammen. Ich habe das damals überhaupt nicht kapiert. Warum der ganze Zirkus, wenn Tim gar nicht studieren wollte? Hey, sein Vater war Bergmann, also, ich mein ja nur: So besonders intellektuell ist das ja nun nicht gerade. Ich habe nie verstanden, warum Tim gedacht hat, er müsse seinem Vater dauernd etwas beweisen. Aber da steckt man einfach nicht drin.

Als sein Vater gestorben ist, irgendein Autounfall, da hat Tim sofort die Uni geschmissen und eine Ausbildung als Bankangestellter begonnen. Ich habe ihm nicht reingeredet, aber schade fand ich das schon. Tim kann wirklich gut mit Menschen. Er hat so eine Art … fröhlich, intensiv, aber nicht aufdringlich, sondern eher still und leise. Obwohl, er konnte schon ganz schön zwischen den Themen hin und her springen, es war oft gar nicht so einfach, seinen Gedankensprüngen zu folgen. Trotzdem war Tiefsinn dahinter, falls Sie verstehen, was ich meine. Ich dachte, dass er schon wissen wird, was er tut, obwohl ich ihn mir am Schalter einer Sparkasse nicht wirklich vorstellen konnte. Wir haben uns dann eine ganze Weile lang aus den Augen verloren. Meine erste große Liebe, zusammenziehen, erstes Kind, dann das zweite. Wie das nun mal so läuft. Ab und zu haben wir telefoniert.

Dann, Jahre später, die Kinder waren da schon auf dem Gymnasium, haben wir uns auch mal wieder verabredet. Da hatte Tim gerade eine Umschulung in die IT-Branche abgebrochen. Damals habe ich begriffen, dass Tim scheinbar wirklich nichts richtig zu Ende bringen konnte. Nicht weil er dumm war, sondern er schaffte das einfach nicht. Als wäre da eine Blockade in ihm, sobald es auf die Prüfung zuging.

Er hat sich mit Gelegenheitsjobs über Wasser gehalten, Callcenter, Kassierer, Fahrdienste … Aber so richtig lange ist er nie bei einem Job geblieben. Warum, weiß ich nicht, darüber hat er nicht geredet. Irgendwann, da war er schon weit über vierzig, hat er sich zum Altenpfleger umschulen lassen. Da ist er tatsächlich drangeblieben und hat den Abschluss gemacht. Ich sag ja, dass ihm das gelegen hat, so was Praktisches, was mit Menschen. Allerdings hat es noch etwas gedauert, bis er dann in einem Pflegeheim angefangen hat. Vermutlich lag das daran, dass ihn seine Freundin endgültig rausgeschmissen hatte, die Ellen. Ich hätte nie gedacht, dass sie ihn wirklich mal vor die Tür setzen würde. Hat sie aber. Den Grund weiß ich nicht so genau. Jetzt, wo Sie so nachfragen, fällt mir auf, dass Tim eigentlich nie viel von sich erzählt hat. Er konnte einem die Backe voll quatschen, wusste wirklich interessantes Zeug zu erzählen, aber bei sich selbst, da hat er immer abgeblockt. Ich hab's echt nicht gemerkt, dass er so wenig von sich preisgegeben hat. Dabei habe ich ihm immer viel von mir erzählt, während der Scheidung sowieso, da ging es mir eine ganze Weile nicht gut. Tim hatte immer ein offenes Ohr für mich.

Wollen Sie mir nicht endlich mal sagen, warum Sie das alles wissen wollen?

Ellen P., Ex-Lebensgefährtin

Ach, Mensch, der Tim. Wir hatten viele gute Jahre zusammen! Am Anfang, da war alles so leichtgängig. Es war, als würden wir schweben. Wie ein Luftballon, ganz mühelos. Tim ist bei mir eingezogen und wir haben es uns richtig schön gemacht. Ich habe noch nie so viel gelacht wie in diesen ersten Jahren. Das blieb natürlich nicht so, aber das ist ja auch normal. Ich meine, ich habe immer Vollzeit gearbeitet und mein Beruf ist körperlich ziemlich anstrengend. Was ich mache? Ich bin Physiotherapeutin. Unsere Praxis arbeitet eng mit Pflegeheimen zusammen. Neben dem Praxisbetrieb machen wir deshalb auch viele Hausbesuche, da kriegt man schon so einiges Elend zu sehen, das nimmt man gedanklich mit nach Hause. Der Job wurde im Laufe der Jahre immer stressiger, dünnere Personaldecke, und wenn ein Kollege mal krank ist, versuchen wir trotzdem, so wenig wie möglich an Stunden ausfallen zu lassen. Also Überstunden. Das ist im Laufe der Jahre ziemlich heftig geworden. Und dazu dieser immer nervigere Verkehr! Wenn einer so viel und so hart arbeitet und der andere nicht, dann ist das irgendwie … Der eine ist permanent gestresst und kaputt und der andere eben nicht. Klar, Tim hat eingekauft und sich im Haushalt um viel gekümmert. Aber eine Putzfrau hatten wir trotzdem und gekocht habe ich. Er hatte keine Lust, das zu lernen.

Doch, gearbeitet hat er schon, aber eben nie so richtig viel. Das war auf Dauer etwas schwierig, ich habe ja die Wohnung bezahlt und unsere Urlaube und so dies und das sonst noch, wenn er knapp bei Kasse war. Ich habe das nie thematisiert, aber wirklich in Ordnung war das dann irgendwann auch nicht mehr für mich. So im Nachhinein denke ich, dass Tim sich durch dieses Ungleichgewicht zwischen uns vielleicht irgendwie nicht so vollwertig gefühlt hat, ohne dass er das für sich hätte formulieren können.

Manchmal hat er mich im Pflegeheim abgeholt. Da ist mir aufgefallen, dass er richtig gut mit alten Menschen kann. Sie sind regelrecht aufgeblüht, wenn er aufgetaucht ist, Männer wie Frauen. Er hat sie zum Lachen gebracht und ihnen das Gefühl gegeben, etwas Besonderes zu sein. Also habe ich ihn zu einer Umschulung zum Altenpfleger überredet. Da war er bestimmt schon vierzig oder sogar noch älter, ich weiß es nicht mehr. In dieser Zeit lief es wieder richtig gut zwischen uns. Obwohl ihn die Umschulung angestrengt hat, hat er sie durchgezogen. Aber danach war dann wieder Funkstille. Vom Arbeitsamt gab's etliche Angebote, er hatte auch einige Vorstellungsgespräche. Ein paar Stellen, die er hätte haben können, hat er abgelehnt. Fadenscheinige Begründungen: Heimleitung doof … Ungutes Gefühl … Bezahlung indiskutabel … Anfahrt zu weit … so was eben. Schließlich habe ich ihn rausgeschmissen. Seitdem habe ich nichts mehr von ihm gehört.

Entsetzlich, was da passiert ist. Ich kann es immer noch nicht glauben!

Roswita W., Mutter

Diese Monika war mir von Anfang an nicht geheuer. Hat immer so fein getan, als wäre sie was Besseres. Bestimmt hat sie ihm auch diesen Floh ins Ohr gesetzt, dass er sich Timo nennen soll. Von sich aus wäre er doch nie auf diese Idee gekommen. Also, dass er als erwachsener Mann lieber Tim genannt werden möchte als Timmy, das kann ich ja noch verstehen.

Aber Timo? Was soll das denn? Ich habe mich jedenfalls geweigert, ihn so zu nennen!

Die Monika, die hat ihm nicht gutgetan. Lang hat er sie ja noch nicht gekannt, ein paar Jahre erst, sie haben sich bei der Arbeit kennengelernt, im Altenheim. Ich war nicht begeistert, dass sie heiraten wollten. Obwohl, es war schon eine schöne Feier. Klein, aber fein. Viele waren nicht da, nur die engste Familie. Aber Norbert ist nicht gekommen. Das fand ich sehr traurig, sein eigener Bruder!

Wissen Sie, die Monika, die hat so was im Blick, so was Berechnendes. Als würde sie abschätzen, wie nützlich man für sie sein kann. Dabei tut die immer so freundlich. Ich bin mir sicher, dass sie ihn dazu angestiftet hat. Von sich aus wäre Timmy doch nie auf diese … mein Gott, das ist so schrecklich!

Monika W., Ehefrau

Ich verweigere die Aussage.

Norbert W., Bruder

Nein, Tims Frau kenne ich nicht. Tim hat sie erst kennengelernt, da haben wir schon ein, zwei Jahre in Hamburg gewohnt. Ziemlich kurz nach unserem Umzug stand er dort auch plötzlich mal vor der Tür, also in Hamburg. Aber meine Frau hat ihn nicht reingelassen. Erst war ich ein bisschen sauer auf sie, aber … Kleiner Finger, ganzer Arm, so hat sie es begründet, und dass sie nicht wolle, dass er sich wieder wochenlang bei uns einnistet wie damals, als Ellen sich von ihm getrennt hatte. So hart wie meine Frau hätte ich nicht sein können, aber es war richtig, einen Cut zu machen. In Essen haben wir das nicht geschafft. Jetzt bin ich ihr dankbar dafür. Als ich gehört habe, dass er im Dienst angefangen hat, die alten Leutchen zu bescheißen und sich Geld von ihnen zu leihen, ist mir endgültig die Hutschnur geplatzt. Ich habe ihn angerufen und ihm gesagt, dass ich mit ihm nichts mehr zu tun haben will, nie mehr, und ich habe ihm gedroht, ich würde ihn anzeigen, wenn er Mutter noch mal anpumpen würde.

Danach habe ich mehrfach versucht, mit Mutter zu reden, aber sie wollte das einfach nicht glauben. Das mit der Abzocke im Altenheim, das sei ein Missverständnis, da wolle ihn bloß jemand anschwärzen. Sie hat ihn wie immer in Schutz genommen und wie immer waren es die anderen. Und trotzdem: Leichtgefallen ist es mir nicht, den Kontakt zu ihm so radikal abzubrechen.

Ich war überrascht, als ich gehört habe, dass Tim nach Essen-Stadtwald gezogen ist. Das ist ein teures Pflaster dort und Mutter hat mir erzählt, dass die Wohnung nicht gerade klein sei, die sie da angemietet hätten. Ein netter Vermieter, hat Mutter gesagt. Ich habe gedacht, dass Tim mit seiner neuen Frau ja Glück zu haben scheint. Dass sie vielleicht Geld mit in die Beziehung bringt. Nachgefragt habe ich allerdings nicht.

Aber das hier? Ich kann nicht glauben, dass er wirklich … Mensch, der Timmy doch nicht, mein kleiner Bruder. Doch nicht so was!

Anette L., Nachbarin

Monika und Timo W. sind Anfang 2016 bei unserem Nachbarn Gerhard in die Erdgeschosswohnung eingezogen, knapp neun Monate ist das nun her. Gerhard hatte sich endlich dazu durchgerungen, diese Wohnung, die seit dem Tod seiner Mutter zwei Jahre zuvor leer gestanden hat, zu vermieten. Ich weiß noch, wie er aufgelebt ist, nachdem er sich zu diesem Schritt entschieden hatte. Und noch mehr hat er sich gefreut, ein so nettes, ruhiges Paar als Mieter gefunden zu haben, zumal die beiden als Altenpfleger gearbeitet haben. Man weiß ja nie, hat Gerhard gelacht. Ich bin ja mit meinen fünfundsiebzig Jahren nicht mehr der Jüngste. Zum ersten Mal seit dem Tod seiner Mutter, die er über Jahre hinweg liebevoll gepflegt hatte, habe ich ihn wieder fröhlich erlebt, vorher war er eher depressiv gewesen und hatte sich deutlich zurückgezogen.

Mich hat es schon gewundert, dass sich zwei Pflegekräfte diese Wohnung leisten können. Aber ich habe vermutet, dass Gerhard sie vielleicht sehr günstig vermietet hat, um nicht mehr allein zu sein, oder dass die beiden vielleicht etwas geerbt hatten. Immerhin waren sie höflich und freundlich, und Gerhard ging es spürbar besser. Also habe ich nicht weiter drüber nachgedacht.

Ein paar Monate später wirkte Gerhard allerdings wieder ziemlich bedrückt. Und dann habe ich mitbekommen, wie er sich mit seinem Mieter gestritten hat. Ich hatte im Garten gearbeitet und das Fenster im Nachbarhaus war auf Kipp gestellt. Nein, ich weiß nicht, worum es in diesem Streit gegangen ist. Auf jeden Fall wirkte Gerhard danach sehr bedrückt. Als ich ihn gefragt habe, was los gewesen sei, hat er nur abgewunken. Das hat mich nicht gewundert, er hat ja ohnehin nie viel geredet. Trotzdem habe ich gespürt, dass da etwas nicht stimmt. Als es ein paar Tage später wieder losging, habe ich nicht diskret weggehört, wie man das sonst so macht, sondern ich bin näher ran gegangen. Ich wollte doch nur – also, ich habe doch gesehen, dass Gerhard etwas auf der Seele gelastet hat!

Es ging um Geld. Gerhard wollte die Miete für den letzten Monat haben und bestand darauf, dass auch die vereinbarte Kaution endlich überwiesen werden solle. Timo W. hat versucht, ihn zu vertrösten, und ist dabei ziemlich hitzig geworden. Ich war überrascht, Timo W. war sonst immer so still und leise. Aber er scheint ein aufbrausender Mensch zu sein, einer, der sich nicht beherrschen kann.

Eine Zeitlang habe ich nichts mehr gehört. Dann ist mir allerdings bewusst geworden, dass ich Gerhard schon länger nicht mehr gesehen hatte, bestimmt sechs, sieben Wochen nicht mehr. Ich habe dann Timo W. nach Gerhard gefragt. Der sagte, es sei alles in Ordnung, ich brauchte mir keine Sorgen zu machen, Gerhard sei verreist. Ohne mir als Nachbarin Bescheid zu geben? Das hat er doch sonst immer gemacht, wenn er verreisen wollte! Außerdem stand sein Auto vor der Garage. Sonst hatte er den Wagen immer in die Garage gestellt, wenn er ohne Auto verreist war. Eine Woche später war das Fahrzeug dann weg. Ich habe ein paar Mal bei Gerhard angeklingelt, aber er hat nicht geöffnet. Da bin ich dann zur Polizei gegangen und habe eine Vermisstenanzeige aufgegeben.

Aber nie hätte ich gedacht, dass …

Monika W., Ehefrau
Ich verweigere die Aussage.

Martin F., Sparkassenfilialleiter
Gerhard S. war seit den 1990er Jahren Kunde bei uns, seine Mutter noch viel länger. Anfangs war ich noch sein Sachbearbeiter. Später dann, als ich die Filialleitung übernommen habe, hatte ich nicht mehr so viel mit Herrn S. zu tun, erst wieder, als seine Mutter ihm Vollmachten für ihre

Konten erteilt hatte. Da haben wir uns zusammengesetzt, gerade noch rechtzeitig war das gewesen, denn kurz darauf ist seine Mutter verstorben.

Aufmerksam geworden bin ich vor ein paar Monaten, als höhere Bargeldsummen von Gerhard S.' Konto abgehoben worden sind. Wie so etwas genau auffällt? Nun ja, unsere Software hat da gewisse Kontrollmechanismen. Sie registriert ungewöhnlich hohe Abbuchungen. Und ich kontrolliere solche Softwaremeldungen, so einfach ist das. Nein, das kommt nicht so häufig vor. Für größere Transaktionen muss der Kunde ja ohnehin persönlich zur Bank kommen. Autokauf ist so ein Thema oder das Umlagern größerer Summen von einem Sparkonto auf ein Girokonto. Natürlich geht heute viel mehr online. Aber da ist das Handy-TAN-Verfahren beim Onlinebanking als größtmögliche Sicherheit zwischengeschaltet.

Unsere Software reagiert auf jeden Fall grundsätzlich bei regelmäßigen hohen Kontenbewegungen. Und wenn die Software warnt, kontrolliere ich. Auffällig waren drei kurz hintereinander erfolgte Abbuchungen von Gerhard S.' Konto, immer der höchstmögliche Betrag und an unterschiedlichen Bankautomaten der Stadt. Dazu ein weiterer Versuch, der vom System abgebrochen worden war. Wieder ein anderer Geldautomat in der Stadt, wieder der Höchstbetrag, doch der letzte Zugriff auf das Girokonto lag noch keine vierundzwanzig Stunden zurück, weshalb ein systemseitiger Abbruch dieser Transaktion erfolgte.

Da habe ich in Abstimmung mit meinen Vorgesetzten die Polizei eingeschaltet.

Monika W., Ehefrau
Ich verweigere die Aussage.

Arno H., Kriminalhauptkommissar Polizei Essen
Zunächst gingen wir von einem Unfall oder einem Suizid aus. Gerhard S. war von der Nachbarin als Mann beschrieben worden, der regelmäßig lange Spaziergänge in den weitläufigen Waldgebieten des Essener Südens gemacht hat. Die Nachbarin beschrieb ihn seit dem Tod seiner Mutter außerdem als depressiv. Ein Blick durch das schmale Oberlicht der Garage bestätigte, dass der Wagen von Gerhard S. nicht dort abgestellt war. Die

Wohnung von Gerhard S. wurde geöffnet, aber Gerhard S. befand sich nicht dort. Eine größer angelegte Suchaktion im Stadtwald rund um den Wohnsitz des fünfundsiebzigjährigen Rentners blieb ohne Ergebnis.

Die Mieter der Erdgeschosswohnung Monika und Tim W. wurden wiederholt nicht angetroffen. Sie wurden schriftlich gebeten, sich mit der Polizei in Verbindung zu setzen, was sie zwei Wochen nach Abschluss der ersten Suchaktion auch taten. Sie gaben an, dass sie auf Hochzeitsreise in den Niederlanden gewesen seien, und konnten weder zum Verbleib von Gerhard S. noch dem seines Autos etwas sagen.

Erst als die Sparkasse Essen sich meldete und von den ungewöhnlichen Kontenbewegungen berichtete, kam die Sache ins Rollen. Innerhalb von zweieinhalb Wochen waren siebzehntausend Euro vom Konto von Gerhard S. abgehoben worden. Gemeinsam mit dem Filialleiter Martin F. sichteten wir die Aufnahmen der Videoüberwachungen der betroffenen Geldautomaten. Bei drei von vier Aufnahmen konnte die Person zweifelsfrei als Tim W. identifiziert werden. Bei der vierten Aufnahme ist die Person nur verschwommen von hinten erfasst. Sie ist kleiner als Tim W. und von Gang und Statur her eher weiblich. Wir nahmen an, dass es sich hierbei um Monika W. handelte.

Bei der darauf folgenden gründlichen Durchsuchung der Wohnung von Gerhard S. wurde ein Testament gefunden, in dem Gerhard S. sein Haus an Monika und Tim W. vererbte, den einzigen Menschen, die in den letzten Jahren gut zu ihm gewesen seien. Die Unterschrift unter diesem Dokument erwies sich als gefälscht. Daraufhin haben wir Haus und Grundstück gründlich durchsucht. Ein Spürhund entdeckte schließlich die Leiche von Gerhard S. in einer Regentonne, die im Garten vergraben war. Die Obduktion ergab stumpfe Gewalteinwirkung durch eine Eisenstange sowie Tod durch Erwürgen.

Monika und Tim W. wurden verhaftet und des mehrfachen Betrugs sowie des Mordes an Gerhard S. angeklagt. Tim W. gab zu, dass er von Anfang an das Ziel verfolgt hatte, sich des Hauses von Gerhard S. zu bemächtigen. Schon bald nach dem Einzug in die neue Wohnung hätte er des Öfteren heimlich die Girocard von Gerhard S. entwendet und kleinere Beträge von dessen Konto abgehoben. Das sei zunächst nicht aufgefallen. Gerhard S. hätte ihn dann jedoch wegen der ausbleibenden

Miete mehrfach verbal attackiert und sei schließlich im Keller des Hauses sogar handgreiflich geworden. Da sei er ausgerastet und hätte sich gewehrt. Er habe einfach rotgesehen und das Nächste gegriffen, das ihm in die Hände gekommen sei: ein Eisenrohr. Damit habe er mehrfach auf den Rentner eingeschlagen und ihn schließlich gewürgt. Es sei ein Unfall gewesen. Den Toten habe er daraufhin in eine Regentonne gesteckt, die er anschließend im Garten vergraben hätte.

In den nachfolgenden Wochen habe Tim W. mehrfach größere Beträge vom Konto des getöteten Vermieters abgehoben. Auch habe er das Fahrzeug des Vermieters verkaufen können, weil sich der Fahrzeugbrief im Handschuhfach des Wagens befand. Immer wieder beteuerte Tim W., dass er den Tod von Gerhard S. nicht beabsichtigt habe, sondern in Panik geraten sei. Seine Frau habe von alldem nichts gewusst.

Landgericht Essen, Mai 2017

Tim W. wurde wegen Betrugs und Mord aus niederen Beweggründen zu einer Freiheitsstrafe von vierzehn Jahren verurteilt. Seine Ehefrau Monika W. wurde aus Mangel an Beweisen freigesprochen.

Gesine Schulz

Cruel Summer ♫

Behutsam räumte Ari die Spülmaschine ein. Leise, leise. Papa hatte diese Woche Frühschicht und sich gerade erst hingelegt. Durchs offene Fenster sah sie Jakob vor der weit offen stehenden Schuppentür, einen Fuß nach vorn gesetzt, ganz aufs Training konzentriert.

Ein paar Minuten guckte sie ihm zu. *Wuuuusch!*... und *tock!* Und noch einmal flog die Wurf-Axt. Aus dem zweiten Stock des Vorderhauses schaute Herr Lewandowski zu, wie immer auf sein dickes Fensterkissen gestützt.

Keine vier Wochen mehr bis zur Gelsenkirchener Jugendmeisterschaft. Mit seinem Sieg in der Stadtteil-Liga hatte Jakob sich für die Teilnahme qualifiziert. Er hoffte, den Titel in der M-U18-Klasse zu holen. Ari hoffte es mit ihm. Papa natürlich auch.

Eine Brise raschelte durch die Blätter der jungen Birke, die vor der bröckelnden Ziegelmauer wuchs. Im Nachbarhof blähten sich Laken. Lila Rispen vom Schmetterlingsflieder nickten herüber. Sommerduft wehte in die kleine Küche. Zeit, sich umzuziehen.

Ari stand vor dem geöffneten Kleiderschrank und summte vor sich hin. Das neue blau gestreifte Top, klar. Der Glücksfund auf dem Flohmarkt in Ückendorf letztes Wochenende. Mila hatte das Teil entdeckt. Wenn es um Klamotten ging, hatte sie diesen Laserblick. Ein Euro nur und fast identisch mit dem von Mila. „Made in Bangladesh", nicht in France, aber kaum voneinander zu unterscheiden. Den kleinen Riss an der Schulter hatte Ari mit feinen Stichen gestopft.

Okay. Rock oder Hose?

Die Jeans-Shorts sähen zum Top am coolsten aus, doch die waren für die Bedienung im Eiscafé tabu, da war die Chefin streng und ihren Samstagsjob würde Ari nicht gefährden, natürlich nicht. Sie hatte erst knapp drei Viertel von dem Geld zusammen, das Mila ihr für das Konzertticket geliehen hatte. Na, das Ende war nah. Der Hitzesommer sorgte für einen Besucherrekord im Café. Besonders, seitdem der WDR über die neuen

Eiskreationen berichtet hatte. In zwei, drei Wochen würde sie ihre Schulden abbezahlt haben.

Sie griff nach dem blassblauen Sommerrock, der so weich um ihre Waden strich, wenn sie über die heute sicher wieder gut gefüllte Terrasse eilte und sich an den Tischen vorbeischlängelte.

Ari streifte ein paar Freundschaftsarmbänder über, vier rechts, fünf links. Rasch die Haare hochgezwirbelt und festgesteckt, weiße Söckchen an, Sneakers, fertig!

Leise zog sie die Haustür hinter sich zu und trat in den Hof.

Herr Lewandowski winkte ihr zu. „Na, Ariana, auf zur Maloche?"

Jakobs gepresstes *Ah!*, gefolgt vom vertrauten *Wuuuusch!*, ließ beide zum Schuppen blicken.

„Fuck!", rief Jakob. „Haarscharf daneben."

„Verdorri nochmal!" Herr Lewandowski schnalzte mit der Zunge. „Wir haben dich abgelenkt, Junge."

„Darf keine Rolle spielen." Jakob verschwand ins Innere des Schuppens. Mit der Wurf-Axt in der Hand kam er heraus und nickte Ari zu. „Bis später, Sis." Er wandte sich wieder der Zielscheibe zu, die an der Rückwand hing.

Ari öffnete das Fahrradschloss und schob ihr Rad durch den Torbogen auf den Bürgersteig. Kaum saß sie im Sattel, vibrierte das Handy.

„Hi, Mila, ist gerade ungünstig. Bin auf dem Weg zum –"

„Nein, Ari, warte! Das Neuste! Voll krass! Als ich gerade zum Tennisclub ging, habe ich Fabienne getroffen. Sie wollte nebenan Hockey spielen. Mit einem *pinken* Schläger, stell dir das mal vor. Anyway, sie war völlig fertig: Isabell ist vom Pferd gefallen."

„Na und? Tut sie doch öfter. Und jetzt fällt die ganze Clique in Ohnmacht, oder was?"

„Gut möglich." Mila kicherte. „Nein, diesmal hat sie sich den Knöchel gebrochen. Irgendwie kompliziert. Sie liegt auf Sylt im Krankenhaus. Sie waren ja gleich Freitag nach der Schule hochgefahren."

„Gebrochen? Was für'n Pech, so in den Ferien. Du, Mila, ich muss jetzt wirklich los. Sonst –"

„Ari, stopp! Sie muss wahrscheinlich vierzehn Tage drinbleiben, sagt Fabienne. Was bedeutet, dass Isabell Fabiennes Sommerparty verpassen wird."

„Mir kommen echt die Tränen." Der Hype um die Tea-Partys, zu denen Fabienne dreimal im Jahr ihre zwölf Besties einlud, hatte Ari bisher immer relativ kaltgelassen. Doch als das Motto der diesjährigen Sommerparty bekannt wurde, hatte sie zum ersten Mal Neid verspürt. Eine Taylor-Swift-Mottoparty! An einem Dreizehnten! Nur ein paar Tage vor ihren Konzerten auf Schalke – wie mega war das denn? Je mehr Einzelheiten Fabienne hatte durchsickern lassen, umso heftiger wünschte Ari sich, diesmal dabei sein zu dürfen. Sie hatte sogar überlegt, sich an das Bauernhof-Café anzuschleichen, um durch ein Fenster beobachten zu können, was da ablief.

„Ari, hör doch mal zu! Weil sie ohne Isabell nur zwölf sein würden, hat Fabienne – "

Ari schloss kurz die Augen. „Da hat sie dich eingeladen, ja?" Sie versuchte, munter zu klingen.

„Na ja. Zuerst. Spontan. Da hatte sie das mit Isabell eben erst erfahren. Aber ich hab behauptet, Samstag hätte ich schon was vor. Diese Partys interessieren mich ja null. Jetzt will sie die Ersatzeinladung in der Klasse verlosen."

„Oh, wow! Verlosen? WOW …!"

Mila lachte. „Jetzt krieg keine Schnappatmung. Hol mal tief Luft, Girl."

„Ja, ja. Schon dabei. Danke, Mila!" Beschwingt radelte Ari los. Lindenduft umfing sie, bis sie in die Hauptstraße abbog und Auspuffgase übernahmen. Sie hatte Mühe, sich auf den Verkehr zu konzentrieren. Eine Verlosung! Eine Chance!

Taylor lächelte von jeder zweiten Plakatwand. Ari lächelte zurück. Sie war stolz darauf, dass die ersten Deutschlandkonzerte der Eras-Welttournee hier stattfinden würden. In Gelsenkirchen. In ihrer Stadt. Die für ein paar Wochen Swiftkirchen hieß. Sogar neue Ortsschilder hatte die Bürgermeisterin aufstellen lassen.

Um Aris Gewinnchance zu erhöhen, beteiligte sich auch Mila an der Verlosung. Ari zog eine Niete aus dem mit Swarovski-Steinen besetzten Cowboyhut. Mila griff als Nächste hinein. Sie öffnete den Zettel, zwinkerte Ari zu und schmuggelte das Los in ihre Hand. Ari errötete, als sie den Zettel hochhielt. Ein enttäuschtes Seufzen ging durch die Reihen.

Fabienne hob die Brauen. „Okay. Ariana ist es." Sie reichte ihr einen rosafarbenen Briefumschlag.

„Danke, Fabienne. Ich freu mich."

„Schon okay."

Ari drückte Milas Arm. Best Friends forever! Gab es ein schöneres Gefühl?

Den Umschlag aus dickem, weichem Papier zierte statt einer Briefmarke ein schillernder Schmetterlingsaufkleber. Ari zog die Einladung heraus. Ein paar Mädchen drängten sich um sie. In geschwungener Schrift war zu lesen:

Invitation
zu meiner
!! Swiftie-Mottoparty !!
Samstag, 13. Juli 2024, 13:13 Uhr
Alter Kuhstall, Löchterhof, Swiftkirchen-Resse :-)
Dresscode: Lass dich von Taylor inspirieren (aber no T-Shirts allowed, Girls)

- *Highlight: exklusive Konditor-designte Taylor-Cupcakes*
- *TikTok-Challenge:*
- *Film dich mit einem Cupcake bei den Hängebauchschweinen*
- *1. Preis: das neue Barbie Phone*
- *Freundschaftsarmbänder-Tausch*
- *Karaoke*

Ari steckte die Einladung in ihren Rucksack. Sie hakte sich bei Mila ein. „Komm, ich geb dir ein Eis aus. Einen von den Swift-Eisbechern. Doch, doch, muss jetzt sein. Und ich kriege ja Personalrabatt."

„Dann nehme ich wieder das lila Lavendel-Eis."

Sie schlenderten durch den Park in Richtung Buer-Mitte. „Die Taylor-Cupcakes auf der Party werden bestimmt auch mega aussehen. Zu schade zum Essen bestimmt."

„Quatsch, Ari. Du fotografierst die von allen Seiten, dann verputzt du eins und filmst dich dabei für die Challenge. Die backen super lecker da."

„Habe ich auch gehört. Aber einen Cupcake packe ich ein und bring ihn dir mit."

Mila grinste. „Hab nix dagegen."

„Aber was zieh ich Samstag an? Mein T-Shirt und die Jeans-Shorts fürs Konzert fallen flach. Ich seh schon, ich muss noch ein paar Samstage im Café anhängen. Aber …" Sie seufzte. „Aber, doch, das ist es mir wert."

Ari stöberte online nach Pailletten und Strass und durchsuchte Second-handläden in Buer und Schalke nach einem geeigneten Kleid. Am ergiebigsten erwies sich der Trödelmarkt im Nienhauser Park. Sie fand Perlen, glitzernde Kinkerlitzchen und – ein duftiges fliederfarbenes Sommerkleid. Es war viel zu weit für sie und auch zu lang, aber es hatte den richtigen Vibe. Sie nähte und bastelte bis in die Nächte hinein. Raffte die Taille des Kleids, schnitt die Ärmel ab und kürzte es um einen halben Meter. Für jedes Mädchen knüpfte sie ein Freundschaftsarmband. Ein besonders aufwendiges, mit ein paar Rosenquarz- und Amethystperlen für Fabienne.

Schuhe waren ein Problem. Ihre halbhohen Westernstiefel waren okay fürs Konzert, doch für die Party viel zu abgetragen. Mila bot ihre an, anderthalb Nummern kleiner als Aris Schuhgröße.

„Oh ja, danke, Mila. Einen Nachmittag lang werde ich das wohl aushalten." Mithilfe eines Schuhlöffels schaffte sie es in die Stiefel aus weichem Nappaleder. Stakste in Milas Zimmer umher. „Puh! Nee, geht nicht, Mila. Außerdem versaue ich die dir. Da hilft nichts: Ich muss mir welche kaufen."

Die Glitzersternchen, die Jakob auf die neuen Stiefel genietet hatte, sandten bei jeder Bewegung kleine Blitze aus. Ihre Jeansjacke bekam auch noch ein paar Sternchen ab. Zusammen mit dem gekürzten Kleid und dem weißen Cowboyhut ergab das ein traumhaftes Party-Outfit.

„Nice!", rief Mila. „Absolut iconic, Ari! Das musst du auch tragen, wenn wir zu Taylor gehen."

Schon am Morgen vor der Party legte Ari in ihrem Zimmer alles zurecht und betrachtete es voller kribbelnder Vorfreude. Später radelte sie durch die heißen Straßen zur Liegewiese im Schlosspark – in diesem Sommer ein besonders beliebter Treffpunkt wegen der schattenspendende Bäume und der Nähe zum See.

Mila hatte die Decke schon ausgebreitet. Die Kühltasche stand im Gras. Zwei Schattenplätze weiter lagerte Fabienne mit ein paar Mädchen aus ihrer Clique. Ari winkte hinüber. Niemand winkte zurück. Sie lehnte das Rad an einen Baumstamm und legte sich neben Mila. Schaute ins Blätterdach. Ab und zu wechselten sie ein paar Worte. „Ein himmlischer Sommer", murmelte Ari verträumt.

„Na ja, solange es nicht wie aus Eimern schüttet."

„Ach, du!" Aus dem Augenwinkel sah sie, wie Fabienne sich aus ihrer Gruppe löste und rüberkam. Ari setzte sich auf, lächelte. „Hey."

„Äh, ja, hey. Ariana, ich muss dir was sagen. Isabell ist schon zurück. Noch auf Krücken, aber immerhin."

„Oh, gut. Dann verpasst sie das Konzert nicht. Das wäre wirklich sad gewesen."

„Ja, klar. Aber das heißt auch … sie kann morgen zu meiner Party kommen."

Ari nickte. „Cool."

„Und du deshalb nicht."

„Wie …" Ari blinzelte. „Was?!" Sie sprang auf. Starrte Fabienne ins Gesicht. „Soll … soll das ein Witz sein?"

„Nein, wieso? Ist doch logisch. Sie war zuerst eingeladen. Und wir sind Besties."

„Ja, ja, schon klar. Aber … aber … wieso kann ich nicht auch …?"

Fabienne zuckte mit einer Schulter. „In einem anderen Jahr wäre das vielleicht gegangen, da hätte ich vielleicht nichts dagegen gehabt, dass wir mal vierzehn sind. Aber eine Swiftie-Party, Ariana! Die *Dreizehn!* Taylors Zahl! Das wirst du einsehen."

Ari hörte eins der Mädchen kichern. „Sie kann ja als Bedienung ins Hof-Café kommen. Personal wird doch immer gesucht."

Ari schluckte. Konnte, wollte nicht begreifen, was Fabienne gesagt hatte. Was es bedeutete. All die Stunden, die sie genäht hatte, die sie in der Hitze über den Flohmarkt gelaufen war. Das Geld, das sie ausgegeben hatte. Fürs Konzert hätten das bemalte T-Shirt und die Shorts gereicht. Viel mehr ihr Stil. Und die Westernstiefel, die sie extra für die Party gekauft hatte, weshalb sie jetzt auch noch Sonntage arbeiten musste, fast bis zum Ende der Ferien.

Sie biss sich auf die Unterlippe. Versuchte, sich zu fassen. Die Mädchen schauten herüber. Tränen würden die nicht zu sehen kriegen. „Das … das ist so was von beschissen, Fabienne. Mich auf die letzte Minute auszuladen. Wo du doch wissen musst, dass ich – dass ich für die Party –" Ari drückte einen Handrücken gegen die Stirn. Wut stieg in ihr auf. Überrollte sie. „Du benimmst dich total scheiße!", rief sie. „Weißt du das? So was macht man nicht! Steck dir deine Party sonstwo hin! Zu der würde ich jetzt nicht mehr kommen, selbst wenn … ja, wenn du mich auf Knien bitten würdest."

„Ha! Auf Knien? Ich? Damit du's weißt: So eine wie dich will ich da sowieso nicht haben. Du … du Asi!"

„Was?!"

„Du hast mich gehört." Fabiennes Augen verengten sich zu Schlitzen. „Nicht mal deine Asi-Mutter wollte bei deiner Asi-Familie bleiben. Weiß doch jeder."

Ari erstarrte. Worte wie ein Dolch ins Herz. Sie flüsterte: „Lass meine Mutter aus dem Spiel."

Sie atmete tief durch. Straffte die Schultern. „Ich", sagte sie und bohrte ihren Blick in Fabiennes Augen, „ich wünsche dir, dass deine Party voll danebengeht. So was von. Dass … dass die Kühe ausbrechen und in die Partyscheune rennen und deine exklusiven Cupcakes zerstampfen. Zu Matsch. Und drauf kotzen. Oder dass die ganze Bude abbrennt."

„Du gemeines Stück!" Fabienne lief puterrot an. „Asi!", zischte sie.

Ari wollte sich auf Fabienne stürzen. Mila hielt sie fest. „Ari, lass sie. *You need to calm down.* Komm, wir gehen."

„Okay." Sie zitterte. Mila rollte die Decke auf und hängte die Kühltasche über die Lenkstange vom Rad. Nach ein paar Schritten blieb Mila stehen und drehte sich um. „By the way, Fabienne. Jeder weiß auch, dass *deine* Mutter wieder zum Alkoholentzug ist."

Fabienne schnappte laut nach Luft. „Das ist eine Lüge!", kreischte sie. „Wie kannst du es wagen? Meine Mam ist zur Erholung im Sanatorium. Wegen … wegen … Long Covid."

Ari schaute nicht zurück. Hörte Fabiennes lautes Schluchzen und beruhigendes Gemurmel ihrer Freundinnen.

Sie war baff. Dass Mila das rausgelassen hatte …

„Also, Mila …"

„Schon gut. Dass ihre Mutter trinkt, ist doch ein offenes Geheimnis. Jedenfalls im Tennisclub. Ich hätte das nicht sagen sollen. Aber es tut mir nicht leid. Vergiss, was sie gesagt hat, ja?"

„Ich versuch's." Nicht so einfach. Dass ihre Mutter sie alle verlassen hatte, einfach so, schmerzte immer noch. So sehr, wenn daran gerührt wurde. Nur mit Mila konnte sie darüber reden und mit Jakob manchmal. Mit Papa nie. Seinen traurigen Blick dann vermochte sie nicht zu ertragen.

„Umtauschen kann ich die Stiefel jetzt nicht mehr. Ich werd sie auf dem Flohmarkt verkaufen."

„Quatsch, Ari! Mit der Rückzahlung eilt es mir nicht, das habe ich dir doch gesagt. Die Stiefel behältst du! Trägst sie, wenn wir zu Taylor gehen. Und danach hängst du die Dinger an die Wand, neben das Plakat. Und wenn du eine Old Lady bist, lässt du dich mit denen beerdigen. Wie wär das?"

„Na ja. Keine schlechte Idee."

„Komm, gehen wir zu uns, ja? Wir drehen *Fearless* auf und backen wieder Taylors Chai Sugar Cookies. Und lachen über die anderen, die denken, sie wären so cool. Ja?"

„Ja, okay."

Jakob nahm Ari in den Arm, als sie ihm vor dem Abendbrot erzählte, dass Fabienne sie nicht mehr dabeihaben wollte – und welches Wort Fabienne ihr an den Kopf geworfen hatte.

„Sis, die ist 'ne doofe, völlig bescheuerte Tucke, wie Papa sagen würde, nicht wert, dass –"

„Erzähl Papa nichts davon, Jakob!"

„Keine Sorge. Aber du reg dich nicht mehr auf über diese Bitch, nein?"

Ari schniefte. „Ach, na ja. Dass ich nicht zur Party darf, darüber bin ich schon weg. Ziemlich. Ein bisschen. Aber auf die Cupcakes war ich schon gespannt. Oh, fast vergessen: Die gibt's ja morgen auf TikTok zu sehen. Sie machen mit denen eine Challenge und laden die Videos hoch."

„Na also."

„Aber sie hätte das nicht sagen sollen, das mit Mama." Ari ließ ihren Blick durch die Küche gleiten. Sonnig gelb gestrichen, von ihrer Mutter.

Nicht lange, bevor sie weggegangen war. Abgehauen. „Jetzt habe ich wieder diese Gedanken. Kommt sie zurück? Bleibt sie fort? Meldet sie sich mal? Es geht mir wieder im Kopf rum und rum. Weil Fabienne das gesagt hat."

Jakob nickte. „Dafür könnte ich sie …" Er schlug mit der Hand auf den Tisch, dass es schepperte.

„Ach, lass gut sein, Jakob. Vergiss es."

„Soll ich dir 'ne Scheibe Brot abschneiden?"

„Ich hab nicht so richtig Appetit."

„Hey!" Jakob schnipste mit den Fingern. „Ich sage: Popcorn. Und eine Serie, ja?"

„Aber wolltest du dich nicht mit den Jungs treffen?"

„Pscht. Kein Wort mehr. Ich sag Bescheid, dass es bei mir später wird. Ja? Also, Sis: süß oder salzig?"

„Egal. Beides." Wenn sie traurig war, half es ihr, eine Weile zu den *Gilmore Girls* in die Welt von Stars Hollow abzutauchen. Am liebsten auf dem alten Sofa an Jakob gekuschelt und mit einer Schüssel Popcorn auf dem Schoß. Jakob scrollte dabei auf seinem Handy, sah höchstens auf, wenn sie ihn anstupste, weil Luke aufgetaucht war, der Einzige aus der Serie, den ihr Bruder ertragen konnte. Meist reichten ihr ein oder zwei Folgen, bis sie sich besser fühlte. Heute brauchte sie drei.

Jakob schaltete den Fernseher aus. „Sag noch mal, *was* hast du dieser Fabienne gewünscht? Dass die ganze Bude abbrennt?" Er lachte leise.

„Ja, und auch, dass die Kühe die Cupcakes zertrampeln. War 'n bisschen heftig, was? Ich war eben wütend."

„Wundert mich nicht, kein bisschen. Die Cupcakes sind ihr wohl sehr wichtig?"

„Ja, die sollen was ganz Besonderes sein. Und um die dreht sich ja auch die TikTok-Challenge."

„Verstehe. Na, ich geh dann mal los. Schlaf gut, Sis. Trotzdem."

Am Morgen weckte Jakob sie mit einem Becher Kakao, auf dem rosa Mini-Marshmallows schwammen, und mit einem „Taraaa!" zauberte er einen Teller hinter seinem Rücken hervor, auf dem drei wunderschöne Cupcakes lagen. Jeder anders dekoriert.

„Jakob … Träum ich? Wo hast du die denn her?" Sie betrachtete die kleinen Kunstwerke von allen Seiten. „Die bei Fabienne heute Nachmittag können nicht schöner sein."

„Da kannst du Gift drauf nehmen." Jakob sah betont harmlos drein, pfiff ein paar Takte vor sich hin. Wartete, bis bei ihr der Groschen fiel.

„JAKOB! Du hast nicht … Das sind nicht etwa …" Ari legte eine Hand auf den Mund. Musste wider Willen lachen. Ungläubig. Entsetzt. „Echt? Die hast du da geklaut? Für mich?"

Er nickte. „Und jetzt iss sie auf. Ich glaub zwar nicht, dass die Bullen uns auf die Schliche kommen, aber es ist besser, wenn hier kein Beweismaterial rumliegt."

„Die Polizei? Jakob! Aber … aber doch nicht wegen drei Cupcakes."

„Vierzig eigentlich."

„Was?! *Alle? Alle* Taylor-Cupcakes?"

„Und noch 'n bisschen Cash."

Ari wurde kalt.

„Guck nicht so, Sis. Musste sein. Es war ein Glück, dass noch etwas Kohle in der Kasse lag. Es sollte ja nicht so aussehen, als hätten wir es aufs Gebäck abgesehen gehabt. Jetzt wird man denken, wir hätten auf der Suche nach Geld eingebrochen und wären halt hungrig gewesen. Clever, oder?"

„Na, ich weiß nicht. Und die anderen habt ihr alle aufgegessen?"

„Nix da. Zu viele Carbs. Wir sind die Dinger gleich vor Ort losgeworden. Bei den Hängebauchschweinen. Haben die geschmatzt!"

Ari tauchte zwei Fingerspitzen in einen zitronengelben, mit Puderzucker bestreuten Schaumwirbel. „Mh … ja … lecker!" Den Rand des Cupcakes schmückten winzige Notenschlüssel aus dunkler Schokolade. Sie hob ein anderes Küchlein hoch. Dieses glich einer aufgeblühten dunkelblauen Rose, auf der ein goldener Schmetterling gelandet war. „Oh, Jakob, darf ich die Mila zeigen?"

Er zögerte.

„Ach, komm. Du weißt, sie wird dichthalten."

„Na gut. Aber keine Fotos. Und nicht ein einziger Krümel bleibt als Beweisstück übrig. Versprochen?"

„Versprochen." Mit klebrigen Fingern nahm Ari ihr Handy und textete: *sensationell. komm rüber. sooofort!* xoxo

Früher als erwartet klingelte es an der Tür. Ari grinste. Im Nachthemd lief sie in den Flur und riss die Haustür auf.

„Oh." Es war Fabienne. Wohl auf dem Weg zum Hockeytraining. Rosa Poloshirt, weißes Röckchen, passend zum weiß-rosa Hockeystock. In Ari blitzte der Gedanke auf, Fabienne hätte sich das mit der Einladung anders überlegt, aber nein, nicht so, wie sie guckte. Unfreundlich.

„Fabienne! Öhm … was machst du denn hier?"

„Ha! Das weißt du ganz genau! Tu nicht so unschuldig, du … du kriminelles Miststück! F-F-Fuck you, Ariana!" Sie war laut geworden.

Jakob trat aus dem Schuppen. Ari spürte ihr Herz klopfen. Würde Fabienne die Polizei …? Mit bebendem Blick schaute sie hinüber zu ihrem Bruder.

In letzter Sekunde, zu spät, sah sie den Hockeystock herabsausen. Spürte den Schlag auf dem Kopf, hörte einen Knacks, hörte Jakobs Schrei: „Ari …!!", hörte das *Wuuuusch!* der Wurf-Axt, sah durch Nebelschwaden Fabienne taumeln, Rotes auf dem Poloshirt erblühen.

In Aris Ohren ein kühles, fernes Rauschen.

Der Boden bäumte sich auf. Schlug ihr vors Gesicht.

Nichts.

Anja Puhane

Sollbruchstelle

Es klingelt und sie zuckt zusammen. Kalter Schweiß perlt am Haaransatz und ihre Hände beginnen zu zittern. Sie will das Glas, das sie abtrocknet, auf dem Tisch abstellen, es kippt um und rollt über die Platte, sie kann nur zusehen, wie es über den Rand fällt und klirrend auf dem Boden zerschellt. Sie blickt auf die Scherben ihres Lebens.

Es klingelt wieder, jemand hält den Finger penetrant lange auf dem Knopf. Der Ton springt wie eine Flipperkugel in ihrem Kopf hin und her. Schrill und kalt, wie die Glassplitter. Sie hält ihren Kopf mit beiden Händen, als ob sie ihn vor dem Zerspringen bewahren müsste, merkt, wie Schweiß ihren Rücken hinunterläuft. Es klopft. Das werden sie sein.

Sie trocknet die Hände am Geschirrtuch ab, wischt über Gesicht und Nacken, geht zum Eingang. Ihre Finger kneten das Tuch, sie versucht, ein Lächeln aufzusetzen, und öffnet die Tür.

„Hallo Lena, wusste ich doch, dass du da bist, dein Auto steht ja in der Einfahrt", sagt ihre Nachbarin Dorothée. „Der Postbote hat schon wieder eure Post bei uns eingeworfen." Sie gibt ihr einen amtlich aussehenden Brief.

Sie schicken einen Brief, kommen noch nicht einmal selbst. Ist das ein gutes Zeichen?

Hastig nimmt Lena die brisante Post entgegen, versteckt sie im Handtuch. Der neugierige Blick der Nachbarin, garniert mit einem Lächeln, ruht auf ihr.

„Vermutlich ist Henning mal wieder zu schnell gefahren", Lena versucht es mit einem Schulterzucken.

„Der Brief ist an dich."

„Dann habe ich wohl falsch geparkt." Verdammt, warum sagt sie ihr nicht einfach, dass ihre Post sie weniger als einen feuchten Kehricht angeht? „Entschuldige, ich muss mich ums Essen kümmern." Lächeln, Tür schließen, zusammenbrechen.

Sie kennt den Grund: Schuld.

Seit vier Wochen lässt diese Schuld sie nicht mehr schlafen, lässt sie bei jedem Klingeln, jedem Anruf zusammenzucken. Lässt ihr Leben, ihre kleine heile Familienwelt jeden Tag ein bisschen mehr zerbrechen.

Vier Wochen zuvor.

„Und wenn was ist, du hast ja meine Handynummer!" Lena lächelt Kristina, die Mutter von Mias bester Freundin, an. Die Mädchen sind schon Richtung Pool gestürmt. Erst wenn sie die Zehnjährige am nächsten Nachmittag abholt, wird diese sich daran erinnern, dass sie überhaupt eine Mutter hat. Das weiß auch ihr Gegenüber und grinst sie an.

„Du kannst gerne noch auf einen Kaffee reinkommen. Oder wir könnten uns auch einen schönen Mädelsabend machen."

„Nein, lass mal, das ist lieb, aber zu Hause wartet noch eine Menge Arbeit auf mich. Was man halt so macht, wenn die Brut aus dem Haus ist." Lachen, winken, ins Auto steigen.

Zu Hause wartet gar nichts. Mann auf Dienstreise, Kind bei Freunden. Sie läuft ins Bad, zieht sich aus, am liebsten würde sie alles in die Ecke werfen, aber sie legt T-Shirt, Jeans und Sportunterwäsche ordentlich zusammen, damit alles griffbereit ist, wenn sie zurückkommt. Dann steigt sie unter die Dusche, benutzt das teure Duschgel, steht lange unter dem lauwarmen Strahl. Nach dem Duschen cremt sie sich sorgfältig ein, schminkt sich, geht nackt ins Schlafzimmer und holt aus der hintersten Schubladenecke die neulich gekauften Dessous. Dazu das kleine Schwarze und dezenter Schmuck. Die High Heels steckt sie in eine Tasche, sie wird sie erst anziehen, wenn sie in Düsseldorf angekommen ist. Trotz des warmen Sommerwetters wirft sie sich den schwarzen Trenchcoat über.

Als sie aus dem Haus tritt, schaut sie nach rechts und links, die Nachbarn müssen sie nicht unbedingt sehen. Zur Not würde sie behaupten, sie treffe sich mit Freundinnen zum Feiern. Cocktailbar, Club, was so dazugehört.

Keiner auf der Straße, sie huscht zu ihrem Wagen, steigt ein, fährt los. Und lächelt.

Er hat ein Hotel in Flughafennähe ausgesucht. Anonym, Gäste, die selten länger als eine Nacht bleiben. Keiner wird sich über das Paar wundern, sich überhaupt an es erinnern.

Als sie ankommt, sitzt er in der Bar. Auch das ist immer gleich, Beobachter könnten sie für eine Zufallsbekanntschaft halten. Keine Umarmung, kein sichtbares Erkennen, man müsste schon ganz genau hinschauen. Dabei prickelt es in ihren Fingern, wollen ihre Arme sich um ihn legen.

„Ich habe Zeit, meine Frau ist übers Wochenende mit den Kids zu den Großeltern gefahren", sagt er.

„Same", erwidert sie. „Aber sie kommen morgen zurück."

„Wir könnten was essen."

Lena nickt. Im Restaurant entscheidet sie sich für einen Salat. Sie möchte nichts, was schwer im Magen liegt, dann würde sie vermutlich direkt beim Berühren der Matratze einschlafen. Die Woche war anstrengend.

Der Smalltalk will nicht in Gang kommen. Anfangs haben sie über Filme, die beide gesehen, Bücher, die sie gelesen haben, gesprochen. Sind miteinander ins Theater oder die Oper gegangen. Mittlerweile gehen sie nur noch miteinander ins Bett. Sie sollte die Sache beenden, denkt Lena wieder einmal. Doch dann erinnert sich ihr Körper an die Berührungen, nach denen er so lechzt.

„Wie läuft der Job?", fragt er.

Sie zuckt die Schultern. „Geht so, das neue Projekt will nicht so recht in Gang kommen. Zu viele Widerstände, dann haben sie mir die absolut falschen Leute für das Team geschickt. Nur Nörgler, ewig Gestrige und der Rest ist einfach faul."

„Wie macht sich die neue Unternehmensberatung?" Er grinst.

„Natürlich nicht so gut wie ihr." Lena lächelt zurück, greift kurz seine Hand. So hat es damals angefangen. Lange Tage mit dem Projektteam, am Ende nur noch sie beide. Finger, die sich wie zufällig berührten. Blicke, die nichts mit dem Thema zu tun hatten. Dann dieser Abend, die Bestellung beim Italiener, die obligatorische Flasche Rotwein stand noch auf dem Tisch, als die Kollegen schon weg waren. Dann nimm du sie mit, hatte Lena gesagt. Dann kann ich aber morgen für nichts garantieren, hatte er geantwortet. Schließlich saßen sie gemeinsam auf einer Parkbank und teilten sich den Fusel. Wie Austauschschüler, nur dass jene selten Kostüm und Anzug trugen.

Seither hatte es unzählige Treffen gegeben, bei denen Lena sich immer wieder gefragt hatte, wie sie alles so lange geheim halten konnten.

Sie drückt seine Hand und zwinkert ihm zu. „Schade, dass euer Vertrag nicht verlängert wurde. Andererseits gibt uns das natürlich mehr Möglichkeiten."

Er sieht sie ernst an. „Manchmal habe ich das Gefühl, dass meine Frau etwas ahnt."

Einen Moment denkt sie, er will noch etwas ergänzen, aber seine Lippen bleiben verschlossen. Vielleicht wäre es ein guter Moment, um die Sache zu beenden. Aber ihr nackter Fuß ist schon aus dem Schuh geschlüpft und streichelt seinen Knöchel.

Los, sag, dass du auch schon länger darüber nachdenkst, es zu beenden. Dass es dir zu brenzlig wird, du deine Familie nicht verlieren willst. Aber ihre Lippen bleiben verschlossen, während ihr nackter Fuß sein Bein hinauf wandert.

Er zahlt, bar wie immer. Sie schiebt ihm einen Schein hinüber, er schüttelt den Kopf, schiebt das Papier zurück. Als Mitinhaber der Firma hat er das nicht nötig. Nicht mehr. Sie weiß das, akzeptiert es, auch wenn sie sich dabei ein bisschen billig fühlt. Bin ich das nicht auch, denkt sie, wohl wissend, dass sie es mit wenigen Sätzen für immer beenden könnte. Vermutlich wäre er noch nicht einmal überrascht. Vielleicht sogar erleichtert. Auch er will seine Familie, seine Stellung im Unternehmen als Teilhaber, sein hart erarbeitetes Leben nicht aufs Spiel setzen. Keiner von ihnen will das aufgeben.

Stattdessen geht sie wie immer mit ihm aufs Zimmer, streift die Pumps ab, lässt sich von ihm aus den Kleidern schälen.

Sie lieben sich, während nicht weit weg immer noch Flugzeuge starten und landen. One day, eines Tages werde ich auch einfach wegfliegen, denkt Lena.

Sie träumt von einer tickenden Zeitbombe in ihrer Tasche. Die Tasche hüpft, das Geräusch wird lauter.

Lena wacht auf. Es brummt tatsächlich. Das Geräusch kommt aus ihrer Handtasche. Sie steigt aus dem Bett, vorsichtig, um ihn nicht zu wecken.

„Lena?" Es ist Kristina, sie schreit förmlich ins Telefon. „Verdammt, hast du immer so einen tiefen Schlaf? Ich dachte, du gehst gar nicht mehr dran."

„Entschuldige", Lena gähnt demonstrativ. „Ich hatte mein Handy in der Küche liegen lassen."

„Warum flüsterst du?" Kristinas Stimme klingt misstrauisch.

„Flüstere ich? Oh, sorry, ich habe wirklich tief geschlafen." Lena geht ins Bad, zieht die Tür vorsichtig hinter sich zu. „Was ist denn?"

„Mia geht es nicht gut, sie hat sich übergeben, jetzt hat sie Schüttelfrost. Ich glaube nicht, dass es was Ernstes ist, aber sie möchte abgeholt werden."

Lena überschlägt im Kopf, wie viel Wein sie getrunken hat. Kann sie überhaupt noch fahren?

„Okay, aber gib mir ein paar Minuten, ich muss mir noch einen Espresso machen, sonst fahre ich vermutlich gegen den nächsten Baum." Sie hofft, dass es locker klingt.

Hastig zieht sie sich an, schleicht sich aus dem Zimmer. Verdammt, sie hat schon immer geahnt, dass irgendwann so etwas passieren würde.

Immerhin liegt das Hotel direkt an der Autobahn. Lena tritt das Gaspedal durch, wo immer es geht, ein Ticket wegen erhöhter Geschwindigkeit hätte jetzt gerade noch gefehlt. Am Kreuz Breitscheid fährt sie ab, es ist der kürzeste Weg und mittlerweile kennt sie die Strecke gut genug, um auch hier das Maximum aus dem Auto herausholen zu können. Der Kahlenbergweg verläuft größtenteils schnurgerade, nur in den Ortschaften muss sie abbremsen. Auch die August-Thyssen-Straße hat diesen ziemlich geraden Verlauf, wer die Strecke kennt, kann ziemlich aufs Gas drücken.

Alles wird gut, sagt Lena sich, du bist gleich zu Hause, ziehst dich schnell um und dann holst du Mia ab. Du wirst sagen, ja, was? Du wirst sagen, du musstest noch tanken, deshalb der Umweg, deshalb bist du so spät. Sie nickt sich selbst Mut zu. Und morgen, morgen schreibst du ihm eine Nachricht und beendest es. Das war das letzte Mal.

Am Italiener bremst sie ab, könnte ja sein, dass jemand über die Essener Straße den Berg hinunterschießt. Eher unwahrscheinlich, aber man weiß ja nie. Sie lobt sich für ihre Umsicht. Gleich ist sie an der Landsberger Straße, kann in ihren Ortsteil abbiegen, hat es fast geschafft.

Lena sieht die Frau erst, als sie nur noch wenige Meter entfernt ist, eine dunkle kleine Gestalt, die viel zu weit in der Mitte der Straße läuft. Bremsen ist zwecklos. Warum in der Mitte, warum so dunkel, denkt Lena. Hört den Aufprall, meint in ein bleiches Gesicht mit weit aufgerissenen Augen zu sehen. Sie hat einmal beobachtet, wie ein Auto eine Katze erwischt, das Tier wie ein nasser Lumpen über das Dach flog. So ist es auch, nur dass ihre Hoffnung, es sei ein Tier gewesen, wohl vergebens ist. Sie tritt auf die Bremse, viel zu spät, sieht im Rückspiegel, wie der dunkle Haufen auf dem Asphalt sich bewegt. Sie selbst ist starr vor Entsetzen, blickt in den Spiegel wie hypnotisiert. Zwei Lichtkegel erscheinen. Ein anderes Auto. Der wird wohl halten, denkt Lena, der hat bestimmt kein ganzes Leben zu verlieren.

Sie tritt das Gas wieder durch, fährt weiter, biegt in die Landsberger Straße ab. Es kommt ihr vor, als ob ein Autopilot, eine KI das Auto fährt. Sie ist das nicht selbst, die den Wagen in die Garage stellt, zum Haus rennt, sich umzieht, das kleine Schwarze und die Schuhe in die hinterste Schrankecke stopft. In Jeans, Shirt und Sneakern fährt sie mit dem SUV ihres Mannes quer durch Kettwig zum Haus von Mias Eltern. Parkt den Wagen vor der Einfahrt und rennt zur Haustür. Klopft.

Kristina öffnet. „Wie siehst du denn aus? Du bist ja leichenblass!"

Lena zuckt zusammen, versucht es wegzulächeln. „Ich habe mir halt Sorgen gemacht. Und dann musste ich noch tanken, der Tank war vollkommen leer. Typisch Henning, mir den Wagen mit einem leeren Tank da zu lassen."

Kristina lugt über ihre Schulter. „Warum bist du nicht mit deinem Wagen gefahren?"

„Auch leer."

„Aha. Nun komm rein. Die Mädchen schlafen. Kurz nachdem wir telefoniert haben, ging es Mia schon wieder besser. Sie hat einen Tee getrunken, dann ist sie eingenickt. Ich glaube, wir lassen sie jetzt einfach schlafen."

Lena merkt, wie Wut in ihr hochsteigt. „Warum hast du nicht angerufen?"

„Das hat eine Weile gedauert, ich dachte mir, dass du ohnehin schon auf dem Weg bist. Ist ja nicht weit. Ich konnte ja nicht ahnen, dass du so lange brauchst." Sie zieht die Augenbrauen hoch. Das Misstrauen steht nahezu greifbar zwischen ihnen.

Kristina räuspert sich. „Willst du auch einen Tee oder lieber was Stärkeres?"

Lena will Tee sagen, aber ihre Lippen formen „was Stärkeres". Kurz darauf hat sie einen Gin Tonic in der Hand und kann sich nur mit Mühe zurückhalten, ihn nicht in einem Zug hinunterzustürzen.

Ihre Gedanken fahren Achterbahn. Ist das vorhin wirklich passiert? War es wirklich ein Mensch oder vielleicht doch nur eine Katze? Ein Fuchs? Ein großer Hund? Immer mehr überlagert die Erinnerung mit der Katze das Erlebte. Immer wieder sieht sie das Tier übers Auto fliegen. Bestimmt war es ein Tier. So deutlich ist das Bild. Aber konnte sie das überhaupt sehen – sie saß doch im Auto?

Zwei Gin Tonic später bringt Kristina ihr eine Decke und bestimmt, dass sie nicht mehr nach Hause fahren kann. Lena zieht die Schuhe aus und rollt sich auf dem Sofa zusammen.

Als sie am nächsten Morgen aufwacht, dröhnen die Rufe der Mädchen, die schon am Frühstückstisch sitzen, durch ihr Hirn. Sie würde es gerne auf den Alkohol schieben, aber die Erinnerung an gestern klopft an. Sie trinkt einen Kaffee und würgt ein Brötchen hinunter, dann verabschiedet sie sich und verspricht, Mia wie ursprünglich geplant am frühen Abend abzuholen. Sie lächeln alle, als sie losfährt.

Zwei Straßen weiter hält sie es nicht mehr aus. Sie lenkt den Wagen an den Rand und übergibt sich in den Rinnstein. Magensäure brennt in ihrem Hals, aber der Schmerz ist seltsam tröstlich. Hilft, die Erinnerung an die letzte Nacht besser zu ertragen.

Hat sie wirklich jemanden überfahren? Oder sich einfach nur in einer Mischung aus Alkohol und Panik etwas zusammenfantasiert?

Zu Hause begutachtet sie ihr Auto. Am Kotflügel ist eine kleine Delle, an der vorderen Stoßstange sind ein paar Kratzer. Das kann kein Mensch gewesen sein, oder? Blut findet sie keines.

Sie durchforstet das Internet nach Meldungen. Nichts. Fast atmet sie auf. Vermutlich doch eine Katze. Oder Sekundenschlaf.

Vorsichtshalber fährt sie mit dem Wagen in die Waschanlage. Samstagmittag ist sie einfach eine von vielen.

Anschließend stellt sie das Auto wieder in die Garage. Gegen sechzehn Uhr muss sie los, Henning vom Flughafen abholen. Sie sitzt auf dem

Fahrersitz, schließt einen Moment die Augen, atmet tief durch. Fährt aus der Garage. Holt Luft, stößt sie aus und tritt aufs Gas. Mit einem lauten Knall kracht der Kotflügel an die Mauer der Einfahrt.

Lena steigt aus. Betrachtet den Schaden. Hört hinter ihrem Rücken, wie die Haustür der Nachbarn sich öffnet.

„Oh, nein, das schöne Auto!", sagt Dorothée, die Nachbarin.

Lena merkt, wie ihre Augen sich mit Tränen füllen. Passt. Sie schluchzt. „Henning wird mich umbringen." Dorothée nimmt sie tröstend in den Arm. Eine Weile stehen sie so. Es fühlt sich tatsächlich gut an.

„Ich muss los. Henning landet in ein paar Minuten." Sie setzt ihren Wagen zurück und fährt mit dem SUV.

Wie erwartet rastet Henning vollkommen aus, als er zu Hause ihr Auto sieht, schreit sie an, wie man nur so dämlich sein kann. Es erleichtert sie sogar ein bisschen, nimmt ein wenig der Schuld von ihren Schultern. Dass sie in Tränen ausbricht, passt gut zur Situation.

Sie holen gemeinsam Mia ab. Verbringen den Abend zusammen vor dem Fernseher. Normalität macht sich breit, so, als wäre nichts passiert.

Sie hat zunehmend das Gefühl, alles im Griff zu haben. Bis sie die Zeitungsmeldung liest: „Unbekannte Frau von Essenerin überfahren". Woher weiß die Zeitung, dass sie aus Essen ist? Im Artikel erfährt sie, dass die Fahrerin des zweiten Autos die Frau ebenfalls zu spät gesehen hat. Aber die Verletzungen passen nicht zusammen und die Fahrerin will die Rücklichter eines weiteren Autos gesehen haben. Die Ermittlungen dauern an.

Lena braucht einen Moment, um zu realisieren, dass die Fahrerin ihr Auto gesehen hat. Seither zuckt sie bei jedem Geräusch, jedem Klingeln, jedem Brief zusammen. Die Schuld sitzt in ihr wie ein Parasit, der sie von innen auffrisst.

B. E. Fischer

Perfektes Verbrechen

Es war gerade kurz vor acht Uhr, als Rebecca Klöppel ihre Einkäufe auf dem Aldi-Parkplatz im Auto verstaute. Sie musste sich beeilen, damit die angekündigte Hitze ihre tiefgekühlten Lebensmittel nicht auftaute.

„Heute wird es wieder ganz schön heiß", hörte sie eine Stimme hinter sich.

Frau Müllerhagen, ihre Nachbarin von nebenan, stellte sich neben sie und blickte neugierig in den Kofferraum.

„Haben Sie wieder für Frau Konstanz und Frau Maurer eingekauft?" Sie wusste, dass Frau Klöppel sich fürsorglich um die beiden alten Damen kümmerte, die mit ihr im selben Haus in der Resedastraße in Duisburg wohnten.

„Alles gestern schon erledigt. Aber vielleicht werde ich heute noch mit den beiden ein Eis essen gehen", erwiderte Frau Klöppel, noch über ihre Einkäufe gebeugt.

Sie wohnte mit ihrem Mann und den beiden Söhnen im Obergeschoss, während Frau Konstanz und Frau Maurer in einer Wohngemeinschaft im Erdgeschoss zwei Stockwerke unter ihnen lebten. Nachbarschaftshilfe wurde in diesem Haus großgeschrieben. Gertrud Müllerhagen beneidete die alten Damen ein wenig. Sie selbst war alleinstehend. In ihrem Mehrfamilienhaus kümmerte sich keiner um den anderen.

„Die beiden haben Glück, dass es Sie gibt", seufzte Frau Müllerhagen.

„Ach, reden Sie nicht so", lachte Frau Klöppel und richtete sich auf. „Sie gehen doch gerne unter Menschen. Seien Sie froh, dass Sie noch keine Hilfe benötigen."

„Ich bin ja auch nicht mehr die Jüngste, aber noch geht es", bestätigte Gertrud Müllerhagen.

Frau Klöppel schätzte ihre Nachbarin auf knapp über achtzig. Die Damen, die sie betreute, waren etwas älter. Die jüngere, Frau Konstanz, war mit ihren vierundachtzig Jahren noch einigermaßen fit, brauchte aber kleinere Hilfen im täglichen Leben. Frau Maurer, ihre fünf Jahre ältere Mitbewohnerin, war schwer dement geworden und erkannte ihre Umgebung kaum noch.

Frau Klöppel schlug die Kofferraumklappe zu und verabschiedete sich. „Ich muss schnell nach Hause. Ich habe Tiefkühlsachen im Auto. Und es wird heute verdammt heiß." Dann wandte sie sich aber doch noch einmal zu Frau Müllerhagen. „Oder kann ich Sie mit nach Hause nehmen?"

„Vielen Dank! Ich habe doch meinen Trolley. Und die paar Schritte tun mir gut."

Frau Klöppel lenkte ihr altes Auto durch die belebten Straßen Duisburgs. Sie hätte den kurzen Weg auch zu Fuß gehen können, aber dann hätte sie ihre Taschen schleppen müssen. Sie verspürte keinen Drang, nach Hause zu kommen. Ihr Mann und die beiden Söhne waren bei der Arbeit. Das Alleinsein war für sie schwer. Ihr fiel manchmal die Decke auf den Kopf. Sie war jetzt Mitte vierzig, nicht berufstätig. Was hatte sie noch vom Leben zu erwarten? Es war ihr nicht zu verübeln, wenn sie manchmal etwas Zerstreuung suchte, eine Zerstreuung, von der nicht einmal ihr Mann etwas wusste.

Bei ihrer polizeilichen Erstvernehmung gab sie später an, dass sie ihre Einkäufe gerade im Kühl- und Gefrierschrank verstaut hatte, als sie gegen halb neun plötzlich Schreie von unten hörte. Eindeutig Hilferufe. Wie erstarrt sei sie einige Sekunden mit der Tasse in der Hand vor dem Kaffeeautomaten stehen geblieben. Dann habe sie ihren Schlüsselbund gegriffen, an dem sich auch der Schlüssel der unteren Wohnung befand, und sei ins Treppenhaus gerannt. Sie habe zwei Stufen gleichzeitig genommen bis vor die Wohnungstür im Erdgeschoss, hinter der verzweifelte Schreie ertönten. Mit zittrigen Händen habe sie die Tür geöffnet und unentwegt gerufen: „Ich komme, ich komme!"

Ein schreckliches Bild – so ihre weitere Aussage – tat sich vor ihr auf. Isolde Konstanz lag blutüberströmt in ihrem Bett. Sie röchelte noch schwach. Vor ihr die konfuse Mitbewohnerin Josefa Maurer mit einem Fleischermesser in der Hand. Verzweifelt versuchte Rebecca Klöppel, ihr das Messer zu entwenden. Es gelang ihr, bevor die demente Frau noch einmal zustechen konnte. Sie war größer, jünger und stärker. Trotzdem schnitt auch sie sich beim Kampf um das Messer. Ihr Arm blutete. Ungeachtet der Verletzung griff sie zum Handy und wählte die Nummer des Rettungsdienstes und der Polizei.

Der Notarzt konnte trotz aller Bemühungen nichts mehr für die Frau tun. Nach kurzem Reanimationsversuch bestätigte er den Tod der alten Frau. Die beiden Polizisten, die fast gleichzeitig mit dem Rettungsdienst die Wohnung betreten hatten, fanden Frau Maurer mit einem Messer in der Hand in der Diele vor, das sie auf Ansprache sofort fallen ließ. Die Männer legten ihr Handschellen an. Die alte Frau schien nicht zu begreifen, was sie soeben angerichtet hatte, und ließ sich widerstandslos festnehmen.

Auf Befragen des Polizeibeamten Flossmann berichtete Rebecca Klöppel in kurzen Worten, dass sie durch die Schreie aufmerksam geworden und schnell nach unten geeilt sei. Den Tod der Bewohnerin habe sie leider nicht mehr verhindern können.

„Wäre ich doch nur eher gekommen", jammerte sie.

„Wie sind Sie reingekommen?", wollte der zweite Polizeibeamte Meier wissen.

„Ich habe einen Schlüssel, weil ich die Damen manchmal betreue." Rebecca Klöppel zeigte auf den Schlüssel, der von außen in der geöffneten Wohnungstür steckte. „Ich wohne ja hier im Haus. Und die Tochter von Frau Konstanz wohnt weiter weg und ist berufstätig."

Josefa Maurer hatte ihre Betreuerin nicht aus den Augen gelassen. Sie starrte sie mit leeren Augen an. Dann erhellte sich ihr Gesicht so, als würde sie sie endlich erkennen.

„Können Sie bitte ins Polizeipräsidium kommen? Wir müssen Ihre Aussage noch schriftlich haben." Flossmann überreichte Rebecca Klöppel eine Visitenkarte mit den Kontaktdaten.

Die Zeugin wurde von der eingetroffenen Spurensicherung aufgefordert, die Wohnung zu verlassen, um keine weiteren Spuren zu verwischen. Sie war erleichtert. Keine Sekunde länger wollte sie an diesem schrecklichen Ort bleiben. Sie ging in ihre Wohnung, versorgte ihre Verletzung und beobachtete aus ihrem Wohnzimmerfenster, wie Frau Maurer in ihrem dünnen Baumwollkleidchen und den Sandalen ins Polizeiauto geschoben wurde. Fast hatte sie Mitleid mit der alten Frau. Aber wahrscheinlich war es gut, dass sie jetzt unter polizeilicher Aufsicht stand.

Kriminalhauptkommissar Semir Can schüttelte den Kopf. Das hätte man der alten Frau nicht zugetraut, aber er kannte Fälle, bei denen die Täter über sich hinauswuchsen und eine enorme Kraft entwickelten, wenn sie gereizt wurden. Streit unter alten Frauen war keine Seltenheit, wenn sie miteinander auf zu engem Raum lebten. Eine Bekannte von ihm arbeitete in einem Seniorenheim und konnte so manche Geschichten erzählen. Allerdings gingen sich die Frauen meistens nur verbal an. Aber wenn man die Sprache verloren hatte? Was dann? Griff man dann zu anderen Mitteln? Jetzt befand sich die Täterin in der geschlossenen Abteilung der Psychiatrie. Es war ihm in ihrer ersten Anhörung nicht gelungen, einige vernünftige Worte aus ihr herauszubekommen. Sie wolle nach Hause, sagte sie, weil die Tochter gleich aus der Schule käme; das Essen stehe auf dem Ofen. Morgen würde sie dem Haftrichter vorgeführt werden, der sie dann in eine geschlossene Psychiatrie einweisen würde. Dort würde sie wohl den Rest ihrer Tage verbringen. So schnell hatte er noch nie einen Fall gelöst.

Rebecca Klöppel war am nächsten Tag zur Vernehmung erschienen. Der Hauptkommissar stellte sein Aufnahmegerät an.

„So, Frau Klöppel, Sie sagten, Sie hätten Schreie gehört?" Can sah die Frau, die zusammengesunken in ihrem Stuhl saß, mitfühlend über seine Brille hinweg an.

Frau Klöppel hatte dunkle Ränder unter den Augen und war auffallend blass. Sie hatte vermutlich die ganze Nacht durchgeweint.

„Ja, diese Schreie werde ich in meinem Leben nicht vergessen." Durch den Körper der Frau lief ein leichtes Schauern.

„Brauchen Sie vielleicht Hilfe? Jemanden, der Sie psychologisch betreut?"

„Es geht schon. Ich habe meinen Mann und meine beiden Söhne." Frau Klöppel versuchte zu lächeln.

„Sie haben die beiden alten Damen betreut?" Can versuchte, die Gedanken der traumatisierten Zeugin auf ein nicht so heikles Thema zu lenken. Er ahnte, wie schrecklich der Anblick der Sterbenden für die Frau gewesen sein musste.

„Ich habe mich um die Frauen gekümmert. Das habe ich gestern aber schon gesagt. Und ich habe auch einen Haustürschlüssel, um jederzeit nach dem Rechten sehen zu können."

„Können Sie die Tatbeteiligung eines Dritten ausschließen?" Die Zeugin sah den Beamten verständnislos an. „Ob noch jemand anders da gewesen sein könnte?", übersetzte er sein Beamtendeutsch.

„Bestimmt niemand. Ich habe die Wohnungstür doch erst mit meinem Schlüssel aufgeschlossen."

„Was haben Sie dann gesehen?"

„Josefa war über Isolde gebeugt und hatte das Messer in der Hand, als ich kam."

„Um noch einmal zuzustechen. War es so?" Can merkte, dass er der Zeugin Worte in den Mund gelegt hatte. Aber die Sache war ja sonnenklar.

„Ja, ich habe versucht, ihr das Messer wegzunehmen. Dabei habe ich mich geschnitten."

„Wurde Frau Maurer denn mitunter aggressiv? Hat sie sich oder andere schon einmal verletzt?"

„Sie war manchmal störrisch, wie Demente so sind. Wollte unbedingt etwas tun, wozu sie aber nicht mehr in der Lage war. Wenn ich da war, konnte ich sie bremsen. Leider war ich gestern nicht rechtzeitig da." Rebecca Klöppel hielt sich ein Taschentuch vor die Augen.

Can stellte noch einige Fragen, aber er sah ein, dass es keinen Sinn machte, sie weiter zu vernehmen. Der Fall war eindeutig. Und die Zeugin musste geschont werden, sollte erst mal zur Ruhe kommen. Vielleicht ergaben sich später noch weitere Anhaltspunkte.

„Ich schließe die vorläufige Vernehmung ab. Sie haben ja meine Nummer." Er erhob sich.

Am nächsten Tag erschien in den Zeitungen ein Bericht in angemessener Kürze, der vermeintlich geringen Bedeutung des Vorfalls geschuldet:

Demente 89-jährige Frau tötet ihre 84-jährige Mitbewohnerin mit einem Fleischermesser. Die Betreuerin, die im selben Haus wohnt und durch die Schreie des Opfers alarmiert wurde, konnte die Tat nicht mehr verhindern. Beim Kampf um das Messer zog sie sich selbst Verletzungen zu. Trotz Reanimationsversuchen durch den herbeigerufenen Rettungsdienst verstarb das Opfer an den Folgen seiner Stichverletzungen. Die Täterin wurde verhaftet und dem zuständigen Haftrichter vorgeführt.

Der brutale Mord in Duisburg war vor allem in der Nachbarschaft des Tatortes *das* Gesprächsthema. Rebecca Klöppel war die Ansprechpartnerin der neugierigen, teils mitleidigen, teils sensationslüsternen Menschen. „Ja, es war schrecklich, ganz schrecklich."

Das endgültige Ergebnis der Gerichtsmedizin ergab, dass die alte Frau mit neunundzwanzig Messerstichen getötet worden war, nachdem ein vorheriger Mordversuch durch Zudrücken der Halsschlagader und des Kehlkopfs gescheitert war. Die schreckliche Tat wurde durch ein Fleischermesser mit einer Klinge von zwanzig Zentimetern, das die Täterin aus der Küche geholt hatte, vollendet. Dabei traf sie lebenswichtige Organe und zerteilte einige Rippen. Die im Bett liegende Frau hatte keine Chance gehabt. Was musste wohl in Frau Maurer gefahren sein? Woher hatte sie diese Kraft und diese Wut genommen? Was war vorgefallen?

Sehr schnell gab es in Duisburg andere Neuigkeiten und der Fall geriet in Vergessenheit. Auch die Familie Klöppel war in den Alltag zurückgekehrt. Nur Hauptkommissar Can beschäftigte sich immer noch mit dem Fall. Die Staatsanwaltschaft hatte ein Gutachten zur Zurechnungsfähigkeit der Täterin beauftragt. Can fragte sich dagegen, was eine alte Frau bewegen konnte, mit einer so schrecklich explodierenden Gewalt gegen eine Wohnungsgenossin vorzugehen. Welcher Wahn mochte sie dazu getrieben haben? Oder welcher reale Grund könnte den Ausschlag gegeben haben?

Er baute auf die Richtigkeit der Aussage der Zeugin Klöppel. Er hatte keinen Grund, an ihrer Ehrlichkeit zu zweifeln. Warum sollte sie lügen? Weil sie die Täterin war? Aber welches Motiv sollte sie haben? Sie hatte selbst die Polizei und den Rettungsdienst informiert. Sie wollte das Leben der alten Frau retten. Konnte eine andere Person aus der Familie den Schlüssel an sich genommen haben? Und Frau Klöppel deckte den Täter? Weder Ehemann noch Söhne waren vorbestraft. Und die Nachforschungen hatten ergeben, dass sie alle felsenfeste Alibis hatten. Außerdem gab es keinerlei DNA-Spuren der drei Männer am Tatort. Sie hatten die Wohnung nie betreten.

Can bestellte Frau Klöppel einige Tage später noch einmal zu sich ins Polizeipräsidium.

„Sie wohnen in der dritten Etage. Konnten Sie wirklich oben die Schreie von unten hören? Wir waren in Ihrem Haus und haben es ausprobiert. Man kann in der obersten Etage keine Schreie aus einer Wohnung im Erdgeschoss wahrnehmen." Can sah Frau Klöppel durch seine Brille fragend an.

Die Zeugin war irritiert. „Das ist ja jetzt schon alles etwas länger her."

„Aber das sind doch alles Schreckmomente, die Sie nicht vergessen haben können."

„Es könnte sein, dass ich gerade mit meinen vollen Einkaufstüten im Treppenhaus war und in meine Wohnung wollte, als ich die Schreie hörte."

„Dann ließen Sie alles stehen und liegen und rannten nach unten. Wie kamen Sie denn in die Wohnung? Stand die Tür offen?"

„Ich habe immer den Schlüssel von Frau Konstanz bei mir. Das habe ich Ihnen aber schon gesagt." Die Zeugin kramte in ihrer Handtasche und zog einen Schlüsselbund heraus. Sie schob ihn über den Tisch zu Can, der sich ärgerte. Seine Kollegen hatten vergessen, den Schlüssel zu beschlagnahmen. Aber die Wohnung der beiden alten Damen war noch versiegelt. Sie hatte in der Zwischenzeit die Wohnung nicht betreten können. Er ließ sich den Schlüssel der unteren Wohnung aushändigen. Den würde er später in einem Plastikbeutel an die Kriminaltechnik zur Untersuchung weitergeben. Allerdings erhoffte er sich wenig davon. Von der restlichen Familie kam niemand als Täter in Betracht und die Fingerabdrücke der Frau waren natürlich auf dem Schlüssel.

„Warum hat niemand sonst im Haus die Schreie gehört?", kam Can wieder auf das alte Thema zurück.

„Weil vielleicht alle berufstätig sind", antwortete die Zeugin leicht gereizt.

„Oder schwerhörig", konterte der Kommissar ungehalten.

„Frau Maurer ist die Mörderin. Ich habe sie doch bei der Tat überrascht. Fast hätte sie mich auch umgebracht. Aber ich bin zum Glück kräftiger. Sehen Sie sich meine Verletzungen an!" Sie rollte den Ärmel ihrer weißen Bluse etwas auf und zeigte einige leicht erkennbare Schnittspuren an ihrem linken Handgelenk und am Unterarm. An einer Stelle klebte noch ein weißes Pflaster.

„Und warum haben Sie ihr das Messer nicht weggenommen? Als unsere Leute kamen, hatte sie es noch in der Hand."

„Ich habe sie von Frau Konstanz weggezogen. Das war das Wichtigste für mich. Und dann musste ich die Polizei und den Rettungsdienst benachrichtigen."

„Aber vor Ort haben Sie behauptet, dass sie ihr das Messer abgenommen haben. Warum hatte sie das Messer in der Hand, als wir die Wohnung betreten hatten?"

Die Frau sprang auf. „Ich weiß nicht mehr, was ich gesagt habe. Wenn man auf so eine Situation trifft, kann man nicht mehr klar denken. Ich weiß nicht, wo ich das Messer hingelegt habe. Vielleicht hat sich die Alte das Messer danach wieder gegriffen. Wenn man überlegt, dass ich mit beiden am selben Tag noch ein Eis essen gehen wollte. Fragen Sie Frau Müllerhagen! Der habe ich das noch bei meinem Einkauf am frühen Morgen erzählt."

Und das wollte Can dann auch. Er notierte sich die Adresse von Frau Müllerhagen.

„Und Ihre Einkäufe haben Sie danach in aller Seelenruhe in den Kühlschrank gepackt?", wollte er noch wissen.

„Sollte ich sie verderben lassen?", fragte sie jetzt etwas schnippisch.

Can überlegte. Die Kollegen hatte keine Einkäufe im Flur gesehen, oder? Sie hatten sich doch auch im Treppenhaus umgesehen. Er musste noch einmal nachfragen.

Frau Müllerhagen war sofort aufgeschlossen, als der Kommissar bei ihr auftauchte. Sie wohnte direkt neben Frau Konstanz im Parterre des Nachbarhauses. Klein, aber gemütlich.

Bei einer Tasse Kaffee berichtete sie bereitwillig von ihrem Treffen mit Frau Klöppel.

„Ja, sie kümmerte sich rührend um die alten Damen", erzählte sie sofort.

„Hat sie an diesem Tag für die Frauen eingekauft?", wollte der Kommissar wissen.

„Wenn man zu Aldi fährt, kauft man schon sehr viel ein. Soweit ich mich aber erinnern kann, hatte sie diesmal nur für die eigene Familie eingekauft. Aber was hat denn der Einkauf mit den alten Damen zu tun?"

„Es gibt da noch ein paar Unklarheiten. Ich möchte wissen, ob Frau Klöppel die alten Damen aufgesucht hat, um ihre Einkäufe abzugeben. Das könnte erklären, warum sie dort zur Tatzeit aufgetaucht ist."

„Frau Klöppel hatte immer einen Grund, zu den Frauen zu gehen. Die beiden waren ziemlich hilflos."

„Wie war denn das Verhältnis zu den beiden Frauen? Hat sie sie gemocht oder hat sie die Frauen nur aus reinem Pflichtgefühl betreut? So als Nachbarschaftshilfe."

„Das kann ich nicht sagen. Wo ist da der Unterschied? Frau Klöppel ist eine herzensgute Frau. Sie wird bestimmt traurig sein, dass Frau Konstanz nicht mehr lebt." Dann wurde sie vertraulich. „Mit Sicherheit hat die alte Frau ihr ab und zu etwas zugesteckt. Geld hatte die ja genug."

„Hat Frau Klöppel Ihnen das erzählt?", wollte Can erstaunt wissen.

„Das hat sie nicht. Sie wollte ja für andere immer als barmherzige Samariterin dastehen. Ist sie wahrscheinlich auch. Und es wäre ja auch in Ordnung, wenn Frau Klöppel ab und zu eine Anerkennung für ihre Arbeit bekäme."

„Okay, Sie vermuten das nur. Können Sie sich noch an die Uhrzeit erinnern, zu der Sie mit Frau Klöppel am Auto auf dem Aldi-Parkplatz gesprochen haben?", wollte der Kommissar noch wissen.

„Ja, so gegen viertel vor acht. Ich habe auf die Uhr gesehen, weil Frau Klöppel es auf einmal so eilig hatte. Wegen der Sachen, die auftauen konnten."

„Dann wäre sie in circa fünf Minuten zu Hause gewesen und hätte bis halb neun noch Zeit gehabt, um ihre Einkäufe in den Kühlschrank zu packen", grübelte der Kommissar.

Frau Müllerhagen sah ihn verständnislos an. „Aldi ist keine fünf Minuten von hier entfernt."

„Also kann sie nicht mehr im Treppenhaus gewesen sein. Die Tiefkühlsachen mussten ja schnell versorgt werden. Sie muss schon in der Wohnung gewesen sein", überlegte Can weiter.

Die alte Dame verstand ihn nicht. „Was hat das Einkaufen denn mit dem Mord zu tun? Frau Klöppel war ja zu Hause und wollte nur helfen. So viel kann ich sagen: Ich habe Frau Klöppel öfter aus meinem Fenster dabei beobachtet, wie sie die beiden alten Damen ins Auto gesetzt hat und mit ihnen einen kurzen Ausflug gemacht hat. Ich wünschte mir, ich hätte auch so eine liebe Nachbarin, wenn ich mal alt werde."

Der Kommissar betrachtete die alte rüstige Dame lächelnd.

„Sie waren mir eine große Hilfe." Er erhob sich und reichte ihr die Hand. In der Tür drehte er sich noch einmal um. „Hat Frau Klöppel Ihnen gesagt, dass sie am Nachmittag mit den Frauen ein Eis essen wollte? Ist aber nicht wichtig."

„Ich glaube, ja. Sie denken doch nicht, dass Frau Klöppel ihre Nachbarin umgebracht hat? Das kann nicht sein. Sie hatte überhaupt keinen Grund. Sie bekam doch mit Sicherheit von ihr so einiges zugesteckt. Hat sie zwar nicht zugegeben. Aber Frau Konstanz hat immer zu mir gesagt, sie gebe lieber mit warmen Händen. Ihre Tochter ist nicht auf ihr Geld angewiesen." Auch sie hatte sich erhoben.

Also doch keine reine Vermutung! Frau Klöppel hatte von der Frau Geld für ihre Tätigkeit bekommen. Aber welchen Grund sollte sie dann gehabt haben, ihre Arbeitgeberin umzubringen? Can hatte die Tochter der Getöteten vernommen, eine verheiratete Jansen. Sie hatte Frau Klöppel sehr gelobt und war dankbar gewesen, dass sie sich so rührend um ihre Mutter gekümmert hatte. Niemals könnte sie etwas mit dem Mord an ihrer Mutter zu tun haben. Sie hatte ja wohl noch versucht, ihre Mutter vor der tatverdächtigen Maurer zu schützen. Frau Maurer? Nein, sie habe keine näheren Angehörigen, soviel sie wisse. Auch ihr traute Frau Jansen keinen Mord zu. Eine so liebenswerte alte Dame. Sicher, in letzter Zeit habe sie wegen ihrer Demenz wohl unerfreuliche Ausfälle gehabt. Aber Mord? Es müsse noch eine dritte Person geben. Aber Can wusste, dass die DNA-Spuren auf dem Messer und im unmittelbaren Bereich der Ermordeten nur zwei Personen zuzuordnen waren: Frau Maurer und Frau Klöppel. Und das war eindeutig. Frau Klöppel hatte Frau Maurer das Messer entwendet. Oder hatte eine mögliche dritte Person Handschuhe getragen?

Can fuhr noch einmal zu dem Haus, in dem der Mord geschehen war. Jetzt, am späten Nachmittag, waren alle zu Hause. Eine gute Zeit für eine Hausbefragung. Niemand konnte etwas Negatives über Frau Klöppel berichten. Sie galt als ruhig und ausgeglichen, hilfsbereit und freundlich.

Aber auch die mutmaßliche Täterin, Frau Maurer, wurde als ruhig und ausgeglichen bezeichnet. Sie sei zwar in der letzten Zeit tüdeliger, aber in keiner Weise aggressiv gewesen. Nette Umschreibung für Demenz. Auch Herr Klöppel und die beiden Söhne waren entsetzt über das Verbrechen. Sie bedauerten und bemitleideten alle Beteiligten.

„Dass meine Frau so was erleben musste. Sie hat in der Versorgung der beiden Damen eine gewisse Erfüllung gesehen. Jetzt wird ihr eine wichtige Lebensaufgabe genommen", erklärte Herr Klöppel traurig.

„Hat Ihre Frau Geld von Frau Konstanz für ihre Hilfeleistungen bekommen?", wollte der Kommissar wissen.

„Nein, sie ist eben sozial engagiert. Natürlich hat sie sich die Einkäufe bezahlen lassen." Herr Klöppel glaubte an die Gutherzigkeit seiner Frau.

Wenn sie ihm da mal nicht etwas verschwiegen hatte.

„Wo ist Ihre Frau denn jetzt?", wollte Can von ihm wissen.

„Ich denke, sie ist einkaufen gefahren", meinte der Ehemann lapidar.

„Das scheint ja eine ihrer Lieblingsbeschäftigungen zu sein", schmunzelte Can.

„Vielleicht trifft sie sich auch mit einer Freundin. Sie ist immer noch sehr aufgeregt und braucht Menschen zum Reden. Wir können ihr auch nicht mehr weiterhelfen."

„Trotzdem, wir würden uns gerne noch einmal mit ihr unterhalten. Sie soll sich bei mir melden."

Die Klöppels wirkten auf Can wie eine durchschnittliche Familie. Die Wohnung war sauber und mit dem Geschmack eines Möbelhausprospektes eingerichtet. Der Ehemann und die Söhne waren höflich und aufgeschlossen. Keiner aus der Familie hatte eine Vorstrafe. Frau Klöppel schien überall beliebt zu sein. Eigentlich gab es keinen Grund, an ihrer Aussage zu zweifeln. Und dass sie ihrem Mann die kleinen Einnahmen nebenher verschwiegen hatte, konnte er auch verstehen. Manche Frau hat so ihr kleines Geheimnis. Es war überhaupt nicht sicher, dass sie sich überhaupt Geld hatte zustecken lassen. Und Frau Klöppel war wirklich ein gutherziger Mensch. Wenn da nicht die kleinen Ungereimtheiten wären.

Rebecca Klöppel erschien pünktlich zu der Vorladung und wirkte eher traurig als aufgeregt.

„Kommen wir noch einmal zurück zu Ihren Einkäufen. Sie müssen schon gegen zehn vor acht wieder zu Hause gewesen sein. Sie konnten gar nicht im Treppenhaus gewesen sein, als Sie die Schreie gegen halb neun gehört haben."

„Wer sagt das? Wer soll wissen, wann ich nach Hause gekommen bin?" Frau Klöppel war ein bisschen erstaunt.

„Ihre Nachbarin, Frau Müllerhagen."

„Ach, Quatsch, die hat doch nicht auf die Uhr geguckt", sagte die Frau bestimmt.

„Vielleicht haben Sie aber noch die Quittung von Aldi. Da steht auch die Uhrzeit drauf."

„Ich bezahle mit meinem Handy und habe keine Quittung."

„Kann ich mal Ihr Handy sehen?"

Jetzt wirkte die Frau erschreckt. „Schon gut, vielleicht war ich schon früher einkaufen, aber ich bin nicht sofort nach Hause gefahren. Ich wollte noch zur Apotheke. Die ist weiter entfernt."

„Mit den Gefriersachen? Erzählen Sie mir nichts. Es war ein heißer Augusttag. Das glaube ich Ihnen nicht. Wenn Sie keine vernünftige Erklärung haben, werde ich mir so meine Gedanken machen." Can war jetzt sehr bestimmt.

Frau Klöppel wurde kleinlaut. „Ich weiß nicht, warum solche Kleinigkeiten so wichtig sind. Kann sein, dass ich die Sachen erst ausgepackt habe. Und da ich so viel Abfall hatte, bin ich nach unten zur Mülltonne gegangen. Und als ich davon zurückkam, hörte ich die Schreie."

„Warum haben Sie das nicht sofort gesagt?"

„Weil ich das vergessen hatte."

„An Ihrer Stelle hätte ich erklärt, dass Sie zu Ihrer Nachbarin mussten, weil Sie ihr die Einkäufe bringen mussten. Das wäre viel einfacher gewesen. Und zufällig hätten Sie dann den Mord entdeckt", bot ihr Can eine attraktivere Lösung an.

Frau Klöppel sah nun den Mann überrascht an. So, als dächte sie: Verdammt, warum ist mir das nicht eingefallen? Und gleichzeitig merkte sie, dass der Kommissar ihr zum ersten Mal die Rolle als Mörderin unterstellte.

„Weil ich nicht für die beiden eingekauft habe. Das wäre dann eine Lüge gewesen. Das mit dem Abfall war nur Vergesslichkeit. Und ist das verwunderlich nach diesem ganzen Stress?"

„Wissen Sie was, Sie hatten Ihrer Nachbarin ja schon erzählt, dass Sie nur für sich eingekauft hatten. Dann hätten wir Sie der Lüge überführen können." Can wirkte gereizt.

„Ich kann mich nicht daran erinnern, meiner Nachbarin erzählt zu haben, dass ich nur für mich eingekauft habe. Außerdem gebe ich den beiden Alten öfter etwas von meinen eigenen Sachen ab." Sie korrigierte sich. „Habe ich den beiden Frauen öfter etwas von meinen Lebensmitteln abgegeben. Ich hätte immer einen Grund gehabt, nach unten zu gehen. Ich bin dort ein und aus gegangen."

„Ich merke schon, Sie sind eine ganz Liebe. Haben Sie wirklich die beiden ohne Hintergedanken, aus reinster Nächstenliebe gepflegt? Oder hat Frau Konstanz Ihnen auch mal ein paar Scheine zugesteckt?"

Rebecca Klöppel zögerte einen Moment. Dann gestand sie etwas verlegen. „Ich wollte gar kein Geld von ihr. Aber sie hat es mir förmlich aufgedrängt. Sie meinte, sie freue sich so, dass ich mich so lieb um sie kümmere. Sie brauche auch nicht mehr viel für sich. Und ihre Tochter sei sehr wohlhabend und würde ihr bisschen Geld nicht benötigen. Es tat schon gut, wenn sie mir ab und zu etwas zusteckte. So als Urlaubsgeld. Ich habe es dann in mein Sparschwein getan."

Doch nicht so uneigennützig, dachte Can. Aber man beißt doch nicht in die Hand, die einen füttert. Es kamen ihm Zweifel an dem Mordmotiv.

„Und? Wie viel Geld haben Sie denn schon in Ihrem Schwein?"

Jetzt wurde Frau Klöppel rot. Sie sagte nichts mehr. Vielleicht hatte sie es schon ausgegeben oder es war so viel, dass es ihr peinlich war. Can würde sich einmal über die wirtschaftliche Situation der Familie informieren müssen. Und er wollte sich den Inhalt des Sparschweins mal ansehen.

„Wie viel Geld ist in dem Schwein?", wiederholte er.

Frau Klöppel stotterte. „Ich, ich habe es leider schon ausgegeben."

„Und wofür?"

„Nichts Besonderes. Ich habe mir ein Kleid gekauft." Sie kaute auf ihrer Unterlippe.

„Also doch kein Urlaubsgeld?" Can stellte das Aufnahmegerät ab. Er verabschiedete sich von ihr und wünschte ihr noch einen schönen Tag.

„Was soll an dem Tag schön werden?", meinte sie traurig. „Beide Personen, die ich betreut habe, sind nicht mehr da."

Can machte sich noch einmal die Mühe, die Ergebnisse der Nachbarschaftsbefragung in der Akte nachzulesen. Alle Nachbarn, die die Verstorbene näher kannten, beschrieben sie vorsichtig als sparsam. Keiner konnte sich vorstellen, dass sie großzügig mit Trinkgeld war. Frau Klöppel habe wohl wirklich aus reiner Nächstenliebe die beiden betreut. Sie sei so eine empathische und hilfsbereite Person. Can fragte sich, warum Frau Klöppel erzählte, dass sie Geld von Frau Konstanz bekommen habe. Geld, das jetzt nicht mehr vorhanden war. Er beauftragte seinen Kollegen Musilak, Informationen über Frau Klöppel einzuholen. Was wusste man schon über sie? Sie war nicht vorbestraft, eine etwas gelangweilte Hausfrau, die in ihrer sozialen Aufgabe aufging. Er selbst nahm sich vor, die Kontobewegungen der Verstorbenen zu überprüfen. Vielleicht hatte Frau Klöppel Zugang zum Konto ihrer Nachbarin gehabt.

Der Kollege meldete sich einige Tage später. „Du kannst dir nicht vorstellen, was Frau Klöppel in ihrer Freizeit macht. Ich habe sie observiert."

„Lass mich raten. Ihre Lieblingsbeschäftigung ist einkaufen", grinste Can.

„Quatsch. Sie geht ins Spielcasino hier in Duisburg. Ich habe sie beobachtet. Die Jungs im Casino haben mir erklärt, dass sie regelmäßig ihr Geld hier verzockt. So alle drei Tage."

„Und wie kommt sie an das Geld?"

„Meinst du, die Klöppel hat die Verstorbene beklaut? Vielleicht hatte sie eine Kontovollmacht und konnte so Geld zum Zocken abheben."

„Man braucht keine Kontovollmacht. Es reicht doch, wenn sie irgendwann Frau Konstanz zum Geldabheben am Automaten begleitet hat und sich die PIN gemerkt hat. An die Karte konnte sie jederzeit kommen. Sie ging doch in der Wohnung ein und aus. Sagt sie ja selbst."

„Und noch etwas. Rate mal, welchen Beruf die Frau hat?"

„Sie hat Altenpflegerin angegeben."

„Haben wir aber nicht überprüft, weil wir das unwichtig fanden. Sie hat ja auch die Alten gepflegt."

„Und?" Can hatte keine Lust auf Fragespielchen. „Was hat sie für einen Beruf?"

„Die Frau war Metzgerin. Sie weiß also mit einem Fleischermesser umzugehen."

Can stieß einen Pfiff aus. Das hätte er der zierlichen Frau nicht zugetraut.

„Das Gutachten der Frau Mauer hat übrigens ergeben, dass sie weder körperlich noch geistig in der Lage gewesen sein kann, einen Menschen umzubringen. Wir müssen sie gehen lassen", erklärte sein Kollege.

„Wir haben die wahre Täterin. Ich mache mich jetzt auf den Weg zur Bank, bei der Frau Konstanz ihr Konto hatte."

Nachdem Can sich ausgewiesen hatte, bekam er von einer kooperativen Bankangestellten die erforderlichen Auskünfte.

„Ich habe Frau Konstanz zu uns gebeten. Wir hatten ungewöhnliche Kontobewegungen festgestellt. Alle über unterschiedliche Geldautomaten. Ich wollte von ihr wissen, wofür sie so viel Geld benötigt. Aber sie erschien nicht. Erst später habe ich erfahren, dass sie genau an dem Tag ermordet wurde. Es ist schrecklich."

„Es wäre schön gewesen, wenn Sie Eigeninitiative entwickelt hätten und uns Ihre Beobachtung gemeldet hätten", seufzte Can. „Wer hatte Zugang zu ihrem Konto?"

„Soviel ich weiß, nur sie allein."

„Wie viel Geld wurde denn abgehoben?"

„In kürzerer Zeit dreißigtausend Euro. Ich dachte, die Kundin hätte sich damit etwas Neues anschaffen wollen. Aber dann hebt man doch nicht alle paar Tage tausend Euro ab."

Can überlegte. „Hätte Frau Konstanz die Kraft gehabt, so oft zu den Geldautomaten zu laufen? Schwer zu glauben. Sie hätte Hilfe benötigt. Und warum dann die Abhebungen an unterschiedlichen Automaten?"

„Ja, warum sollte sie das machen? Wenn sie etwas Neues hätte kaufen wollen, hätte sie das Geld doch hier bei uns am Schalter bekommen können. Das wollte ich ihr an dem Tag erklären."

„War Frau Konstanz schon mal mit einer anderen Person bei Ihnen?"

Die Frau überlegte. „Einmal, mit einer Frau im mittleren Alter. Es war aber nicht die Tochter, die kenne ich. Diese andere Frau kam mir sehr fürsorglich vor."

„Hatte sie Zugang zum Konto der Frau Konstanz?"

„Bestimmt nicht. Frau Konstanz war da sehr eigen. Noch nicht einmal ihre Tochter hatte eine Vollmacht."

„Trotzdem, das Geld ist weg. Und mit Sicherheit hat Frau Konstanz es nicht selbst abgehoben. Der Täter hatte die Karte und die PIN der Getöteten."

„Und sie darum umgebracht", hauchte die Bankangestellte entsetzt.

„Das müssen wir erst einmal beweisen. Ich benötige eine Aufstellung aller Automatenabhebungen in diesem Jahr mit Datum und Ort. Und bitte lassen Sie überprüfen, ob es davon noch Videoaufzeichnungen gibt."

Can und sein Kollege saßen in der Kantine des Polizeipräsidiums bei einer Tasse Kaffee. Beide hatten sie in der Nacht nicht schlafen können und gegrübelt.

„Das wäre ja ungeheuerlich. Frau Klöppel ist bisher eine strafrechtlich unauffällige Frau. Sie wirkte auf mich sehr betroffen, als ich mit ihr in meinem Büro gesprochen habe."

„Tatsächlich war sie wohl auch betroffen, über ihre eigene Tat. Vielleicht hat sie sie bedauert", meinte Musilak.

„Mit Sicherheit nicht. Das war ein ganz perfider, ausgeklügelter Plan. Frau Klöppel ist spielsüchtig, kann aber ihre Spielsucht vor der Familie geheim halten. Aber ihr Geldproblem wird mit der Zeit immer größer …"

„Und Frau Konstanz besitzt etwas Geld", fällt Musilak ihm ins Wort.

„Frau Klöppel begleitet sie zum Bankautomaten und hilft ihr dabei, Geld zu ziehen. Es war für sie nicht schwer, bei dieser Gelegenheit an Karte und PIN zu kommen. Frau Konstanz hat ihr absolut vertraut."

„Inzwischen wissen wir, dass mindestens zwei Geldabhebungen an einem Automaten in der Nähe des Spielcasinos stattgefunden haben. Und noch ein anderer Umstand: Wir dürfen nicht vergessen, dass sie Metzgerin war. Sie konnte mit einem Fleischermesser perfekt umgehen."

„Aber warum hat sie zuerst versucht, die alte Frau zu erwürgen?", fragte sich Musilak und verbesserte sich sofort. „Die Frage ist wohl, warum hat sie es nicht geschafft? Sie ist eine kräftige Frau."

„Was eher für die Tat der alten Mitbewohnerin sprach", ergänzte Can. „Seien wir mal ehrlich. Nichts sprach dafür. Die alte Frau war körperlich nicht in der Lage, einen Menschen zu töten. Wir haben uns nur von Frau Klöppel überzeugen lassen, weil wir dachten, sie hätte absolut kein Mordmotiv."

„Und Frau Maurer hatte ja noch das Messer in der Hand."

„Das ihr Frau Klöppel rasch, bevor wir erschienen, in die Hand gedrückt hat. Und mit dem sie nichts anzufangen wusste."

„Fingerabdrücke waren natürlich von beiden Frauen darauf, weil Frau Klöppel ihr das Messer angeblich entwendet hatte. Und sich dabei selbst verletzt hatte."

„Und dann wieder zugesteckt hatte?"

„Die alte Frau hätte niemals die Kraft gehabt, so oft zuzustechen. Wie konnten wir nur so daneben liegen? Es gab ja nur die DNA von den beiden Frauen. Wir hätten Frau Klöppel sofort besser überprüfen sollen."

„Wir hatten immer unsere Zweifel, aber ohne Beweise konnten wir Frau Klöppel nicht verhaften. Einen entscheidenden Hinweis haben wir übrigens auf ihrem Handy gefunden. Sie hat im Internet tatsächlich nach dem ‚perfekten Mord' gegoogelt."

„Vielleicht hatte sie ja auch nur vorgehabt, einen Kriminalroman zu schreiben", grinste der Kollege.

„Gar nicht lustig. Die Frau war ganz schön erfinderisch in ihren Aussagen. Sie will Schreie gehört haben, als sie den Müll rausgebracht hat. Sie hat sich selbst an der Tatwaffe verletzt usw."

„Die Frage bleibt nur, warum sie so brutal vorgehen musste. Das war nicht das Werk einer Frau, die einen Diebstahl vertuschen wollte. Vielleicht wollte sie ihre bürgerliche Fassade mit allen Mitteln aufrechterhalten, koste es, was es wolle. Aber das zu klären, ist nicht mehr unsere Aufgabe, sondern die eines Psychiaters."

Frau Klöppel wurde zwei Monate nach der Tat festgenommen. Sie bestritt bis zum Schluss vehement, etwas mit dem Mord zu tun zu haben. Sie hatte sich aber schon während der vielen Befragungen immer wieder in Widersprüche verwickelt. Und die Vielzahl der Indizien war erdrückend. Als endgültigen Beweis sah der Staatsanwalt die Tatsache, dass Frau Klöppel auf ihrem Handy den Suchbegriff „perfekter Mord" eingegeben hatte. Und fast wäre er ihr auch gelungen. Ihre Spielsucht war der Sechsundvierzigjährigen zum Verhängnis geworden. Die Schulden waren erdrückend. Aber der Tatverlauf war selbst für hartgesottene Polizisten erschütternd. Wie konnte die Frau nur einen solch perfiden Plan schmieden und ausführen? Ihre Brutalität machte alle fassungslos. Erst versucht sie, die noch Schlafende zu erwürgen, danach bringt sie die Wehrlose mit neunundzwanzig Stichen um. Und schiebt dann das Verbrechen einer wehrlosen alten Frau in die Schuhe. Gleich drei Mordmerkmale kamen hier zum Tragen: Habgier, Heimtücke und Verdeckung einer Straftat.

Frau Maurer wurde aus der geschlossenen Psychiatrie entlassen, in eine Pflegeeinrichtung verlegt und aus der Staatskasse entschädigt.

Bis heute bleibt Frau Klöppel bei ihrer Aussage, dass sie den Mord nicht begangen hat. Die wahren Hintergründe am Tattag sind weiterhin unklar.

Rebecca Klöppel wurde wegen Mordes zu einer lebenslangen Freiheitsstrafe verurteilt. Wegen der Schwere ihrer Straftat wird sie wohl nicht auf Antrag nach fünfzehn Jahren aus der Haft entlassen werden.

Manu Wirtz

Hast du Haschisch in den Taschen ...

„Hey, Oma, was gibt es zum Abendessen?", rief Timm Kohlheim laut im Hausflur. Er kam gerade von der Hochschule Ruhr West, wo er seit 2019 Internationale Wirtschaft – Emerging Markets studierte und war – wie alle Studenten – immer hungrig wie ein Wolf. Er stand in der Küchentür und wunderte sich. „Warum sitzt du im Dunkeln?" Timm tastete nach dem Lichtschalter und klickte ihn mehrmals vergeblich. „Ist die Sicherung rausgeflogen?"

Da hörte er in der Essecke ein Schnüffeln und leise Schluchzer. Er ging zum Tisch und sah im Dämmerlicht, wie sich Oma Gertrud mit einem Taschentuch über die Augen wischte. Laut schnäuzte sie sich die Nase. „Oma, was ist denn los?", rief er erstaunt.

„Ach, Junge. Ich kann dir kein Abendessen kochen. Es tut mir leid. Die Stadtwerke haben uns den Strom abgedreht."

„Aber warum denn?", fragte Timm ratlos.

„Weil ich die Rechnung nicht mehr bezahlen konnte", antwortete seine Oma.

„Aber wegen einer rückständigen Zahlung wird doch nicht gleich der Saft abgedreht."

„Es sind leider ein paar mehr Rechnungen, die noch offen sind", kam es leise von der Bank.

„Ach du Scheiße", fluchte Timm. „Wie soll ich denn für mein Studium arbeiten? Ich brauche doch meinen Computer und Internet."

Gertrud Kohlheim fing wieder an zu weinen. „Es tut mir so leid", heulte sie jetzt laut und verzweifelt. „Das ist mir im Leben noch nie passiert, das schwöre ich. Aber ich kann die hohen Kosten nicht mehr aufbringen. Alles ist so teuer geworden. Und ich krieg nur eine kleine Rente. Vor einem Vierteljahr wurden die Stromtarife massiv erhöht. Ich habe Strom gespart, wo ich konnte, aber es hat nicht gereicht. Dieser alte Kasten verbraucht einfach zu viel Energie."

Timm und Oma Kohlheim wohnten im ehemaligen Wirtshaus zum Eppinghofer Bruch in Mülheim-Styrum. Früher hatten Timms Großeltern hier ein gut gehendes Gasthaus betrieben. Aber dann starb plötzlich der Mann von Gertrud Kohlheim. Allein konnte sie den Betrieb nicht aufrechterhalten. Die Gaststätte wurde geschlossen und mit den Jahren verfiel das Haus immer mehr. Ein Käufer für das alte Gemäuer fand sich auch nicht, weil alle den umfangreichen Renovierungsstau fürchteten.

Als Timm sein Studium an der Hochschule begann, zog er bei seiner Oma ein, um Geld zu sparen. Auch sein Einkommen reichte kaum über das BAföG hinaus.

„Wie hoch sind denn die Rückstände?", fragte er vorsichtig.

Oma hickste vor Aufregung und stammelte dann eine Zahl.

Timm erschrak. Als ihm nach und nach die Katastrophe klar wurde, setzte er sich auf die Eckbank und starrte fassungslos vor sich hin. Es war inzwischen noch dunkler geworden. Gertrud Kohlheim seufzte und stand auf.

„Ich hab irgendwo noch Kerzen. Und kochen kann ich vorerst auf dem alten Kohleofen. Der tut es noch."

In den nächsten Tagen richteten sich die beiden, so gut es ging, in dem stromlosen Haushalt ein. Timm überlegte die ganze Zeit fieberhaft, wie sie an Geld kommen könnten. Er war in seinem Zimmer und betrachtete im Kerzenschein die vier Cannabispflanzen, die auf seiner Fensterbank standen. Er hatte sich die Pflanzen in Holland besorgt und zog sie für die eigenen Joints groß. Zumindest versuchte er das. Seine Pflänzchen machten einen recht kümmerlichen Eindruck.

Er dachte an den Gemüsegarten, den seine Großmutter hinter dem Haus pflegte. Und in dem jedes Jahr reichlich Kartoffeln, Gemüse, Salat und Kräuter gediehen. Oma hatte den grünen Daumen! Auch ihre Zimmerpflanzen waren alle viel üppiger und in voller Blütenpracht.

So langsam bildeten sich konkrete Gedanken und Pläne, wie sie beide ihre desolate finanzielle Situation ändern konnten. Timm schleppte seine Cannabispflanzen in die Küche und stellte sie auf den Esstisch.

„Was ist das denn für ein Gestrüpp?", fragte Gertrud.

„Setz dich, Oma. Ich habe vielleicht eine Idee, wie wir zu Geld kommen können."

So, wie Timm es im Studium gelernt hatte, erklärte er sein Geschäftsmodell, Cannabispflanzen zu züchten und mit der Zeit zu einer Plantage auszubauen. Die Ernte würde er dann als Haschisch verkaufen. So könnten sie nach und nach nicht nur ihre Schulden bezahlen, sie hätten viel mehr Geld als je zuvor. Und Oma würde sich nie wieder Sorgen um die Zukunft machen müssen.

Gertrud verzog das Gesicht erschrocken und fragte ängstlich: „Um Gottes Willen, Junge. Du willst doch nicht etwa Drogen verkaufen? Das machen doch nur Verbrecher. Gerade hier im Ruhrpott. Die Mafia hat jede Menge Schläger und Mörder, die das Drogengeschäft kontrollieren. Sieht man doch immer im Fernsehen. Das ist viel zu gefährlich! Ich erinnere dich nur an die Schießerei in Duisburg 2007, wo sich die Mafia bekriegt hat!"

„Keine Sorge Oma. Ich will auch nicht ins Straßengeschäft einsteigen. Und die Mafiamorde beim Restaurant Da Bruno hatten auch nichts mit Rauschgift zu tun, sondern waren eine Fehde der N'drangheta. Ich dachte vielmehr an eine Nische. Du kannst doch so gut backen, Plätzchen und Kuchen. Wir mischen das Haschisch unter den Teig. Das schmeckt sehr gut und ist viel unauffälliger."

Gertrud schaute mit großen Augen auf die vier Pflanzen. „Das kann man backen?"

„Ja, wirklich. Ich habe mal eins probiert. Die Wirkung ist gleich, aber es schmeckt besser."

Timm strahlte übers Gesicht, seine Gedanken rasten. Im Geiste sah er schon ein richtiges Unternehmen, das paketweise Haschischbrownies und Gebäck überall in die Welt verschickte.

„Das ist doch bestimmt illegal, oder?", zweifelte Gertrud. „Und wenn wir erwischt werden?"

„Oma, das alte Haus liegt ziemlich abseits. Hier kommt keiner mehr vorbei. Wem soll das auffallen?" Er legte ihr die Hand auf die Schulter. „Vertrau mir. Andere Möglichkeiten, jetzt an Geld zu kommen, haben wir nicht."

Timm sah, wie Gertrud ihre Hände rang und dramatisch aufseufzte. Dann hob sie den Kopf und blickte ihrem Enkel entschlossen in die

Augen. „Na gut, Junge. Wenn das die einzige Chance ist, Geld zu verdienen, dann machen wir das so."

In den nächsten Wochen päppelte Oma die Haschischpflänzchen zu beachtlicher Größe hoch. Timm hatte billig einen gebrauchten Stromgenerator, der mit Gas versorgt wurde, organisiert. Damit wurden mehrere UV-Lampen betrieben, die für Pflanzenwachstum sorgten. Aus den Samen der Cannabispflanzen zog Gertrud Kohlheim neue Pflanzen heran. Schon bald konnten die ersten Blätter geerntet und verarbeitet werden. Ihre allerersten Kunden fand Timm in seiner Hochschule. Schnell sprach sich herum, dass Omas Haschischplätzchen die leckersten waren.

Mit den ersten Einnahmen tilgte Timm die Schulden. Als der Strom im Haus wieder floss, feierten beide das mit Kaffee und Schwarzwälder Kirschtorte mit „Spezialfüllung". Es wurde ein sehr lustiger Abend.

Mit der Zeit kamen immer mehr Pflanzen hinzu und bald hatte Oma eine Vierzigstundenwoche. Timm verkaufte die Haschischprodukte jetzt unter dem Markennamen „High Cookies" über einen Onlineshop im Darknet. Für sein Studium hatte er längst keine Zeit mehr. Er war jetzt ein Unternehmer! Er kümmerte sich den ganzen Tag um den Vertrieb und das Marketing der „High Cookies".

Eines Tages sagte Oma: „Junge, ich schaffe das alles nicht mehr! Ich bin schon neunundsiebzig Jahre alt und mir tun die Knochen so weh. Jetzt ist schon der frühere Gastraum mit deinen Pflanzen voll und im Obergeschoss stehen noch weitere. Jeden Tag die Pflanzen pflegen und backen. Das wird mir einfach zu viel!"

„Du hast recht, Oma. Ich hätte nie gedacht, dass wir in so kurzer Zeit bereits eine kleine Plantage hätten. Wir brauchen Unterstützung." Er überlegte lange. „Ich kenne einen Alt-68er aus dem nächsten Ort. Der sucht dringend einen Minijob. Und hattest du mir nicht erzählt, dass deine beste Freundin so über ihre kleine Rente klagt?"

Gertrud schaute auf. „Ja, die Liselotte. Alles ist doppelt so teuer geworden. Sie kann kaum ihre Miete zahlen." Dann schmunzelte sie. „Und sie ist im Ort bekannt für ihre tollen Kuchen."

Jupp aus dem Nachbarort Dümpten war ein Glücksfall für die wachsende Haschischplantage. Er kannte aus seiner Zeit als Hippie den Umgang mit den Pflanzen und wie man sie pflegt. Jupp kam jeden Morgen mit dem Fahrrad zum alten Gasthof. Und Liselotte brachte zum Backen neue Rezepte mit. Sie war froh über das Schwarzgeld, das ihre Rente aufstockte, und kümmerte sich nicht um die rechtlich fragwürdige Art ihrer Tätigkeit. „Der Staat hat mir bisher nicht geholfen. Der kann mich jetzt mal am Arsch lecken!"

In den nächsten zwei Jahren wuchs die Plantage, bis sie fast alle Räume in dem Wirtshaus zum Eppinghofer Bruch belegten. Einzig drei Zimmer, in denen Oma wohnte, blieben privat. Timm hatte sich längst eine moderne Eigentumswohnung in Duisburg gekauft und fuhr einen Ferrari.

Auch der Ort Styrum profitierte vom „High-Cookies"-Geschäft im Eppinghofer Bruch. In dieser Zeit wurde der Kindergarten renoviert, die Schule bekam viele Tabletcomputer gestiftet und der örtliche Fußballverein freute sich über neue Trikots. Timm und Oma hatten im nahen Altersheim ein paar Plätzchen als Kostproben da gelassen. Die hatten vor allem bei Arthritisschmerzen gewirkt und wurden schnell beliebt. Und so profitierten alle und jeder hielt den Mund!

Einzig der Bürgerrat hatte Sorgen, dass mit der Legalisierung von Cannabis – eine immer lauter werdende Diskussion der Regierung in Berlin – die lieb gewonnenen Spenden zurückgehen würden.

Die Diskussion im Ratssaal schien keine klare Richtung zu nehmen, bis Ortsbürgermeister Klaus Sander das Wort ergriff. „Auch wenn wir uns aktuell in einer komfortablen Position befinden, dürfen wir die Zukunft nicht aus den Augen verlieren", begann er. „Die Legalisierung von Cannabis ist nur eine Frage der Zeit. Wir müssen darauf vorbereitet sein, wie wir als Gemeinde auf die Gesetzesänderung reagieren." Er schlug vor, eine Arbeitsgruppe zu bilden, die sich mit den verschiedenen Aspekten der Legalisierung beschäftigen sollte. Die Mitglieder des Bürgerrats waren zunächst skeptisch, aber schließlich stimmten sie zu.

Im Jahr 2021 joggte eines Morgens die junge Polizistin Katja Schnitzler aus Moers auf einem Feldweg im Eppinghofer Bruch, als ihr ein starker Geruch nach Haschisch und Backwerk in die Nase stieg. Sie folgte dem Geruch durch den Wald und entdeckte ein altes Wirtshaus, das von außen einen heruntergekommenen Eindruck machte. Aber ihre Nase trog sie nicht, der Duft kam eindeutig von dort. Sie meldete ihren Verdacht sofort den Kollegen.

In den nächsten Tagen observierte die Polizei das verdächtige Gebäude. An einem Morgen beobachteten sie, wie zwei Männer einen VW-Transporter mit Paketen beluden. Der Zugriff erfolgte auf Rufzeichen von mehreren Seiten. Timm und Jupp wurden überrascht und beide ließen sich widerstandslos festnehmen. Der Transporter war bis unters Dach vollgepackt mit Paketen, bei deren Geruch der mitgebrachte Drogenhund beinahe ausflippte.

Mit einem Durchsuchungsbeschluss drangen die Polizisten in die alte Wirtschaft ein und waren völlig überwältigt von der Menge der Pflanzen, die sie vorfanden. Auf aneinandergereihten Ess- und Biertischen der Kneipe standen Haschischpflanzen dicht an dicht in Blumentöpfen. Sogar auf dem Tresen. UV-Lampen hingen von der Decke und verbreiteten ein lila schimmerndes Licht. Es war feuchtwarm in dem großen Raum. Auch im Obergeschoss waren alle Räume mit Pflanzen vollgestellt. Sogar auf der früheren Kegelbahn reihten sich die Blumentöpfe.

„Das glaube ich jetzt nicht!", rief Kommissar Horst Kowalski fassungslos. Er stand in der Tür zur großen Restaurantküche und blickte mit staunenden Augen die beiden alten Damen an, die mit teigbeschmierten Händen überrascht und schuldbewusst dreinschauten. Oma Gertrud und ihre Freundin Liselotte belegten gerade Backbleche mit kleinen Teigkugeln für Plätzchen. In den aufgeheizten Backöfen wurden schon mehrere Lagen goldbraun. Er ließ die Frauen abführen und bekam noch mit, wie eine ihm etwas über die Schulter zurief.

Für die Menge von mehr als fünfhundert Haschischpflanzen musste erst ein Lkw organisiert werden. Der Abtransport war für den nächsten Tag geplant. In der Nacht überwachten zwei Polizisten den „Eppingshofer Hights", wie die Regionalzeitung sehr schnell den Ort der illegalen Drogenküche getauft hatte.

Plötzlich bekamen die beiden Polizisten, die zur Bewachung abgestellt waren, Rauch in die Nase und stiegen aus dem Dienstfahrzeug. Hinter einer Glasscheibe im Erdgeschoss sahen sie schon das Flackern von Feuer. Sie gingen schneller. Als sie gut fünfzehn Meter vom Eingang entfernt waren, erschütterte plötzlich eine heftige Explosion das alte Wirtshaus. Der ohrenbetäubende Knall durchbrach die Stille und sandte eine gewaltige Druckwelle aus, die Fenster zerspringen ließ und Trümmer in alle Richtungen warf. Die Männer wurden weit geschleudert und landeten hart auf dem Boden. Ein großer Feuerpilz stieg in den Nachthimmel. Sie robbten schnell davon und suchten hinter ihrem Fahrzeug Deckung vor der Hitzewelle. Aufgeregt schrien sie in ihre Funkgerät um Hilfe.

Die Hitze des Feuers breitete sich mit rasender Geschwindigkeit aus, fressend und zerstörend, vernichtete alles, was ihr in den Weg kam. Das Holz des alten Gebäudes brannte wie Zunder, die Flammen leckten an den Fensterbrettern und verschlangen das Dach in einem infernalischen Inferno. Sie erfassten auch den VW-Transporter, in dem noch die illegale Ware lagerte, die Timm hatte ausliefern wollen. Das Feuer erreichte die Benzinleitung und der Wagen flog ebenfalls in die Luft.

Die Feuerwehr kam und versuchte, den Brand zu löschen. Die Flammen loderten so hoch, dass sie den Himmel zu verschlingen schienen, der Brand war außer Kontrolle geraten. Erschwert wurden die Löscharbeiten, weil aus dem Inneren immer wieder dumpfe Explosionen das Feuer neu anfachten. „Das hört sich nach Gasflaschen an, die hochgehen", schrie ein Feuerwehrmann zu Kommissar Kowalski. Das Fauchen des Feuers, das Knistern und Knacken der brennenden Balken vermischten sich mit dem Heulen der Sirenen.

Schließlich, nach Stunden des Kampfes, gelang es, das Feuer unter Kontrolle zu bringen. Als die Flammen langsam erloschen, waren von dem einstigen Wirtshaus lediglich wenige Grundmauern übrig. Die Überreste waren nur noch ein verkohlter Haufen aus schwarzen Balken und zerbrochenen Fenstern, Trümmern und Asche. Die Helfer versammelten sich um die Brandstelle und blickten fassungslos auf die Überreste des Hauses.

Kommissar Kowalski starrte mit weit aufgerissenen Augen auf die verkohlten Reste. Vereinzelt konnte er Teile von Blumentöpfen erkennen. „Da sind alle meine Beweise zu Asche verbrannt", dachte er verzweifelt. „Der größte Cannabisfund der Polizeiwache Mülheim und alles ist futsch!" Ein geschickter Rechtsanwalt würde die Verdächtigen damit rausboxen können. Und plötzlich fiel ihm auch der Satz ein, den die alte Dame gerufen hatte: „Stell bloß den Backofen aus!"

Steffen Hunder

Zerreißprobe

Moses Flucht nach Midian

Zu der Zeit, als Mose groß geworden war, ging er hinaus zu seinen Brüdern und sah ihre Lasten und nahm wahr, dass ein Ägypter einen seiner hebräischen Brüder schlug. Da schaute er sich nach allen Seiten um, und als er sah, dass kein Mensch da war, erschlug er den Ägypter und verscharrte ihn im Sande. Am andern Tage ging er wieder hinaus und sah zwei hebräische Männer miteinander streiten und sprach zu dem, der im Unrecht war: Warum schlägst du deinen Nächsten? Er aber sprach: Wer hat dich zum Aufseher oder Richter über uns gesetzt? Willst du mich auch umbringen, wie du den Ägypter umgebracht hast? Da fürchtete sich Mose und sprach: Es ist also doch bekannt geworden! Und es kam vor den Pharao; der trachtete danach, Mose zu töten. Aber Mose floh vor dem Pharao und hielt sich auf im Lande Midian. Und er setzte sich nieder bei einem Brunnen. Der Priester in Midian aber hatte sieben Töchter; die kamen, Wasser zu schöpfen, und füllten die Rinnen, um die Schafe ihres Vaters zu tränken. Da kamen Hirten und vertrieben sie. Mose aber stand auf und half ihnen und tränkte ihre Schafe. Und als sie zu ihrem Vater Reguël kamen, sprach er: Warum seid ihr heute so bald gekommen? Sie sprachen: Ein ägyptischer Mann rettete uns aus der Hand der Hirten und schöpfte für uns und tränkte die Schafe. Er sprach zu seinen Töchtern: Wo ist er? Warum habt ihr den Mann draußen gelassen? Ladet ihn doch ein, mit uns zu essen. Und Mose willigte ein, bei dem Mann zu bleiben. Und der gab Mose seine Tochter Zippora zur Frau. Die gebar einen Sohn und er nannte ihn Gerschom; denn, sprach er, ich bin ein Fremdling geworden im fremden Lande. (Exodus 2,11–22)

Kemal Weiershoff sitzt im Besucherzimmer des Untersuchungsgefängnisses. Erschüttert liest er die Schlagzeilen der Tageszeitung, die sein Bruder mitgebracht hat. „Top-Polizist wegen Totschlag angeklagt! Staranwalt verteidigt eigenen Bruder!"

„Ich bin tatsächlich zum Mörder geworden, Florian!"

Kopfschüttelnd starrt Kemal auf den Zeitungsartikel. Er kann nicht fassen, dass er die Grenze überschritten hat, die niemand überschreiten darf. Florian versucht, seinen Bruder aus der tiefen Verzweiflung herauszuholen.

„Kemal, du darfst dich jetzt nicht in Selbstvorwürfen zerfleischen. Es ist noch gar nicht bewiesen, dass du deinen Kollegen vorsätzlich getötet hast. Die Indizien sprechen alle gegen dich, das stimmt. Aber der genaue Tathergang steht überhaupt noch nicht fest. Ich jedenfalls bin von deiner Unschuld fest überzeugt und werde alles dafür tun, sie zu beweisen."

„Die Journalisten haben ihr Urteil bereits gefällt", wirft Kemal resigniert ein. „Nach dem Motto ‚Gerechtigkeitsfanatiker der Polizei bringt sich durch Jähzorn selbst zu Fall'. Florian, ich schäme mich! Alles, wofür ich gekämpft habe, ist zerstört. Und mir sind total die Hände gebunden! Einige Wachleute hier behandeln mich wie den letzten Dreck. Und für die Gefangenen bin ich ein rotes Tuch. Ein Bulle im Knast! Darauf haben die nur gewartet. Ich habe das Gefühl, ständig lauert mir jemand auf. Ich halte es nicht aus! Das ist ein Albtraum! Nur leider wache ich morgens auf ..."

„Ich verstehe dich", sagt Florian. „Aber du darfst dich nicht selbst aufgeben. Deine Lage ist alles andere als einfach, das sehe ich auch. Allerdings wissen wir noch viel zu wenig über den Tathergang. Das Einzige, das wir wissen, ist, dass du neben deinem Kollegen, dessen Schädel eingeschlagen war, mit blutverschmierten Händen gefunden wurdest. Aber was sich zwischen euch abgespielt hat, darüber wissen wir nichts. Kannst du dich denn an gar nichts erinnern?"

„Leider nicht, Florian. Ich habe einen totalen Filmriss. Ich zermartere mir ständig mein Gehirn, aber mehr als ein paar vage Erinnerungsfetzen bekomme ich nicht zu fassen."

„Denk nach, Kemal! Jede Kleinigkeit ist wichtig! Warum warst du in diesem Lagerhaus?"

„Ich weiß es beim besten Willen nicht, Florian. Das Einzige, woran ich mich erinnern kann, ist der Anruf dieser Frau. Keine Ahnung, wie sie hieß und warum sie mich sprechen wollte. Es tut mir wirklich leid, aber mein Gedächtnis ist anscheinend ausgefallen."

„Nicht verwunderlich." Florian seufzt. „Du hattest eine so hohe Dosis Heroin im Körper, die hätte dich umbringen können. Irgendjemand hat dir diese Überdosis verpasst, damit du als Täter am Tatort gefunden wirst. Die Frage ist nur, wer steckt dahinter? An welchem Fall hast du gerade gearbeitet?"

„Das Übliche", sagt Kemal. „Schieberbanden, die Kinder aus den ärmsten Ländern der Erde hierherbringen, um sie in Kinderbordellen zu zerstören. Du hast bestimmt schon darüber gelesen: kleine Mädchen und Jungen, die von ihren Eltern verkauft werden, um das Überleben der Familie zu sichern. Und dann bringen skrupellose Schlepper die Kinder nach Deutschland. In irgendwelchen Hinterhofbordellen müssen sie den Freiern zu Willen sein. Ohne Papiere, ohne irgendeinen Schutz sind sie den Bordellbesitzern auf Gedeih und Verderb ausgeliefert. Wie oft habe ich bei Razzien die Angst und das Entsetzen in den Augen dieser Kinder gesehen. Wie gelähmt sind die. Aus Angst vor ihren Zuhältern schweigen sie. Du bekommst kein Wort aus ihnen heraus. Oft landen diese geschundenen Kinder dann im Abschiebegefängnis und werden – wenn man ihre Identität ermitteln kann – sofort abgeschoben.

Wenn es uns doch einmal gelingt, einen dieser schmierigen Zuhälter dingfest zu machen, dann lachen dich diese Kerle nur kaltschnäuzig an. Bei der Vernehmung eines dieser Typen ist mir mal die Sicherung durchgebrannt. Ich habe mir den Kerl geschnappt und ihm eine reingehauen. Max hat mich mit zwei anderen Kollegen davon abgehalten, dieses miese Schwein zu verprügeln."

„Wurde ein Disziplinarverfahren gegen dich eingeleitet?", will Florian wissen.

„Glücklicherweise nicht. Die Kollegen haben den feinen Herrn dazu gebracht, von einer Anzeige wegen Körperverletzung gegen mich abzusehen."

„Da bist du noch mal mit einem blauen Auge davongekommen, Kemal. Allerdings dürfte sich dieser Zwischenfall bei der Polizei herumgesprochen haben. Ich hoffe nur, dass uns das in der Verhandlung niemand um die Ohren schlägt. Aber jetzt erzähl noch mal ganz genau, woran du gerade gearbeitet hast. Das scheint ja auch etwas mit Drogenhandel zu tun zu haben?"

„Wir sind einer Bande auf der Spur, die besonders skrupellos ist. Sie missbrauchen Asylbewerber und ihre Kinder nicht nur als Prostituierte, sondern auch als Drogenkuriere. Oft kommen Menschen, die Asyl beantragen, über Schlepperbanden in unser Land. Sie leihen sich das Geld für ihre Flucht bei ihren Verwandten. Aber die Rückzahlung klappt nur selten, da sie keine geregelte Arbeit finden. Das Ehrgefühl dieser Menschen ist sehr ausgeprägt. Sie schämen sich, wenn sie ihre Schulden nicht begleichen können, und hier haken diese kriminellen Banden ein. Sie bieten ihnen Geld für ganz einfache Kurierdienste. Diese Fahrten werden als Familienbesuche getarnt. Die Eltern müssen zum Beispiel mit ihren Kindern vollgepackt mit Drogen von Essen nach Frankfurt fahren, um ihre Ladung dort abzuliefern."

„Wissen sie eigentlich, was sie transportieren?", will Florian wissen.

„Sie ahnen es wohl, aber sie trauen sich nicht, danach zu fragen. Und sie würden auch kaum eine ehrliche Antwort bekommen."

„Was passiert, wenn sie erwischt werden?", fragt Florian weiter.

„Alle werden sofort abgeschoben."

„Bekommt ihr keine Hinweise auf die Drahtzieher?"

„Leider nicht, Florian. Die Menschen haben Angst davor, uns Namen zu nennen. Sie wissen genau, diese Leute kennen keine Gnade."

„Also tappt ihr noch im Dunkeln?", hakt Florian nach.

„Im Halbdunkel", erwidert Kemal. „Wir haben die Spedition, in der ich gefunden wurde, observiert. Aber leider hat dies noch zu keinen brauchbaren Hinweisen geführt. Kannst du dich dort nicht mal umhören, Florian?"

„Ich selbst sicher nicht. Aber der Privatdetektiv, mit dem ich zusammenarbeite, könnte sich vielleicht als Fahrer einschleusen."

„Das ist eine geniale Idee, Florian. Ich hoffe nur, der findet was heraus. Aber jetzt sag mir erst mal, wie es Stefanie und den Kindern geht."

„Nicht so gut, wie du dir vorstellen kannst. Aber darüber sprich mit ihr selbst. Sie will dich übermorgen besuchen."

„Endlich mal eine gute Nachricht", atmet Kemal erleichtert auf. „Das Schlimmste für mich ist, dass ich nicht bei meiner Familie sein kann. Damit komme ich überhaupt nicht klar. Grüß Stefanie und die Kinder schon mal ganz herzlich von mir."

„Mach ich gern, Kemal. Und zerfleisch dich nicht in Selbstvorwürfen. Wir werden einen Ausweg finden."

„Florian, du bist nicht nur ein guter Anwalt, an dir ist auch ein Seelsorger verloren gegangen."

Die beiden Brüder umarmen sich kurz und herzlich zum Abschied.

Florian verlässt schnell das Gefängnis. Im Büro angekommen ruft er den Privatdetektiv Jürgen Tembe an, der anschließend sofort Kontakt mit der verdächtigen Spedition aufnimmt. Da dort ständig Fahrer zur Aushilfe gesucht werden, hat er keine Schwierigkeiten, einen Job zu bekommen. Er informiert Florian darüber, dass er bereits am nächsten Morgen um sechs Uhr in der Fahrerzentrale antreten soll. Florian ist erleichtert. Mit der Spedition haben sie wenigstens einen kleinen Anhaltspunkt, um Licht in die Hintergründe des Falles zu bringen. Wenn dort etwas nicht koscher ist, wird Tembe es herausfinden. Zufrieden gießt sich Florian eine Tasse Tee ein und zieht genüsslich an seiner Pfeife.

Kemal in seiner Zelle ist in einer ganz anderen Gemütsverfassung als sein Bruder. Unter der Überschrift „Rambo-Bulle machte mich nieder!" hat der Zuhälter, den er bei einer Vernehmung geschlagen hatte, seine Geschichte an die Zeitung verkauft. Einige Mitgefangene haben ihm das Blatt unter der Zellentür durchgeschoben mit der Drohung: „Wir kriegen dich, Kanakenbulle!" Kemal spürt, wie ihm die Angst die Kehle zuschnürt. Hier drinnen ist er diesen Kriminellen total ausgeliefert. Er kann sich nicht entziehen und ist vollkommen auf sich allein gestellt.

„Wie konnte es überhaupt geschehen, dass ich hier gelandet bin?" Diese Frage stellt er sich immer wieder. Seine Gefühle fahren mit ihm Achterbahn. Er spürt, wie die Tränen in ihm aufsteigen. Ganz tief drinnen fühlt er, wie gut ihm das tut. Als ob seine Seele gereinigt wird, so kommt es ihm vor. Er erinnert sich daran, was seine Schwester Miriam immer zu ihm gesagt hat: „Kemal, du darfst deine Gefühle nicht unterdrücken, sonst erstickst du. Tränen zeigen uns, dass unsere Seele noch lebendig ist und unsere Gefühle in ihr zu Hause sind."

„Was für ein sentimentaler Quatsch", hat er ihr damals entgegengeschleudert. Heute aber wird ihm klar, wie recht seine Schwester hatte. Plötzlich kann er sich bis in die tiefsten Tiefen seines Herzens fühlen. Er spürt den schmerzhaften Riss, der durch ihn hindurchgeht. Er steht vor der Zerreißprobe seines Lebens – und könnte daran zerbrechen. Wohin führt sein Weg? Ist er in eine Sackgasse geraten, aus der es keinen Ausweg mehr gibt?

Mit diesen düsteren Gedanken im Kopf versucht er, Ruhe zu finden, nachdem die Wachleute das Licht gelöscht haben. Unruhig wälzt er sich von einer Seite auf die andere. Wüste Träume lassen ihn in dieser Nacht kaum Schlaf finden. Wie gerädert wacht er am nächsten Morgen auf und freut sich auf eine erfrischende Dusche. Als er im Waschraum unter dem wohltuenden Wasserstrahl steht, umringen ihn plötzlich vier Mitgefangene. Bobo, ihr Anführer, hält triumphierend eine Zeitung in die Höhe.

„Na, da ist ja unser Superbulle", sagt er hämisch grinsend. „Scheinst ein ganz harter Bursche zu sein. Eddy lässt dich jedenfalls schön grüßen. Er meinte, wir sollten dir eine Lektion erteilen."

Ehe Kemal reagieren kann, halten zwei ihn bereits fest im Würgegriff. Die anderen verprügeln ihn nach allen Regeln der Kunst. Als er fast bewusstlos auf die Fliesen sinkt, flüstert Bobo ihm ins Ohr: „Damit du weißt, was wir hier mit Kanakenbullen machen. Und komm bloß nicht auf die Idee, den Wachleuten etwas davon zu erzählen. Du bist in der Dusche ausgerutscht! Verstanden?!"

Nur mit größter Kraftanstrengung gelingt es Kemal, sich wieder aufzurichten. Er schleppt sich in die Umkleidekabine. Das Abtrocknen und Anziehen dauern unendlich lange. Als der Wachmann Klaus Müller kommt und ihn sieht, murmelt Kemal nur: „Ich bin in der Dusche ausgerutscht."

„Wir wissen beide, dass das nicht stimmt", erwidert Müller. „Aber es ist für alle besser, wenn wir diese Version verbreiten. Oder wollen Sie den Vorfall melden?"

„Nein, nein", stammelt Kemal, „bringen Sie mich bitte zurück."

Langsam und unter Schmerzen schafft Kemal den Weg bis zu seiner Zelle.

„Soll ich dem Arzt Bescheid sagen?", fragt Müller anteilnehmend.

„Nein", sagt Kemal, „ich brauche nur etwas Ruhe. Ich komme schon wieder auf die Beine."

Doch in der Nacht werden die Schmerzen so unerträglich, dass er die Wachleute rufen muss. Als sie in seine Zelle kommen, krümmt sich

Kemal neben der Tür. Sie bringen ihn auf einer Trage in die Krankenstation. Eine halbe Stunde später erscheint Dr. Strohm, der Gefängnisarzt. Er untersucht Kemal eingehend und stellt fest, dass mehrere Rippen gebrochen und die Nieren gequetscht sind.

„Die haben gründliche Arbeit geleistet", konstatiert Dr. Strohm nüchtern.

„Wer war das?", fragt Kemal.

„Unsere Braune Front. So nennen sich diese Burschen. Sie haben noch Glück gehabt, dass Sie Ihnen nicht die Hände oder Arme gebrochen haben."

„Und ihr lasst das einfach so zu?", sagt Kemal resigniert.

„Was sollen wir machen?", erwidert Dr. Strohm achselzuckend. „Hier drin herrscht das Gesetz des Dschungels. Der Stärkere setzt sich durch. Diese Typen bilden hier eine richtige ‚Herrenrassen-Front'. Wer sich ihnen widersetzt, wird erbarmungslos niedergemacht. Die haben nichts als ihre Naziparolen und ihren Körperkult, auf den sie stolz sind. Wir alle arrangieren uns mit ihnen, um einigermaßen klarzukommen. Sie sind natürlich für diese Typen ein willkommenes Opfer. Ein Ausländer als Bulle, der einen deutschen Kollegen erschlagen hat! Das ist für die wie eine Kriegserklärung. Mich hat es schon gewundert, dass man Sie bis jetzt in Ruhe gelassen hat."

„Ein schwacher Trost!", erwidert Kemal mit schmerzverzerrtem Gesicht.

„Ich weiß", sagt Dr. Strohm. „Aber ich sage Ihnen ja gewiss nichts Neues. Hier drinnen blicken Sie wirklich in die Fratze unserer Gesellschaft, die einem angst und bange werden lässt. Ich werde Sie für einige Tage zur Beobachtung auf der Krankenstation behalten. Man kann nur hoffen, dass diese Typen sich mit ihrer Aktion jetzt genug ausgetobt haben."

„Das hoffe ich auch", sagt Kemal kleinlaut. „Ich weiß nicht, ob ich das noch einmal durchstehen würde."

„Werden Sie mit Ihrem Bruder über diesen Zwischenfall sprechen?", will Dr. Strohm wissen.

„Ehrlich gesagt, ich weiß es noch nicht", erwidert Kemal. „Eigentlich widerspricht es meiner Überzeugung, so etwas einfach auf sich beruhen zu lassen. Aber im Moment habe ich nur ein Bedürfnis – meine Ruhe zu bekommen."

„Sehen Sie, Herr Kommissar", sagt Dr. Strohm, „so geht es den meisten hier drin. Sie sind froh, wenn man sie in Ruhe lässt und sie die Zeit im Knast einigermaßen unbeschadet überstehen. Trotzdem rate ich Ihnen sehr, sprechen Sie mit Ihrem Bruder über diesen üblen Vorfall. Möglicherweise kann er dies auch im Prozess zu Ihren Gunsten verwenden."

Als Kemal am nächsten Morgen auf seine Frau wartet, ist er richtig aufgekratzt. Wie ein kleines Kind freut er sich auf ihren Besuch. Seine Schmerzen scheinen wie weggeblasen. Er hat sich fest vorgenommen, Stefanie nichts von dem Vorfall in der Dusche zu erzählen. Überschwänglich begrüßt er sie, als sie das Besuchszimmer betritt. Der Wachmann drückt sogar ein Auge zu, als er Stefanie so fest in seine Arme schließt, als wollte er sie nie wieder loslassen.

„Schön, dass du da bist!", raunt er ihr ins Ohr. „Ich habe mich so nach dir gesehnt! Was machen Alexander und Katharina? Ich vermisse euch so!"

Stefanie ist merkwürdig zurückhaltend. Kemal tritt einen Schritt zurück. Irritiert schaut er seine Frau an. „Was ist los, Stefanie? Freust du dich nicht, mich zu sehen?"

„Doch, doch", antwortet Stefanie kleinlaut.

„Aber dich bedrückt doch etwas", insistiert Kemal. „Was ist los? Ist den Kindern etwas passiert? Bitte, Stefanie, du musst es mir sagen!"

„Ach, Kemal", seufzt Stefanie. „Es ist schrecklich! Seit du im Gefängnis bist, werden wir angepöbelt und attackiert. Ans Garagentor hat jemand ‚Kanakenbraut' gesprüht! Und letzte Woche in der Straßenbahn ..." Unvermittelt bricht Stefanie ab.

„Was war in der Straßenbahn? Wieso bist du überhaupt Straßenbahn gefahren? Was war mit dem Auto?"

„Das Auto hatte ich zur Inspektion gebracht. Ach, eigentlich wollte ich dir das alles gar nicht erzählen." Sie seufzt.

„Du musst es mir erzählen", drängt Kemal. „Wenn ich nicht weiß, was mit euch los ist, ist doch alles noch viel schwerer für mich."

„Ich musste mit Alexander zur Vorsorgeuntersuchung zum Kinderarzt. Also habe ich ihn in den Kinderwagen gesetzt und wir sind mit der Straßenbahn gefahren. Als wir in der Bahn saßen, stiegen einige Skinheads zu.

Plötzlich hat der Anführer durch die ganze Bahn gebrüllt. ‚Das ist doch die Kanakenbraut von dem Kanakenbullen, der im Knast sitzt. Und ihren Kanakenbalg hat sie auch dabei.‘ Dann sind die Kerle auf mich zugestürmt und haben den Kinderwagen geschnappt. Wild johlend haben sie ihn immer schneller durch die Bahn geschoben. Dabei haben sie gebrüllt: ‚Kanakenkinder fahren ab – Kanakenkinder ab ins Grab!‘"

Kemal läuft es eiskalt den Rücken herunter. Angstvoll fragt er: „Was hast du gemacht, Stefanie?"

„Ich habe versucht hinterherzulaufen, aber ich kam nicht an den Wagen heran. Und dann habe ich geschrien. ‚Mein Sohn, mein Sohn! Gebt mir meinen Sohn wieder!‘"

„Und die Skinheads – wie haben die reagiert?", will Kemal wissen.

„Die haben mich nur ausgelacht. ‚Hol ihn dir doch, du Ausländerschlampe!‘, haben sie gegrölt. Selbst als ich aus Leibeskräften schrie, haben sie nur gejohlt."

„Hat dir denn kein Mensch geholfen?"; fragt Kemal entsetzt.

Stefanie schüttelt stumm den Kopf. „Zunächst nicht. Erst als ich schrie, ‚Mörder! Mörder!‘, da hat sich die Straßenbahnfahrerin umgedreht und gebremst. Die hat sich dem Haufen dann mutig entgegengestellt. Aber als sie die Männer aufgefordert hat, den Kinderwagen loszulassen, ist der Anführer noch sarkastisch geworden. ‚Nichts leichter als das‘, hat er gesagt und dem Wagen einen kräftigen Stoß gegeben, sodass er durch die ganze Bahn gesaust und schließlich gegen einen Sitz geprallt ist. Dabei ist er umgekippt. Glücklicherweise war Alexander angeschnallt."

„Diese Drecksbande!", stößt Kemal hervor. Er greift nach Stefanies Händen und hält sie fest zwischen seinen.

„Alexander war natürlich vollkommen außer sich", fährt Stefanie fort. „Er schrie wie am Spieß. Auch auf meinem Arm konnte er sich kaum beruhigen. Ich habe die Straßenbahnfahrerin gebeten, die Polizei zu rufen. Als die Bande das mitbekam, haben sie mich erneut bedroht. ‚Das könnte dir so passen, Ausländerbraut‘, hat der Anführer gehöhnt. ‚Uns die Bullen auf den Hals hetzen! Pass schön auf, wenn du jetzt nicht ganz brav bist, nehmen wir dich und deinen Balg mit und erteilen euch eine richtige Lektion.‘ Und dann hat er mir mit der Faust ins Gesicht geschlagen, bevor er endlich mit seiner grölenden Bande abgezogen ist."

Kemal guckt Stefanie prüfend ins Gesicht und streichelt ihr zart über die Wange.

„Hast du Anzeige erstattet?", fragt er. „Bestimmt haben wir die Typen in unserer Kartei."

„Dazu hatte ich nicht mehr die Kraft", erwidert Stefanie. „Ich war froh, als die Straßenbahnfahrerin einen Krankenwagen gerufen hat, der Alexander in eine Klinik gebracht hat. Gott sei Dank hat er außer einer Beule an der Stirn keine weiteren Verletzungen. Aber ich war vollkommen am Ende. Die Ärzte haben mir eine Beruhigungsspritze gegeben. Florian, den ich angerufen hatte, hat uns dann nach Hause gebracht."

Kemal kann noch jetzt die Angst, Wut und Verzweiflung seiner Frau spüren. Er fühlt sich leer und kraftlos. Mit einer fahrigen Handbewegung streicht sich Stefanie eine Haarsträhne aus der Stirn. Sie richtet ihren Blick auf ihren Mann.

Dann bricht es aus ihr heraus: „Kemal, in welcher Welt leben wir eigentlich? Mitten in unserem Land können solche Typen ein Kind quälen und misshandeln und niemand schreitet ein!"

Kemal spürt, wie der Zorn in ihm hochsteigt: „Ich habe immer gedacht, ich könnte dich und unsere Kinder vor allen schlimmen Erfahrungen beschützen. Und jetzt werdet ihr angepöbelt und bedroht und ich kann euch nicht helfen! Wie oft habe ich mich bei unseren Razzien in diesen Kinderbordellen gefragt, was ich tun würde, wenn unsere Kinder dort hineingeraten würden. Warum haben die Eltern dieser Kinder sie nicht geschützt? Und jetzt bin ich plötzlich selbst in dieser Lage."

„Ich hätte es dir nicht erzählen dürfen", sagt Stefanie. „Florian meinte, ich sollte es lieber für mich behalten. Es würde dich zu sehr aufwühlen."

„Es ist richtig, dass du es mir gesagt hast, Stefanie. Ihr gehört doch zu mir. Ihr seid mein Leben. Und mir wird dadurch auch klar, dass ich kämpfen will, um wieder für euch da sein zu können. Ich hatte mich ja schon fast aufgegeben."

Kemal und Stefanie umarmen sich innig und küssen sich leidenschaftlich. Erst als der Wachmann sich laut und vernehmlich räuspert, trennen sie sich langsam. Als sie sich gegenüberstehen und einander in die Augen schauen, spüren sie, wie eine unbeschreibliche Wärme sie durchströmt.

Nur Liebe kann den Hass überwinden, das empfinden sie beide in diesem Augenblick ganz stark und unmittelbar.

Als Kemal wieder allein in seiner Zelle liegt, spürt er, wie aufgewühlt er ist. Er spürt in sich selbst eine tiefe Zerrissenheit. Aber er weiß nicht, woher sie kommt. Durch die ständige Konfrontation mit sich selbst und seinen Empfindungen wird ihm klar, dass er der Ursache seines inneren Konfliktes auf den Grund gehen muss. Er muss mit jemandem reden, der weiß, wo er herkommt und wo er hingehört. Es gibt nur einen Menschen, der ihm dabei helfen kann: Miriam, seine ältere Schwester. Als er sie anruft und kurz erzählt, worum es geht, ist sie sofort bereit zu kommen.

„Miriam", sagt Kemal und ergreift ihre Hand. „Du bist immer mein guter Schutzengel gewesen. Ich brauche dich jetzt mehr denn je. Ich verliere immer mehr den Boden unter den Füßen. In mir tobt ein Kampf, der mich fast zerreißt. Ich spüre die tiefe Liebe zu meiner heutigen Familie. Wenn ich aber an meine Vergangenheit denke, empfinde ich nur Trauer. Es ist wie eine offene Wunde, die ich in mir trage, aber ich weiß nicht, woher sie kommt."

Miriam löst sich von Kemals Hand. Sie blickt ihrem Bruder fest in die Augen. „Kemal, es tut mir schrecklich leid, dass ich dir das hier im Gefängnis erzählen muss. Aber ich denke, bevor du dich vor dem Gericht verantwortest, solltest du alles über deine Herkunft wissen."

„Das klingt ja richtig unheimlich", erwidert Kemal. „Ich dachte immer, wir wurden adoptiert, nachdem unsere Eltern bei einem Autounfall ums Leben gekommen sind."

„Das entspricht leider nicht so ganz der Wahrheit, Kemal. Unsere Eltern sind damals mit uns aus Beirut geflohen, weil dort Krieg herrschte. Unser Vater hatte sich das Geld für die Flucht bei Verwandten geliehen. Um es zurückzahlen zu können, hat er sich als Drogenkurier anheuern lassen. Er sollte zur Tarnung mit seiner Familie Heroin von Essen nach Frankfurt befördern. Als wir am Frankfurter Bahnhof ankamen, wimmelte es dort von Polizisten. Mutter steckte mir einen Zettel mit einer Telefonnummer zu. Ich sollte dort anrufen, falls ihnen etwas passieren würde."

„Und – was ist passiert, Miriam?", fragt Kemal entsetzt.

„Wir haben uns getrennt. Unsere Eltern sind am Bahnhof geblieben, ich bin mit dir in die Stadt gegangen. Als ich abends zum Treffpunkt zurückgekommen bin, waren die Eltern nicht da. Ich habe lange gewartet. Schließlich habe ich bei der Nummer angerufen, die Mutter mir gegeben hatte. Es meldete sich Susanne. Sie war Mutters Deutschlehrerin, mit der sie sich angefreundet hatte. Susanne holte uns ab und nahm uns bei sich auf, und als unsere Eltern nach Beirut abgeschoben wurden, blieben wir als Pflegekinder bei ihr. Ich hatte immer gehofft, unsere Eltern eines Tages in Deutschland wiedersehen zu können. Aber dann kam die Nachricht aus Beirut. Unsere Eltern sind dort bei einem Bombenangriff ums Leben gekommen."

Kemal ist fassungslos. Er starrt seine Schwester ungläubig an.

„Wir hatten Glück, dass wir bei Susanne und Martin bleiben konnten", fährt Miriam fort. „Sie hatten bereits Florian als eigenes gemeinsames Kind, mit dem wir uns prima verstanden. Nachdem sie geheiratet hatten, konnten sie uns adoptieren. ‚Du und Kemal, ihr seid wie Moses und seine Schwester Miriam für mich‘, hat Susanne oft zu mir gesagt."

„Warum habt ihr mir nie etwas erzählt?", stammelt Kemal.

„Wir wollten, dass du unbelastet und unbeschwert aufwächst. Susanne und Martin haben auch mit mir darüber gesprochen, in welchem Glauben sie dich erziehen sollten. Unsere Eltern waren tiefgläubige Muslime. Ich schlug damals vor, dich taufen zu lassen. Ich dachte, es wäre am einfachsten. Aber in letzter Zeit habe ich gespürt, dass das ein Fehler war. Du fühlst dich hin und her gerissen, weil deine Wurzeln in einer anderen Kultur und Religion liegen. Deshalb hast du immer wieder rebelliert gegen diese Entscheidung, die wir ohne dich getroffen haben."

„Ich bin dieses Gefühl, zwischen allen Stühlen zu sitzen, eigentlich nie richtig losgeworden. Im Gegenteil. Jetzt verstehe ich natürlich auch Susannes Hinweise auf Mose. Sie wollte mir eine Brücke bauen. Welche Ironie, dass ich jetzt auch zum Mörder geworden bin, genau wie Mose, der den ägyptischen Aufseher erschlug."

„Es gibt aber einen gravierenden Unterschied", wirft Miriam ein. „Mose hat sich durch Flucht entzogen, um sich für seine Tat nicht verantworten zu müssen."

„Das stimmt", pflichtet Kemal ihr bei. „Aber Mose musste schließlich von Midian, wohin er geflüchtet war, zurück nach Ägypten gehen, um das unterdrückte Volk aus der Sklaverei zu befreien. Er hat sich mit allen Mitteln gegen diesen Auftrag gewehrt. Aber Gott hat ihn nicht aus seiner Verantwortung entlassen. Aus dem Totschläger des Täters hat Gott einen Befreiungsschläger für die Opfer gemacht."

„Das ist aber eine sehr gewagte Ausdrucksweise", bemerkt Miriam.

„Aber es ist für mich die Wahrheit", erwidert Kemal hitzig. „Vielleicht ist dies sogar die Wahrheit meines Lebens?!"

„Allerdings bist du jetzt nicht der Befreier, sondern musst dich vor Gericht verantworten", hält ihm Miriam vor Augen.

„Das stimmt natürlich, Miriam. Dieser schwere Gang steht mir noch bevor. Und so wie es zurzeit aussieht, wird es alles andere als ein Spaziergang. Ich kann nur hoffen, Florian findet noch entlastende Fakten."

„Das hoffen wir alle, Kemal." Miriam steht auf, umarmt ihren Bruder herzlich und verabschiedet sich. Kemal geht zurück in seine Zelle. Für ihn ist heute ein neues Kapitel seines Lebens aufgeschlagen worden. Egal wie der Prozess ausgeht, eins steht fest: Als Polizist wird er nicht mehr arbeiten.

Der Termin der Gerichtsverhandlung rückt immer näher. Bisher haben die Recherchen des Privatdetektivs noch keine brauchbaren Hinweise gebracht. Langsam wird selbst Florian nervös. Sie haben nur noch drei Tage. Aber er lässt sich Kemal gegenüber nichts anmerken. Schließlich kommt der Tag der Verhandlung. Der Gerichtssaal ist bis auf den letzten Platz besetzt. Kemal und Florian sitzen auf der Anklagebank. Vor ihnen liegt die örtliche Tageszeitung. Auf der Titelseite ist die Schlagzeile zu lesen: „Zwei ungleiche Brüder kämpfen für die Gerechtigkeit!"

Kemal ist sichtlich nervös. Er trommelt mit den Fingern auf den Tisch. Zum ersten Mal in seinem Leben sitzt er dort, wo er selbst Hunderte von Kriminellen hingebracht hat: auf der Anklagebank. Florian hingegen ist ruhig und gelassen. Er weiß zwar, dass dies kein einfacher Kampf wird. Aber er ist zuversichtlich, diese schwierige Situation meistern zu können. Im Gerichtssaal ist er in seinem Element. Hier kennt er alle Regeln und Schachzüge ganz genau. Er weiß, wann er angreifen und wann er sich zurückziehen muss. Nachdem die Richterin Kemal zu seiner Person befragt hat, erläutert sie die Anklageschrift.

„Kemal Weiershoff, Sie sind angeklagt wegen Totschlags an Ihrem Kollegen, Hauptkommissar Max Polder. Möchten Sie zu dieser Anklage Stellung nehmen?" – „Nein, Frau Vorsitzende", antwortet Kemal. „Das überlasse ich meinem Anwalt." – „Dann erteile ich dem Herrn Staatsanwalt das Wort." Die Richterin wendet sich diesem zu.

„Vielen Dank, Frau Vorsitzende", beginnt Staatsanwalt Dreier seine Ausführungen. „Niemand stellt in Abrede, dass der Angeklagte ein hervorragender Polizist mit großen Verdiensten ist. Aber gerade deshalb kann ihm nicht nachgesehen werden, dass er in so unkontrollierter Art und Weise die Beherrschung verloren hat. Er schlug seinen Kollegen so hart, dass dieser zu Tode gekommen ist. Besonders schwer wiegt dabei die Tatsache, dass es sich bei dem Erschlagenen um seinen langjährigen Partner Hauptkommissar Max Polder handelt. Jahrelang arbeitete Polder mit dem Angeklagten vertrauensvoll zusammen. Dann hat Max Polder herausbekommen, dass Kemal Weiershoff in den Drogenhandel eingestiegen ist. Es kam im Büro der Spedition Solm zu einer heftigen Auseinandersetzung, da Polder Weiershoff auf frischer Tat ertappte. Weiershoff erschlug seinen Kollegen mit dem Briefbeschwerer. Danach wollte er sich einen Schuss Heroin setzen, um seine Nerven zu beruhigen. Vermutlich verpasste er sich dabei selbst eine Überdosis."

„Das ist ja abenteuerlich", ruft Florian Weiershoff dazwischen, „was uns der Herr Staatsanwalt für eine Theorie auftischt."

„Ich bitte um Mäßigung", interveniert die Richterin. „Fahren Sie fort, Herr Staatsanwalt."

„Danke, Frau Vorsitzende", sagt Staatsanwalt Dreier. „Ich finde die Version mit dem angeblichen Gedächtnisschwund, die Herr Weiershoff ins Feld geführt hat, äußerst fragwürdig, zumal der Angeklagte neben der Leiche mit dem Briefbeschwerer in der Hand und einem Koffer mit fünf Kilogramm Heroin gefunden wurde. Deshalb plädiere ich für schuldig im Sinne der Anklage und fordere eine zehnjährige Haftstrafe. Sie haben das Wort, Herr Kollege!"

„Vielen Dank, sehr geehrter Herr Staatsanwalt", antwortet Florian Weiershoff höflich. „Einen Menschen zu erschlagen ist in der Tat ein verachtungswürdiges Verbrechen. Dieser Einschätzung meines Vorredners stimme ich ausdrücklich zu. Es gibt auch keinen Zweifel daran, dass Max Polder mit eingeschlagenem Schädel aufgefunden wurde. Es entspricht auch den Tatsachen, dass mein Bruder Kemal neben der Leiche von Max Polder bewusstlos mit einem Briefbeschwerer in der Hand gefunden wurde. Die Frage, die sich jetzt stellt, lautet: Wieso erschlägt Kemal Weiershoff seinen Kollegen Max Polder und legt sich dann bewusstlos neben seine Leiche? Eine Analyse seiner Blutwerte ergab tatsächlich, dass er eine hohe Dosis Heroin in seinem Körper hatte. Da er bisher keinerlei Drogen genommen hat, erklärt das auch, warum das Heroin ihn vollkommen außer Gefecht setzte. Auch die Gedächtnisstörung ist eine Folge der hohen Heroindosis. Aber das vom Staatsanwalt konstruierte Tatmotiv stützt sich auf den vordergründigen Augenschein. Nach dem Motto ‚Ein Mann liegt mit der Mordwaffe neben dem Opfer, also ist er der Täter‘.

So einfach dürfen wir es uns nicht machen, verehrter Herr Kollege. Man sollte sich schon die Mühe machen, den Obduktionsbericht des Gerichtsmediziners aufmerksam zu lesen. Dabei ist mir aufgefallen, dass Polders Schädel zwei Verletzungen aufwies, die zu seinem Tod geführt haben könnten. Eine der beiden Wunden lässt sich eindeutig nicht auf einen Schlag mit dem Briefbeschwerer zurückführen. Niemand ist diesem sehr interessanten Befund nachgegangen. Niemand hat sich die Mühe gemacht, die Ursache für die Verletzung zu ergründen."

„Sie haben das bestimmt getan", fährt der Staatsanwalt dazwischen.

„In der Tat, Herr Kollege", antwortet Florian gelassen. „Ich bin dabei auf eine äußerst interessante Tatsache gestoßen. Sie wissen, Polder wurde im Büro des Lagerverwalters gefunden. Im Büro des Chefs der Spedition steht ein Eichenschreibtisch mit einer sehr massiven Steintischplatte. Da die Schreibtischplatte nur oberflächlich gereinigt wurde, haben wir an einer Ecke kleine Hautpartikel gefunden. Sie dürfen raten, was die Untersuchung dieser Hautabschürfungen ergeben hat: Die Hautreste stammten von Max Polder. Auch die genaue Analyse der Wunde hat ergeben, dass die Erstverletzung an Polders Kopf von dieser Steintischplatte herrührte. Jetzt werden Sie natürlich wissen wollen, wieso Max Polder in diesem Zimmer auf den Schreibtisch gestürzt ist und im Büro des Lagerverwalters mit eingeschlagenem Schädel gefunden wurde. Um dieses Geheimnis zu lüften, habe ich eine Frau eingeladen, die Licht in das Dunkel bringen kann. Ich bitte Monika Zander in den Zeugenstand. Sie wartet draußen vor dem Gerichtssaal."

Der Gerichtsdiener holt Monika Zander in den Saal, führt sie zum Zeugenstand und bittet sie, dort Platz zu nehmen.

„Frau Zander", sagt Florian Weiershoff, „bitte schildern Sie dem Gericht, was sich an jenem 23. Mai zugetragen hat."

Ruhig und besonnen fängt Monika Zander an zu erzählen. „Ich arbeite seit zwei Jahren als Disponentin bei der Spedition Solm, einem international operierenden Unternehmen. Unsere Lkw fahren durch ganz Europa. Wir transportieren auch Waren aus Übersee. Die meisten Aufträge sind über meinen Schreibtisch gelaufen. Doch in den letzten zehn Monaten fiel mir auf, dass wir verstärkt Auftraggeber aus sogenannten Dritte-Welt-Ländern hatten. Allerdings wunderte ich mich darüber, dass die Warenangaben merkwürdige Ungereimtheiten aufwiesen. Als ich meinen Chef darauf ansprach, meinte er nur, ich sollte mir nichts dabei denken, das ginge mich nichts an. Die Sache ließ mir allerdings keine Ruhe. Deshalb kontrollierte ich alle mir suspekt erscheinenden Speditionsaufträge. Dabei fiel mir auf, dass die Lieferadresse immer dieselbe war, nämlich eine Firma in Frankfurt. Als ich dort anrief, um mich nach der Lieferung der Ware zu erkundigen, bekam ich nur ausweichende Antworten. Ich wurde das Gefühl nicht los, dass hier etwas Illegales ablief. Dieser Eindruck verstärkte sich noch, als mir der Chef die Bearbeitung dieser Aufträge entzog mit der Begründung, ich sei arbeitsmäßig überlastet.

Meine Befürchtung wurde endgültig bestätigt, als ich eines Abends länger im Büro blieb, um noch einiges aufzuarbeiten. Plötzlich fuhren zwei Lkw auf unseren Hof. Die Tore der Hallen wurden geöffnet. Die Lastwagen fuhren schnell hinein. Da an diesem Abend überhaupt keine Rückkehrer erwartet wurden, kam mir diese Sache mehr als suspekt vor. Kurz darauf fuhr unser Chef mit seinem Auto auf den Hof. Er stieg hastig mit drei weiteren Leuten aus und verschwand ebenfalls in der Halle. Instinktiv löschte ich sofort das Licht in meinem Büro. Langsam und vorsichtig schlich ich in die Halle. Was ich dort sah, ließ mich schier erstarren. Ungefähr hundert Jungen und Mädchen aus verschiedenen Ländern kauerten wimmernd und frierend auf der Erde. Ich hörte, wie mein Chef zu einem seiner Mitfahrer sagte: ,Polder, da ist was schiefgegangen. Unsere Fahrer mussten die Kinder hierher bringen. Du wolltest doch für die Papiere sorgen! Deine Scheißkollegen hätten uns beinahe auffliegen lassen!' Plötzlich ging hinter mir eine Tür auf. Ich schaffte es gerade noch, mich hinter einer Kiste zu verstecken. Total geschockt verließ ich das Gelände, so schnell ich konnte.

In meiner Verzweiflung rief ich Kommissar Weiershoff an. Ich kenne ihn, weil er uns die kleine Sarah vermittelt hat. Sarah war über einen Menschenhandelsring nach Deutschland geschleust worden. Sie musste in einem Kinderbordell arbeiten. Kommissar Weiershoff hat Sarah aus dieser Hölle befreit. Wir haben sie als Pflegekind aufgenommen. Heute ist sie unsere Adoptivtochter. Als ich Herrn Weiershoff erzählte, was ich gesehen hatte, war er wie elektrisiert. ‚Wir müssen noch einmal dorthin fahren', drängte er. ‚Ich will und kann nicht glauben, dass Polder in diese Schweinerei verwickelt ist.' – ‚Wollen Sie denn nicht das Präsidium informieren?', fragte ich. ‚Nein', war seine Antwort. Er wollte sich erst selbst davon überzeugen, ob das stimmte, was ich gesehen hatte.

Zwanzig Minuten später war Herr Weiershoff bei mir. Wir fuhren noch einmal zur Spedition. Vorsichtig schlichen wir uns durch den Lieferanteneingang ins Haus. Als wir die Büroetage erreichten, hörten wir im Büro meines Chefs lautes Stimmengewirr. Kommissar Weiershoff erkannte sofort die Stimme seines Kollegen Polder. Wir hörten, wie die vier Männer heftig darüber stritten, was jetzt mit den Kindern geschehen sollte. Polder sagte zu meinem Chef, er solle ihm die Kids vom Hals schaffen, egal wie. ‚Meinetwegen verteilt sie auf unsere Bordelle', sagte er. Kommissar Weiershoff schäumte vor Wut, als er das hörte. ‚So ein Schwein, so ein gottverdammtes Schwein', zischte er. ‚Dir werde ich das Handwerk legen!' Mit gezogener Waffe stürmte er ins Zimmer und schrie: ‚Hände hoch! Ihr seid alle verhaftet!'"

„Wo waren Sie zu diesem Zeitpunkt, Frau Zander?", fragt Florian Weiershoff.

„Ich habe mich hinter einem Aktenschrank versteckt. Ich hatte schreckliche Angst", antwortete Frau Zander verlegen.

„Was passierte dann?", will Florian Weiershoff wissen.

„‚Was machst du denn hier, Kemal?', fragte Max Polder entsetzt. ‚Ich lege dir das Handwerk, du mieses Schwein!' – ‚Mach keinen Scheiß, Kemal. Wir können doch über alles reden!' – ‚Nichts können wir, gar nichts!', schrie der Kommissar. ‚Du wirst jetzt zur Rechenschaft gezogen!' In diesem Moment stürzte sich Max Polder auf Herrn Weiershoff und schlug ihm die Waffe aus der Hand. Die beiden Männer kämpften wild miteinander. Weiershoff streckte Polder mit einem Faustschlag nieder. Dieser prallte mit dem Kopf auf die Kante der Schreibtischplatte und fiel zu Boden. Am Kopf hatte er eine große klaffende Wunde. Kemal Weiershoff beugte sich über ihn, um zu sehen, wie schwer verletzt er war.

In diesem Moment versetzte ihm mein Chef einen Schlag mit einem Baseballschläger. Kemal Weiershoff fiel in sich zusammen. ‚Wir müssen die Sache vertuschen', hörte ich meinen Chef sagen. ‚Oder noch besser, wir schieben Max' Tod diesem Kommissar in die Schuhe. Hol einen Koffer mit Heroin, Tom, und eine Spritze. Wir verpassen dem Bullen einen Schuss. Franz, hau dem Max mit dem Briefbeschwerer eins über den Schädel! Und dann bringt ihr die beiden in das Büro des Lagerverwalters. Wir lassen es aussehen wie die Auseinandersetzung zwischen zwei Polizisten, bei der der eine den anderen bei einer kriminellen Handlung überrascht hat.' – ‚Stimmt ja sogar', feixte Franz, ‚Nur ganz anders, als die Bullen meinen werden!'"

„Was anschließend ablief, können wir rekonstruieren", sagt Florian Weiershoff. „Die Kerle verpassten meinem Bruder eine Überdosis Heroin und schlugen Max Polder mit dem Briefbeschwerer den Schädel ein. Dann brachten sie beide in das Büro des Lagerverwalters."

„Genau so ist es abgelaufen", bestätigt Monika Zander.

„Ich danke Ihnen", sagt Florian.

„Haben Sie noch Fragen an die Zeugin, Herr Staatsanwalt?", will die Richterin wissen.

„Ja", erwidert Staatsanwalt Dreier. „Ich verstehe nicht, Frau Zander, wieso Sie erst jetzt Ihre Aussage machen."

„Ich hatte Angst um meine Tochter und mich", antwortet sie. „Als ich sah, wie skrupellos diese Leute sind, wollte ich nur weg von hier. Ich habe meinen Job gekündigt und wir sind sogar in eine andere Stadt gezogen. Ich wollte die ganze Sache vergessen."

„Doch dann haben Sie Gewissensbisse bekommen und sich entschlossen auszusagen?", bemerkt Staatsanwalt Dreier.

„Das stimmt leider nicht so ganz", erwidert Monika Zander kleinlaut. „Vor einigen Tagen stand ein Mann vor meiner Tür. Er sagte, sein Name sei Jürgen Tembe und er arbeite für den Rechtsanwalt Florian Weiershoff. Da war mir klar, dass ich nicht mehr weglaufen kann. Irgendwie war ich fast erleichtert darüber, dass er mich gefunden hatte. Herr Tembe brachte mich zu Rechtsanwalt Weiershoff. Als ich hörte, was für seinen Bruder auf dem Spiel steht, war ich natürlich sofort bereit auszusagen. Kommissar Weiershoff hat nicht nur unserer Tochter Sarah das Leben gerettet, er hat uns auch zu sehr, sehr glücklichen Menschen gemacht."

„Wir danken Ihnen sehr, Frau Zander", sagt die Richterin. „Haben Sie noch Fragen, Herr Staatsanwalt?" Staatsanwalt Dreier schüttelt den Kopf. „Das Gericht zieht sich zur Beratung zurück."

Nach einer Stunde verkündet die Richterin das Urteil. Kemal Weiershoff wird zu fünfzehn Monaten Freiheitsstrafe wegen Körperverletzung mit Todesfolge verurteilt. Die Strafe wird zur Bewährung ausgesetzt.

Während alle, die mit ihm gebangt haben, voller Freude jubeln, steht Kemal wie versteinert da. Er kann noch gar nicht recht fassen, was passiert ist. Langsam, ganz allmählich dringt in sein Bewusstsein, was er Miriam über Mose gesagt hat. „Aus dem Totschläger des Täters hat Gott einen Befreiungsschläger für die Opfer gemacht." – „Ja", denkt er, „das ist meine Geschichte."

Kemal Weiershoff verlässt den Gerichtssaal nicht als freier, sondern als befreiter Mann. Zwei Wochen nach der Gerichtsverhandlung quittiert er den Polizeidienst und gründet eine Hilfsorganisation für Kinder, die Opfer von Schlepperorganisationen geworden sind. Er gibt dieser Organisation den Namen „Befreiungsschlag".

Die Autor*innen

Mischa Bach, geboren in Neuwied/Rhein, Studium in Bonn, Promotion in Essen, wo sie bis heute lebt und Drehbücher, Romane, Erzählungen und anderes schreibt. Wenn sie nicht schreibt, malt sie. Oder sie unterrichtet, es sei denn, sie liest, gut und gern auch vor. Manchmal übersetzt sie, hauptsächlich aber lebt sie. Als Ideenhebamme begleitet sie die Arbeit anderer Autor*innen in Workshops und Tutorien sowie als Lektorin und Coachin.
Mehr unter: https://mischabach.de/; https://schreibarbeiterin.de/

Christiane Bogenstahl, geboren 1973 tief im Westen des Ruhrgebiets, in Wattenscheid (jetzt Bochum). Nach dem 1. Staatsexamen in Deutsch und Pädagogik machte sie ihr Hobby zum Beruf und arbeitet seitdem als Projektleiterin in der Informatik. Seit 2014 ist sie schriftstellerisch unterwegs. Gemeinsam mit Reinhard Junge hat sie zwei Romane veröffentlicht. Eine große Leidenschaft ist das Reisen. Menschen und Kulturen faszinieren sie stets aufs Neue. Diese Erfahrungen fließen auch in ihre Texte ein.

Jutta Büsscher, geboren 1955 im Münsterland, lebt heute in Bad Neuenahr-Ahrweiler. Sie schreibt Krimis, Lyrik und Kurzgeschichten, mal humorvoll, mal ernst und tiefgründig. Mitgliedschaften: Mörderische Schwestern e.V., Bundesverband junger Autoren und Autorinnen e.V.
Bisherige Veröffentlichungen: Kurzkrimi im *Eifeljahrbuch* 2021, Anthologie *BonnTastik* 2023, *Jetzt schlägt's 14! Die Krimiautorin, die ihren Helden sterben lassen will und dabei selbst umkommt.*

Christiane Dieckerhoff wagte nach dem erfolgreichen Start ihrer Spreewaldkrimireihe 2016 den Sprung in die Freiberuflichkeit. Die Autorin war mehrfach für den Friedrich-Glauser-Krimipreis des SYNDIKATS nominiert. 2023 wurde ihre Kurzgeschichte *Bescherkind* mit diesem Preis ausgezeichnet. Ihr Roman *Engel der Themse* (Pseudonym Anne Breckenridge) stand in der Kategorie „Historischer Kriminalroman" auf der Shortlist des Goldenen Homer.
Mehr unter: https://christianedieckerhoff.de/

Andreas Edelhoff ist – wie die Protagonisten seiner Geschichten – fest im Herzen des Ruhrgebiets verwurzelt. Inspiriert von den Regionalkrimis seines literarischen Vorbilds und Lehrers Klaus-Peter Wolf war es für den leidenschaftlichen Geschichtenerzähler, der ursprünglich selbst hatte Polizeibeamter werden wollen, sich dann aber für eine medizinische Laufbahn entschied, nur ein kleiner Schritt zum Krimiautor. Sein Debütroman *Halbgötterdämmerung* ist im Gmeiner-Verlag erschienen.
Mehr unter: www.andreasedelhoff.de

Arnd Federspiel stammt aus Oberhausen und lebt in Essen. Er studierte Jura und Anglistik und arbeitete in New York und Los Angeles, bevor er in London eine Schauspielausbildung machte. Wenn er nicht auf der Bühne oder vor der Kamera steht, schreibt er Krimis, übersetzt und unterrichtet Deutsch als Zweitsprache. Gemeinsam mit Mischa Bach und H. P. Karr tritt er mit szenischen Krimilesungen als „Das literarische Überfallkommando" auf.
Mehr unter: www.krimilexikon.de/feder.htm

B. E. Fischer studierte in Indien und Deutschland Medizin, Famulatur in Damaskus. Während der Corona-Pandemie begann sie mit dem Schreiben von Kriminalromanen. Im Hummelshain-Verlag bisher erschienen: *Dogwalker* (2020), *Der Korpus* (2021), *Dicke Luft im Bel Aire* (2023). Sie wirkte mit einem Beitrag an der Kurzkrimisammlung *Tatort: Essen* (2022) mit. Die meisten ihrer Geschichten ranken sich um die Figur des Kettwiger Kriminalkommissars Leonardo Liebig mit seinen etwas schrägen Auftritten im Kriminalmilieu.

Wolfgang J. Gerlach, geboren 1955 in Wuppertal-Elberfeld, studierte Englisch und Kunst, Schwerpunkt Fotografie, in Essen. Heute lebt er in Essen-Haarzopf und Haselünne. Beeinflusst von den Bänkelbarden seiner Jugend (z. B. Ulrich Roski, Schobert & Black) textete er über einhundert Songparodien u. a. für die „Haarzopf Harmonists" der Kirchengemeinde Christus König in Essen-Haarzopf. Seine ersten beiden postfaktischen Krimiparodien rund um den Ermittler Sèrecule Acheseau erschienen im Ruhrkrimi-Verlag.

Klaus Heimann lebt in Essen. Regionalkrimis, die in seiner Heimatstadt und in Mülheim an der Ruhr spielen, sind Schwerpunkt seines Schaffens. Weiterhin erschienen historische Romane, eine Dystopie und Kinderliteratur, er schrieb Lieder, Kurzprosa und ein Kindermusical. Auf der Krimi-Couch saß er zum ersten Mal 2015 mit seinem Roman *Taxi zum Nordkap*. Drei weitere Male wurde er zum Wiederholungstäter.

Mehr unter: www.klausheimann.de

Norbert Horst, geboren 1956 in Bad Oeynhausen. Nach der Schule ging er zur Polizei, wo er in vielen Bereichen arbeitete (Streife, später als Ermittler, Öffentlichkeitsarbeit). Er lebt heute mit seiner Familie in Ostwestfalen. Der Erstling *Leichensache* gewann 2004 den Friedrich-Glauser-Preis als bestes Debüt, *Todesmuster* 2006 den Deutschen Krimipreis (1. Platz national). *Lost Places – wo die Toten schweigen* ist sein neunter Roman und die erste Geschichte um die Essener Ermittler Lopez, Müller und Rahn.

Steffen Hunder ist Jahrgang 1957 und war von 1985 bis 2021 evangelischer Pfarrer an der Essener Kreuzeskirche. 1999 Debüt als Krimiautor mit *Das Ritual des 11. Gebotes*. 2005 gründeten er und Lars Schafft die Essener Krimi-Couch, die Hunder seit 2021 im Alten Bahnhof in Kettwig moderiert.

Herbert Knorr lebt im Ruhrgebiet. Der promovierte Literaturwissenschaftler leitete das Westfälische Literaturbüro in Unna, war Ideengeber und Intendant des Netzwerkes „literaturlandwestfalen" sowie Festivalleitung von Europas größtem Krimifestival „Mord am Hellweg". Viele Veröffentlichungen, etwa der Krimi *Pumpernickelblut*. Träger des „Literaturtaler NRW", des „Ehrenglauser" und des „Ehrenpreis Literaturpreis Ruhr". 2023 wurde seine Posse *Der Jupp muss wech* uraufgeführt.

Mehr unter: www.herbert-knorr.de

Peter Märkert lebt in Bochum und arbeitete als Taxifahrer, als Sozialarbeiter im Justizvollzug und als Bewährungshelfer. Seine Erfahrungen verarbeitete er in seinen Justizkrimis, die im Ruhrgebiet zwischen JVA, Drogen, Missbrauch und Mord spielen und in denen er den Hintergründen von Schuld und Sühne nachspürt. Nach dem Drogenroman *Lauter* folgte die Justizkrimireihe um die Bewährungshelferin Marie Marler (zunächst Brockmeyer Verlag, Bochum, jetzt Verlag BoD, Norderstedt).

Anja Puhane schreibt in diversen Genres, bislang meist Kurzgeschichten, von denen zahlreiche in Anthologien veröffentlicht wurden. Die spezielle Leidenschaft der Mönchengladbacher Autorin gilt Krimis mit überraschenden Wendungen und oft rabenschwarzem Humor. 2013 nahm sie an der Rowohlt-Krimischule teil. Mit einer ihrer Kurzgeschichten hat sie 2023 den 1. Platz beim Freiburger Krimipreis belegt. Sie ist Mitglied bei den Mörderischen Schwestern.
Facebook: Anja Puhane

Thomas Salzmann wurde 1960 in Pirmasens geboren. Er lebt mit seiner Frau in Mettmann, hat sein Herz aber an das Ruhrgebiet verloren. Mit seiner Reihe um die charismatische Kommissarin Frederike Stier hat er drei Kriminalromane rund um die Zeche Zollverein veröffentlicht, in denen er Themen aus dem Ruhrgebiet aufgreift und spannend umsetzt.

Gesine Schulz lebt im Ruhrgebiet, verbringt aber auch gerne Zeit im ebenfalls grünen Irland, dem Schauplatz ihres Longsellers *Eine Tüte grüner Wind*. Sie war dabei, als 2005 die Idee zur Essener Krimi-Couch entstand und hat deren Chronik in ihrem Blog festgehalten. Für ein Krimi-Projekt wurde sie mit Mischa Bach, Reinhard Jahn und Ursula Sternberg zum *Botschafter des Ruhrgebiets* ernannt – ein Thema, das sie in *Botschafterin des Ruhrgebiets* aufgreift.
Mehr unter: www.gesineschulz.com; www.billie-pinkernell.de

Ursula Sternberg, geboren in Duisburg, lebt seit Jahrzehnten in Essen. Neben ihrem Beruf als Anwendungsentwicklerin hat sie sieben Kriminalromane sowie einige Kurzgeschichten veröffentlicht. Sie ist Mitglied im SYNDIKAT. Mit der Kurzgeschichte *Sieben* wurde sie 2019 für den Friedrich-Glauser-Preis nominiert.
Mehr unter: www.krimis-und-kunst.de

Petra Treiber ist in Essen als Redakteurin der FUNKE-Mediengruppe tätig. Sie liebt Krimis von Christie, Chandler & Co. und schreibt seit einigen Jahren selbst Spannungsliteratur. Wobei es sie am meisten fasziniert, die menschlichen Abgründe auszuloten, die zu einem Verbrechen führen. Denn: „Jeder ist ein Mond und hat eine dunkle Seite, die er niemandem zeigt." (Mark Twain) Die Autorin ist im SYNDIKAT, dem Verein für deutschsprachige Kriminalliteratur, engagiert und Mitglied bei den Mörderischen Schwestern.

Anke Völkel, 1958 in Hagen geboren, lebt nach verschiedenen Stationen in der Ortenau und im Sauerland in Dorsten. Die berufliche Laufbahn als Sozialpädagogin (Arbeit mit traumatisierten Kindern und in der Erwachsenenbildung) hatte einige schräge Unterbrechungen. Unter anderem war sie als jugendliche Avon-Beraterin unterwegs, arbeitete als Marktfrau und machte eine Ausbildung bei einer Versicherung. Die in der Kindheit geprägte Spiritualität mündete am Anfang des Jahrtausends in einer Dorfhexen-Ich-AG.

Manu Wirtz, geboren 1959 in Solingen, absolvierte an der Bergischen Universität Wuppertal ein Studium zur Kommunikationsdesignerin. Seit Jahren arbeitet sie als freiberufliche Grafikdesignerin für Buchverlage, freie Autor*innen und in der Werbung. Sie ist Autorin von Krimis, Kurzgeschichten und historischen Romanen sowie Herausgeberin von mehreren Anthologien.
Mitglied bei: Mörderische Schwestern e. V., Literaturwerk Rheinland-Pfalz-Saar e. V., Selfpublisher Verband e. V.
Mehr unter www.manuwirtz.de

Quellen

Alle Zeitungsschlagzeilen, die die Schreibenden jeweils als Impuls für ihre Krimis ausgewählt haben, stammen aus der Westdeutschen Allgemeinen Zeitung (WAZ), mit Ausnahme des Beitrags von Steffen Hunder, der sich auf einen biblischen Text bezieht.

Norbert Horst, Willis letzte Reise / S. 11
Polizei findet Leiche in Gladbecker Geistersiedlung, *Gladbeck, 24.02.2014*

Christiane Dieckerhoff, Dumm gelaufen – ein Drama in drei Akten / S. 21
Großaufgebot sucht in Datteln vergeblich nach Tatwaffe im Kandaouroff-Fall, *Datteln, 23.02.2011*

Thomas Salzmann, Bruchlandung / S. 30
Prozess um Notlandung auf A52 beginnt, *Essen / Düsseldorf, 26.11.2009*

Klaus Heimann, Ökobilanz / S. 39
Mord von 2006 jetzt vor Gericht – Millionär in Villa erschossen: Angeklagte schweigen, *Hagen, 02.02.2018*

Anke Völkel, Leben in der Hölle / S. 49
Vergewaltiger machte Frau das Leben zur Hölle, *Bochum, 18.08.2011*

Christiane Bogenstahl, Schraube locker / S. 58
Schraubenzieher ins Gehirn gerammt: Haftstrafe für Bochumer, *Bochum, 26.04.2022*

Herbert Knorr, Die Autobumser von Gelsenkirchen-Buer-Beckhausen / S. 71
Autobumser verurteilt, *Gelsenkirchen, 16.02.2010*

Petra Treiber, Friedhofsbräune / S. 81
– Für tot erklärte 92-Jährige wacht beim Bestatter wieder auf, *Gelsenkirchen, 24.03.2015*
– Vermeintliches Mordopfer hat Abtauchen vor 31 Jahren geplant, *Braunschweig, Gelsenkirchen, Düsseldorf, 25.09.2015*